恋恋舞心

轻轻
Dancing Heart
著

时代出版传媒股份有限公司
安徽文艺出版社

图书在版编目（CIP）数据

恋恋舞心/轻轻著. —合肥：安徽文艺出版社,2019.8
ISBN 978-7-5396-6716-4

Ⅰ. ①恋… Ⅱ. ①轻… Ⅲ. ①长篇小说－中国－当代 Ⅳ. ①I247.5

中国版本图书馆 CIP 数据核字(2019)第 150980 号

出 版 人：段晓静
责任编辑：周　康　王婧婧　　　装帧设计：主语设计

出版发行：时代出版传媒股份有限公司　www.press-mart.com
　　　　　安徽文艺出版社　www.awpub.com
地　　址：合肥市翡翠路 1118 号　邮政编码：230071
营 销 部：(0551)63533889
印　　制：合肥华云印务有限责任公司　(0551)63410599

开本：880×1230　1/32　印张：9　字数：290 千字
版次：2019 年 9 月第 1 版　2019 年 9 月第 1 次印刷
定价：38.00 元

（如发现印装质量问题，影响阅读，请与出版社联系调换）

版权所有，侵权必究

目录
Contents

第一章 / 有生之年　　001

第二章 / 街舞天才　　028

第三章 / 原生家庭　　055

第四章 / 舞者的根　　084

第五章 / 哑女云深　　114

第六章	/	最 美 期 待	144
第七章	/	霸 王 别 姬	176
第八章	/	逆 水 流 鱼	209
第九章	/	光 外 有 光	241
第十章	/	悲 剧 故 事	262

第一章 有生之年

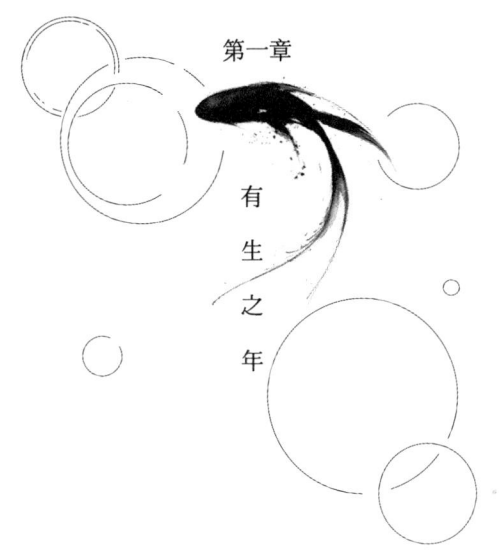

01

"红鲤鱼家有头小绿驴叫李屡屡,绿鲤鱼家有头小红驴叫吕里里,红鲤鱼说他家的李屡屡比绿鲤鱼家的吕里里绿……不知是绿鲤鱼比红鲤鱼的驴红,还是红吕(鲤)鱼……"

阮好抿紧了唇,她又念错了。这首《红鲤鱼、绿鲤鱼与驴》她念了约莫十分钟,却没有一次完整地念对过。

难吗?好像也没有很难,只是她有些心不在焉。

她倚在天台的栏杆上,放眼望去,整个校园张灯结彩,入目都是喜庆的色调。仰山大学六十周年校庆,听来是个热闹的日子,只是她不习惯热闹。

"红吕(鲤)鱼……"又错了,还是开头就错了。

阮好的手指用力地抠了一下书页,她倔脾气上来,心里暗自下定决心,如果这次还是不能正确无误地念完整篇的话,她就……

身后忽然传来了一支乐曲,那是一首欧美的歌曲,前奏是电音,旋律特别的强劲。

天台的安谧彻底被打破了。

阮好一个激灵,立马警觉地回头看去,她原本以为这个天台上只有她一个人呢。她四下望了望,看到最东边的那排空调主机后面露出一颗人头,看上去是个男生。那人之前似乎是在睡觉,而刚才的音乐声是他的手机铃声。

"喂。"男生开口,他的嗓音带着未睡醒的慵懒,电话那头不知说了什么,他应了声"好"。利落地接完电话之后,他从地上站了起来。

男生穿着大红色的卫衣,在阳光下整个人像是一团火,明晃晃的。他掸了掸身上的灰,迈步朝阮好这个方向走了过来。

阮好下意识地握紧了手里的《绕口令大全》。

天台的风不知何时变得大了起来,将她的长裙吹得鼓起来。

男生经过她的时候,扫了一眼她手里的书,而她的目光则一瞬不瞬地落在男生的发型上——他两边的头发理得很短,中间留下的一撮都编成了脏辫,然后用发绳绑成一个很短的马尾束在脑后……真是复杂啊。

两人打了个照面,他就过去了。

阮好盯着他挺拔的背影,琢磨着他是什么时候躺在那儿的,该不会她在这里笨口拙舌念的那几遍"红鲤鱼"他都听到了吧?正这样想着,男生忽然回过头来,一双黑眸亮而闪烁。

"同学!"他喊道。

阮好指了指自己,他点点头。

"怎么?"

"校庆要开始了,你不参加?"

02

阮好还没回答,她的手机也响了。电话是室友简湘湘打来的。

"喂。"

"阮阮,校庆要开始了,你什么时候来?"

怎么都来提醒她校庆的事?阮好下意识地朝门口望去,男生不知何时已经走了。

"我过会儿就来。"

"好,那我给你留着位置。"

阮好挂了电话,但没有马上要走的意思。她打开手里的《绕口令大全》,又翻到《红鲤鱼》那页,继续从头开始念。她一点都不着急去凑热闹,也不担心会错过什么新鲜事。她知道,所谓校庆庆典,与上学期的迎新大会基本没什么差别,开头必是学校领导慷慨激昂的发言,几轮鼓掌之后,便是唱歌跳舞小品这样千篇一律的节目,无聊又没有新意。去了浪费时间,不去又不合适。

这一遍念下来,阮妤总算一字没错。她微微松了口气,正准备再来一遍,手机在兜里震了一下。又是简湘湘,这次是短信提醒。

她说:"等下有好戏,你再不来会后悔的。"

好戏?

阮妤实在想不出来校庆上能看到什么好戏,但她还是收起了书,下了天台,往学校礼堂方向走去。

学校礼堂在最东边,与这座学校一样,它已经有六十年的历史了。大礼堂红梁灰砖瓦盖,风格古朴又不失典雅庄严。

"哇啊……"

阮妤刚走到礼堂门口,差点被里面传来的巨大声浪给掀翻了。

是请了什么嘉宾吗?竟然能把场子炒得这么热?

在阮妤犹豫的几秒间,礼堂里响起了动感强劲的旋律。她对音乐不敏感,但总觉得耳熟,直到听完前奏,她才想起来,这是刚才在天台遇到的那个男生的手机铃声。

"哇!"

礼堂里的女生们随着音乐疯了一样地尖叫起来。

阮妤顶着声浪匆匆往里走,她在最前排的区域找到了自己班所在的位置。简湘湘看到她来,兴奋地抓住她的胳膊乱晃。

"阮阮!你来得正好!赶上了开场的街舞秀,不然亏死你!快看快看,他们出来了!出来了!"

阮妤把目光投向舞台。

幕布正徐徐拉开,台上的五个男生皆穿红衣,戴着面具,可她一眼就认出了最中间的那一个。

是他。

那个脏辫男。

03

"滕翊！滕翊！滕翊！"

舞台上明明有五个人，舞台下的观众却异口同声地喊着同一个人的名字。阮妤猜想，滕翊应该就是站在最中间的那个脏辫男。自古以来，人气最高的都站在中心位置，这是不成文的规矩。

她这念头刚在脑海里闪过，台上的五个人已经打乱了站位，滕翊从最中间退到了最后。尽管站到了最后的位置，但他依然自带气场，让人难以忽视。

"阮阮，看，右一，就是昨天下午我在寝室里提到的那个周曦和。"简湘湘指着最右边的男生说。

"我昨天下午不在寝室。"

"啊？"

阮妤意识到自己让人尴尬了，连忙扯开话题："他们都穿得一样，还戴着面具，你怎么能分出谁是谁？"

"哦，那个啊，你看他们衣摆那个位置，上面绣着他们名字的首拼字母。滕翊是T，萧卿是X，周曦和是Z，林杉是L，彩虹是C。"

阮妤瞧了一眼，五个人的卫衣衣摆上还真有字，但隔得太远，再加上他们的舞步太快，根本看不清楚。

"你都认识？"她问。

"你不认识？"

"我怎么会认识？"

"西游街舞社的五个大神，全校都认识。"

阮妤抿了下唇。

"其实吧，"简湘湘红着脸凑到阮妤耳边，"我比别人了解得多一点，因为那个周曦和是我男朋友。"

"你什么时候……"

"嘘，低调低调。"简湘湘甜蜜地笑着打断了阮妤的话，"先看表演，以后再和你说。"

阮妤点点头，把目光重新投回台上。

舞曲已渐入佳境，音乐的节奏时而快如骤雨，时而慢若和风，台上的男生们收放自如，那精准的踩点、整齐的动作给人一种极富冲击力的视觉震撼，而这种震撼的根源是青春，是朝气。

表演到后半程，滕翊上前，来了一段 Breaking（地板舞），大量手撑地的快速移动和各种倒立定格动作看得人眼花缭乱、热血沸腾。

"啊！""啊！""啊！"

礼堂里尖叫连连，一片沸腾。

其实，Breaking 是一种以个人风格为主的技巧性街舞舞种，但滕翊处理得很好，他的动作既配合了整个舞蹈的风格，也没有炫技的成分。

也许是因为动作幅度过大，跳到最后，滕翊面具上的皮筋忽然绷断了，随着一个单手倒立的定格动作，面具唰地一下飞出去老远。在舞台的灯光下，男生英俊的脸庞和满额头晶亮的汗珠像定时炸弹。

礼堂里静了一秒，随即响起更狂热的呐喊与尖叫。

"滕翊！""滕翊！""滕翊！"

滕翊向前排的同学挤了下眼，那模样又痞又皮。

阮好被那个笑容晃了心神，不自觉地呼吸变慢。

04

舞曲结束，滕翊带着身后的四个男生华丽谢幕，礼堂里的掌声经久不息。这一场表演齐舞默契，独舞惊人，他们每一个人的舞技都对得起扑向他们的呐喊声和掌声。

幕布合上的时候，阮好想，开场秀搞得这么声势浩大，后面的节目怎么演怕是都会有一种急转直下的落差感。果然，第二个相声节目的情况就不怎么乐观了。两位身穿大褂、手拿折扇的同学倾尽全力想要逗大家笑，但遗憾的是，每逢笑点必冷场。不少女生打着上洗手间的旗号，偷偷跑去后台看滕翊他们。

负责策划晚会的蒋卫国和田成两位老师对这样的状况始料未及。尤其是田成，他原本是想让西游街舞社过来帮忙镇场子的，哪知场子只镇住了开头，后半部分全叫他们给砸了。

女生还在一批一批地往外溜。

终于,田成站了起来,大步朝后台走去。

"完了,那些女生惨了。"简湘湘小声地说。

过了一会儿,田成老师回来了,他的身后跟着五个穿着红衣的男生。男生们这会儿都摘了面具,除了滕翊之外,另外几位也十分帅气。

田成指了指第二排上的空位,示意男生们坐下。男生们以眼神抗议,田成假装没看到,伸手先把滕翊按到了椅子上,另外四个这才没了法子,勉勉强强地坐下。

"这是什么操作?"简湘湘问。

"擒贼先擒王。"阮妤答。

"不,我是说田成老师把他们带回来干什么?"

"带他们来才能治标又治本。"

阮妤话音刚落,就见那些组团跑出去的女生又组团跑了回来。很快,礼堂里空出来的那些位子一个个又被填满了。

田成老师这步棋走得真妙,不过,他心里应该也挺失落的吧,自己精心安排了那么多节目,在同学们眼里竟然还不敌这五个人的后脑勺好看。

阮妤一心想好好看节目,给田成老师挽回点面子,却控制不住地走神。她的目光也和其他女生一样,不自觉地被一个人的后脑勺吸引。那人一动不动地坐着,他的脏辫在礼堂忽明忽暗的灯光下好像有了颜色。

真没想到,在台上气势冲天肆意张扬的人,关了音乐下了台,就像变了个人似的,安静、淡然,甚至有点乖巧。

身边的几个男生时不时扭动着身子如坐针毡,交头接耳,唯有他,不好笑的相声和字正腔圆的诗朗诵也能看得格外入神。

是个挺会包容的人。

阮妤忽然觉得,就算被他听到了那些笨嘴拙舌的错误也没有关系。

05

校庆晚会全长两小时,但直到整个晚会结束,都没有一个节目的热度超越开场的街舞表演。自然,也没有一个人的风头盖过滕翊。

散场的时候，阮好和简湘湘随着人流慢慢地走出礼堂，滕翊他们一行人正好走在她们的前面。五个男生勾肩搭背，红衣连在一起，像是一团会移动的火。

"周曦和！"简湘湘忽然叫了一声。

这一声，惹得很多人都回过头来，走在最前面的滕翊也回了头。或许是角度原因，他的第一眼落在阮好身上，不过只一瞬，他就转回了头，继续和身边的人说笑。

"我们要去吃宵夜，一起？"周曦和问。

简湘湘忙不迭地点了头，又看向阮好。

"阮阮，你去吗？"

"不了。"

答案在简湘湘的预料之中，阮好从来不参加这种人多的"局"，从入学开始她就是这样。当别人忙着交际，忙着和新认识的朋友一起去学校周边寻找美食时，她整日独来独往，一个人穿梭在食堂和图书馆之间，埋首于自己的世界。

这种漠然让她变成了班上和寝室里的异类，很多人都在背后编排她自恃成绩好就清高、孤傲。但随着时间的推移，那些搞小团体的"好朋友"因为谁吃饭时少买了一次单，谁在聊天群里说了一句膈应人的话，日常摩擦越来越多，友谊的小船漂着漂着莫名其妙就翻了，昔日分享的秘密也都变成了尖刀，划伤了一颗颗敏感脆弱的心。大家这才恍然大悟，原来大学里吃吃喝喝根本建立不起真正的友情，比起两面三刀的朋友，反而是阮好这样的人最安全。

大家开始接受阮好的不一样，也试着摘下有色眼镜去看她，然后大家发现，阮好只是性格有些冷，其实人还挺好的。每逢期中期末考试前，班上大半的人都会跑去向她寻求帮助，她也从不吝啬，每次都大大方方地把自己的笔记分享出来。

渐渐地，阮好有了很多愿意和她交朋友的同伴，但是她依然独来独往，不轻易和谁结怨，却也很少看她和谁深交。简湘湘因为"室友"这个身份得以和阮好走近，越是了解她，就越是崇拜她。

阮好真的是个很酷的人。当然,她的酷并不在于她的冷,而在于她清楚地知道自己的时间该花在什么地方。在她身上,看不到青涩和迷惘,只有旺盛的战斗力和清晰的目标……

"好,那我先走啦。"简湘湘挥手。

"嗯。"

走出礼堂之后,人群就散了。

校园里的红灯笼都亮着,喜庆的氛围在夜色里愈加浓厚。

阮好默默地往宿舍楼方向走去,同路的还有很多女生,她们都在讨论滕翊,讨论他的街舞社,讨论他最后那几个炫酷的Breaking动作。

"有生之年里希望我能和滕翊谈个恋爱!"不知谁喊了一声。

"寝室快到了,躺下就能实现愿望了。"不知又是谁应了一句。

这一路笑声不断,在黑暗的掩映下,阮好垂头,无声地弯了弯唇角。

06

寝室是四人间。

阮好的室友除了简湘湘之外,还有两个女生,一个叫陈曼白,一个叫夏巧凤。陈曼白活泼开朗,是网上小有名气的美妆博主。因为她每天都要给粉丝直播,寝室场地有限,无法施展拳脚,所以在外面租了个房子,很少回来。而夏巧凤沉默内敛,安静得就像不存在一样。

阮好回到寝室,洗完澡后先看了会儿书,躺下正好是十一点。

次日是周末,但阮好并没有多睡,天蒙蒙亮就起了。她起来的时候夏巧凤还在微微打鼾,而简湘湘的床上空无一人,显然,这人昨晚没有回来。

虽然仰山大学的学生手册上明令禁止夜不归宿,但因为学校宿管查得不严,学生夜不归宿实际上已经司空见惯。

阮好没有多想,她轻手轻脚地去洗漱,然后拿上书去学校的小公园背单词。

初秋天凉,校园里弥漫着一帘轻薄的晨雾。朝阳初升,光和雾相互纠缠,让眼前的一切都生了琼楼仙阁的梦幻。

路过礼堂的时候,阮好的脚步停了停。礼堂的大门紧闭,玻璃门上倒映着她的身影,她看着自己,脑海里不断想起昨晚那五个男生在台上挥汗劲舞的画面。别人的青春是热血沸腾的,她呢?

阮妤握紧了手里的单词本。她心里有个声音对自己说:熬着吧,总有一天会熬出头的。

背完单词,阮妤去食堂吃了个早餐。回寝室的路上正好碰到简湘湘,她整夜没睡,顶着一对暗沉的眼圈,人却还处在亢奋状态。

"阮阮,阮阮,我跟你说,那个滕翊简直太神了,不仅跳舞帅炸,唱歌还巨好听啊。"简湘湘见到阮妤就吧啦吧啦说个没完,"昨晚在KTV,他简直迷死人!要不是我有男朋友,我就……唉,算了算了,我有男朋友,人家也有女朋友,还是别动这种碎三观的心思了。"

阮妤漫不经心地听着,听到滕翊有女朋友也很自然地接受。他那样耀眼的人,没有女朋友才奇怪吧。

"我们下午还要去'嗨',阮阮,你要不要也去玩?"简湘湘问。

"不了,我等下要去面试当家教。"

"又去兼职?"

"嗯。"

"你既要在学校勤工俭学,还要去校外兼职,你就那么缺钱吗?"

阮妤愣了一下。

简湘湘意识到自己口无遮拦说错了话,连忙挽住阮妤的胳膊撒娇:"阮阮,我的意思是,你不要把自己逼得这么紧,偶尔也该放松放松。"

阮妤笑了笑说:"下次吧。"

07

简湘湘回到寝室倒头就睡。夏巧凤已经醒了,但还没起床,这会儿正窝在床上看小说。她们两个完美地诠释了周末的"正确打开方式"。

阮妤却像是上紧了发条的机器人般一刻不停,她收拾好背包,拿上公交卡就出门了。她要去的华府小区在锦华路那一带,是个有名的富人小区。

雇主是位名叫沈冰的女士,阮妤和她通过一次电话,她的声音响亮有力,干脆利落。虽然还没有见面,但阮妤已经完全可以肯定,对方是位干练的女性。

果然,声如其人。

阮妤到达华府小区 93 号别墅时,沈冰已经在等她了。

沈冰穿着白色的西装外套,同色的阔腿长裤,一头时尚又不失沉稳的短发,整个人优雅大气,实实在在的女强人形象。

"阮妤是吗?"

阮妤有点拘束地点点头,说了声"你好"。

沈冰忽然笑了,她指了指对面的沙发:"别紧张,请坐。"

"谢谢。"

"你的简历我看过了,我很满意。因为我等下要赶飞机,所以长话短说。我儿子现在刚升高三,他的语数外成绩都不理想,我不要求你助他成绩突飞猛进,只想你能提一提他现在的状态,不要让他继续掉队。只有这样,他明年才有希望考上大学。"

"我明白。"

"你没有异议的话,时间就定周一到周五晚上七点至九点的两个小时,周六周日下午一点到四点的三小时,价格就是网上报价,OK?"

"好。"

"我带你去认识一下我儿子。"沈冰说着站起来,朝二楼方向走。

阮妤赶紧跟上她。

别墅很大,屋内的装潢和摆设都体现了主人的格调。阮妤看了看一尘不染的地面,步伐迈动间不自觉地小心翼翼起来。

沈冰儿子的房间在楼道靠右的位置,她走过去,敲了一下门就径直推门而入。屋里的男生正在墙角倒立,听到声音,连忙收手站起来。

"妈,我都和你说了多少遍了,进屋要敲门。"

"我敲门了。"

"敲门并不是字面动作,它是一套完整的流程,先敲门,等应门,再推门,OK?"

男生问"OK"时的神态和沈冰如出一辙,是亲生的无疑。

沈冰不理会他的抗议,侧身指了一下阮妤:"这是我之前和你提到过的家教老师阮妤,打个招呼吧。"

阮妤说了句"你好"。

男生看了她一眼,不情愿地点了下头。

08

气氛不太妙,男生似乎并不欢迎阮妤的到来。

"今天你们先熟悉一下吧,可以聊聊学习的方法或者高考的经验。"沈冰抬腕看了一下表,又看向她的儿子,"我要去机场了,有事给我打电话。"

男生耸了下肩,没有应声。阮妤站在原地,目送沈冰离开,再转头时,男生又倒立去了。他双手撑地,贴着墙壁,唰地一下人就翻转过去,看着很轻盈的样子。

可这算什么运动?

"要聊聊吗?"阮妤问。

"随便。"男生很敷衍。

"你要保持这个姿势和我聊吗?"

男生不出声,坚持了好一会儿,直到他自己撑不住了,这才松手坐在地上。许是热了,他脱了校服随手扔在床上。

阮妤这才注意到,卧室很宽敞,床的右前方有一张大书桌,书桌前摆着两张椅子,一张椅子的颜色明显和书桌不配套,应该是从哪里临时搬过来的。

看来,以后这个地方就是她兼职的岗位了。

阮妤之前做家教也有在卧室的,但那是个小学生,才七岁。而眼前这位,人高马大,脱下校服完全看不出与她有什么年龄差,站起来更是压她半个头,这样孤男寡女地待在卧室真的合适吗?

"你也是仰山大学的学生?"男生忽然开口。

阮妤收起乱七八糟的思绪,意识到他用了一个"也"字。也是仰山大学的学生?另一个人是谁?

阮妤还未开口,就听男生问:"听说你是去年的高考状元?"

"嗯。"

"你可真牛。"男生朝她竖了一下大拇指,"那么状元小姐,我考考你怎么样?"这是个下马威,他明显有备而来。

"我是你第几个家教?"阮妤不答反问。

男生五指张开,扬手朝阮妤晃了晃。

第五个,看来,这钱没那么好赚。

男生见阮妤出神,忽然笑了。他这痞痞的笑容让阮妤想起了一个人。

"怎么?怕了?"

"没有。"

"那你在想什么?"

"我在想,如果我通过了你的考验,你也得接受我的考验。"

男生来了兴致,他从地上跳起来,撸了一下衬衫的袖子,一副放马过来的表情。两人走到书桌边坐下。

"你想怎么考我?"阮妤问。

男生从书桌的抽屉里拿出一张纸,纸上写着一道数学题。

"你能解出来,就算你赢。"他将纸拍在阮妤面前,带着一种天真的自信。

"就这样?"阮妤挑了挑眉。

"喊,好大的口气,等你解出来再吹牛也……"

话音未落,就见阮妤从笔筒里抽出一支黑色的水笔,拔开笔帽唰唰地在纸上开始解题。她几乎没有思考,好像扫一眼题干答案就已经得出来了。

09

灯光落在阮妤的身上,照亮了她周身的气场。

男生第一眼看她的时候只觉得她十分普通,穿着打扮相貌都普通,可这会儿坐近了,才发现她长得不错,五官精致耐看,皮肤也白。她专注做题的时候,连睫毛都扬着精气神。

"喏。"大约过了五分钟,阮妤将纸推回男生的面前。

男生打开了手边另一个抽屉,从抽屉里掏出写着答案的小本子。阮妤的解题步骤虽然和本子上记录的不一样,但答案分毫不差。

"条条大路通罗马。"阮妤语气轻松,"我赢了。"

男生不耐烦地挠了一下后脑勺，将纸和本子一股脑儿塞回抽屉里。

"你为什么会？"

"我为什么不会？"

"你不是大二吗？"他看过她在网上投的简历。

"用大三课本上的高数题来考大二的学生就稳赢了？这位同学，你的目光也太短浅了。你不知道有些人是习惯跑在前头的吗？"

她早就自学完了大二和大三的课程，这道题她曾做过不下三遍。

男生愤愤地呼出一口气，两只耳朵又热又红，他原是想给她个下马威的，没想到反而被她将了一军。

"行吧，愿赌服输，你想让我干什么？"男生问。

阮妤从她的包里拿出一本高三的综合题册，翻到有折印的那一页。

"你把这一页上的题都做一遍吧。"

"就这样？"

"这样有利于我判断你的水平，方便对症下药。"她说。

男生脸上的表情不快，但本着愿赌服输的原则，又不好意思耍赖。他拿起笔开始做题，可第一题就被难住了。阮妤不动声色地看着他，他不时将笔头抵着下巴，脸上一层绯色越来越深。

"你要一直这么看着我吗？"男生转脸瞪着她。

"嗯。"

"我不喜欢别人看着我做题。你去楼下给我倒杯水吧，我口渴。"

男生说话间带着几分虚张声势的命令口吻，阮妤知道，他只是想把自己支走而已。

"我来是给你辅导功课的，不是来伺候你的。"阮妤面无表情。

男生愣了愣，他前几个家教老师没有一个敢这么和他说话的。毕竟，这丰厚的时薪，足够让人心甘情愿地俯首称臣。

"你简直……"

"下不为例。"阮妤站起来。

男生看着她的背影。半响，轻轻哧了声，带着一种"还不是得听我的"的小得意。

阮妤充耳不闻，径直走出卧室。她需要钱，很需要钱，所以立场摆出来的同时，自然也不能把"小金主"得罪得太狠。

10

阮妤下了楼。

水壶不在厨房，在客厅的吧台上。阮妤走过去，最先注意到的是吧台上贴着墙壁整齐摆放的那一排茶叶罐。碧螺春、铁观音、西湖龙井……茶叶罐上贴着手写的标签，字体娟丽秀美。这应该是沈冰写的吧，没想到她的字温和得一点都不像她的人。

水壶边上有个木质托盘，托盘上放着两个杯子。阮妤仔细看了看，没看出这两个杯子有什么差别，于是随手拿了一个倒满了水。她捧着水杯往回走，刚拐进楼道，忽听踢踏踢踏的脚步声迎面而来。她仰起头，看了一眼正下楼来的人，愣住了。

是滕翊。

滕翊穿着白色T恤衫，下身是一条黑色的棉麻长裤，整个人懒散得像是还未睡醒，唯有那头脏辫仍保持着原状。他眯着眼，与阮妤草草打了个照面，继而回头朝着二楼大喝了声：

"滕颢！谁让你把女同学带回家的？"

二楼被称为"滕颢"的男生跑出来，倚着栏杆看了看楼道里狭路相逢的这一幕，又看了一眼阮妤。

"拜托，这不是我的女同学，是你的女同学好吧！"见滕翊不明就里，滕颢又补了一句，"是你们仰山大学的，老妈请来的新家教。"

阮妤消化了一下面前的信息。滕翊，滕颢，一个屋檐下，同一个老妈，难道是两兄弟？这也太巧了吧？

滕翊转回头来，又瞧了她一眼，忽然，他眉角一舒，将她认出来了。

"红鲤鱼？"

莫名其妙的三个字，但阮妤知道他在说什么，她点了点头："你好，我叫阮妤。"

"哈，还真是'鱼'。"他笑了，这一笑，黑亮的眸子像是藏了星星。

阮妤没有解释此"妤"非彼"鱼",滕翙也没有自我介绍,理所当然地认为仰山大学的所有学生都认识他。

滕颢不知什么时候已经折回了屋里,整个楼道就剩他们两个人面对面站着。空气里飘着一丝若有似无的尴尬。

阮妤正欲迈步,却见滕翙先走向了自己。他走到她的面前,很自然地伸手接过了她手里的水杯。

"谢了。"他仰头喝水,转身重新上楼,黑色的人字拖吧嗒吧嗒地撞击着黑色的大理石台阶。

阮妤看着他高大的背影离自己越来越远,忍不住开口:"这不是给你倒的水。"

滕翙听到她的话,回头,对上她的目光。

"哦,可这是我的杯子。"

11

滕翙晃了一下手里的杯子,阮妤默立着,瞬间不知道该说什么才好,是她拿错杯子了。

"怎么?你想和我共用一个杯子?"他又笑了,温和得有些撩人。

"不是我喝。"

滕翙望了望滕颢房间的方向:"那小子使唤你给他倒水了?"

阮妤不作声。

"不用理他,做你该做的事情就行了,别被他欺负了。"像是提醒,亦像是忠告,他说完转身上了楼。

阮妤站在原地思索了几秒,还是折回去重新倒了一杯水。

滕颢正对着阮妤留下的习题册抓耳挠腮,苦思冥想,水杯放到他面前,他抓起来喝了一口。

"冷的?"

"你没说要热的。"

"我其实想要温的。"

要求真多。

他把水杯推开,继续做题。

阮好看了一眼上面填得七七八八的答案,大多都是错的,但滕颢没有意识到,错也错得很认真。他似乎是想以超常发挥给自己挽回一点面子,可惜,能力不够。阮好没有马上戳穿他,她将椅子拉开了些,看着书桌上堆积如山的作业本,书封的姓名栏里"滕颢"两个字龙飞凤舞。

她之前怎么就没注意到他的名字呢?

滕翊,滕颢,仔细看看这两人还有点像,尤其是鼻梁和眉峰,不过滕颢看起来更青涩些,再怎么故作姿态,终归还没脱去那点稚气。

"我不做了,这都什么啊!"滕颢忽然丢下了手里的笔,"你是不是故意整我才把题目找得这么难?"

阮好把他面前的习题册抽回来,从头到尾看了一眼,然后用笔在第三道题目的答案上画了一个圈。滕颢怔了一下,有些不敢相信。

"我就错了这一题?"

"是只对了这一题。"

滕颢的脸上浮起难掩的羞窘,他伸手一把将习题册抢回来,扔在一边。

"你的基础不行,后面先补基础。"阮好对他的小孩脾气视而不见,她站起来,拿上自己的包,"今天就到这里,明天正式开始辅导。"

滕颢还没说话,她已经走出了卧室的门。走廊另一边,滕翊正好换了衣服出来,两人迎面碰上,阮好看也不看他,直接下了楼。

滕翊盯着她的背影看了会儿,转身走进滕颢的房间。滕颢正斜靠在椅背上,一副生无可恋的样子。滕翊捡起地上那本习题册,随手翻了翻。

"这么快就结束了?"

滕颢没吱声。滕翊将习题册卷成筒状,往滕颢后脑勺一敲。

"聋了?"

"哥。"滕颢昂起头看着滕翊,委屈巴巴地说,"我不喜欢刚才那个人。"

"请她来给你辅导功课的,又不是来和你谈恋爱的,谁要你喜欢?"

"我不管,我就是不喜欢她。"

滕翊把整本习题册糊在滕颢的脸上,在弟弟的号叫声里,他边往外走边丢下两个字:

"别作。"

12

华府小区外有一个公交站台，527路可以直达仰山大学。

阮妤回到学校之后，就去图书馆待了一下午。

从图书馆出来的时候，天色已经暗了。校庆的红灯笼还没有撤下来，到了一定的时间点，管理员就会全部打开。有那抹明亮的红萦绕在校园里，往来的学生都显得喜气洋洋。

寝室里，简湘湘趴在床上对着她的平板电脑一脸苦恼，见阮妤进来，赶紧冲她招手。

"阮阮，阮阮，你快过来给我出出主意，我的选择困难症又犯了。"

"什么？"阮妤放下包，朝她走过去。

平板电脑屏幕上，显示着五花八门的男士香水。

"我男朋友生日快要到了，想给他挑个香水。你帮我看看。"

"送男生香水？"

"嗯。"简湘湘意味深长地一笑，"你不知道，那人骚包得很。"

阮妤把目光落回屏幕上，阿玛尼、CK、爱马仕、大卫杜夫……还有很多她见都没见过的牌子。那么小小的一瓶，价格就要好几百元。这钱够她一个多月的生活费了。

"好贵啊。"阮妤道。

"这有什么贵的？你不知道，滕翊生日的时候，方菀给他准备了一块手表做礼物，那块手表要好几千呢。"

"方菀是谁？"

简湘湘用惊奇的目光看着她："方菀你都不知道？阮阮，你别整天就知道读书，我看你都快和校园脱节了。"

阮妤不辩驳，只是继续问："所以方菀是谁？"

"巧凤。"简湘湘忽然点名正在床上躺着看小说的夏巧凤，"告诉她，方菀是谁。"

"校花。"夏巧凤继续看小说,头也没抬。

"一点都不具体,我来补充。"简湘湘接过话茬,"方菀是仰山大学的校花,表演系的女神,西游街舞社唯一的女生,最最重要的,她是滕翊的女朋友。"

怎么又是滕翊?这名字突然就渗进了她的生活。

周日下午,阮好按照沈冰说的时间去滕家,可是滕家大门紧闭,她怎么按门铃都没有人应门。

照理,滕颢应该是在家的。

阮好翻了翻手机通讯录,她只有沈冰的号码,但沈冰这会儿在外出差,贸然联系会很唐突。她想了想,坐在门廊里默默地等。

这个小区都是别墅,别墅自带院子,一幢连着一幢。不知哪个方向,远远地飘来钢琴曲。

阮好倚着门廊的柱子,不时看看时间,一个小时很快过去……

滕颢到底去哪儿了?该不会是故意不给她开门吧?她脑海里闪过那双迸着敌意的眸子,觉得也不是没有可能。

"滕颢!滕颢!"阮好朝着二楼的窗户喊了几声。

无人应答。

阮好泄气,转身欲走。忽然,她踢到了脚边一个黑色的陶制花盆。花盆不知被谁放在门廊的柱子后,盆里有一株茉莉花,也许是疏于打理,茉莉花的枝干细弱,叶片瘦小,肉眼能见它生命流逝的痕迹。

这株死气沉沉的小茉莉放在这别墅的门口,不伦不类,一点都不搭调。

就像她。

阮好蹲下来,将花盆挪到能享受阳光的位置,然后从包里掏出水瓶,给盆里干到龟裂的泥土浇上水。

"怎么不进去?"

身后忽然传来声音。

阮好手里的水瓶一颤,险些落在地上。

她回过头,看到滕翊不知什么时候站在了她的身后。他穿着深色的棒球服，黑压压的，像座大山似的俯视着她。

"家里好像没人。"阮妤站起来，"我按了很久的门铃都没有回应。"

滕翊抬头扫了一眼二楼的方向，没说话，默默地去开门。门是密码锁，他快速地按下密码，推门进屋。

阮妤站在原地没动。

他侧身替她按着门："不进来？"

13

阮妤连忙进屋。进门的时候，她的背包甩了一个小小的弧线，擦到了滕翊的胳膊，她看了他一眼，按紧了自己的包。

滕翊没有表现出什么反应，随手关上门。

"你直接上去吧，那小子肯定在房里玩游戏。"

阮妤点点头，往二楼走去。

滕颢的房门虚掩着，她轻轻敲了一下门。

"谁啊？"

他果然在家，却故意假装没有听到她的敲门声，白白浪费了她这么多时间。阮妤有些来气："家教。"

"进来吧。"他应得倒是爽快。

阮妤推门，门有些重，她稍稍一用力，一个水盆突然扣下来。

她被浇了个透心凉。

水盆咣当一声落地，继而是一阵爆笑。

"哈哈哈……"坐在床上的滕颢乐得前俯后仰，还不忘举着手机拍小视频。

一瞬间，屈辱、愤恨、不堪的感觉席卷了阮妤的全身，她觉得自己的自尊正随着衣摆上的水珠掉落在地上。她眼眶发涩，但强忍着眼泪，不想让自己更狼狈。

楼下的滕翊闻声而来，眼前的画面让他始料未及。

女生站在滕颢的房门口，从头到脚没有一处是干的，她的马尾贴着后颈，细黑的皮筋在凌乱的发梢上摇摇欲坠，白色的衬衫淋了水几乎是透明，衬衫里头文胸的形状若隐若现……她紧咬着下唇,双手垂落在两侧握着拳,浑身颤抖,不知是因为冷,还是在极力克制。

"滕颢!你又发什么疯!"滕翊大喝一声,脱下自己的外套罩在阮妤的身上,"没受伤吧?"他问她。

阮妤没回答,转身迈步疾走。

"等一下。"滕翊想拉她,却被她用力地甩开了手。

她的背影瘦削而倔强,那件深色的外套披在她的身上好像一个沉重的负担,随时会压垮了她似的。

滕翊深吸了一口气,没有马上去追她,而是大步朝床边的滕颢走过去。滕颢下意识地想藏手机,却被滕翊一把抽走。

"哥……"

滕翊直接将刚才的视频删除,然后把手机摔回给滕颢,转身跑下楼。客厅的地板上残留着她落下的水渍,还有那个黑色的皮筋,很细的一道黑色,在洁白的瓷砖上格外明显。滕翊捡起那个皮筋,冲出了门,等他跑到公交站的时候,527路公交车刚刚离开。他在车厢里看到了阮妤,她披着他的外套,背对着他的方向,整个人站得笔直。

车厢里空位很多,可她没有坐,就那么站着。

14

阮妤上车的时候,周围的人都在看她。

她知道自己此时有多糟糕,虽然这一路走过来,衣服上的水没有再夸张地往下滴,可紧贴的裤腿、散乱的头发和她湿漉漉的眼眶都在向路人诉说刚才发生的一切。

"小姑娘,你没事吧?"司机师傅转过头来,打量着她。

"没事,谢谢。"她低着头,走到窗边的位置,想坐下,可又怕弄湿了座位给下一个乘客造成不便,索性站在那里。

车窗敞开着,车子一动,飒飒的凉风扑面而来,披在身上的那件外套被风吹了一下有往下落的势头,她悄悄地攥紧了。外套披到她身上的时候还是暖的,可现在已经被水渗透了夹层,没有了温度。

下了公交车，从北门走回寝室的路上又招来了各方的目光。有同班的同学认出她，一个个上来询问她有没有事，她一概摇头，更加匆促地往寝室跑。寝室难得满员，竟然连久不露面的陈曼白都回来了。

人生就是这样吧，越欲遮掩的难堪，往往被越多的人看到。

三人目瞪口呆地看着阮好头发披散湿答答地走进屋里，面面相觑良久没有人敢说话。

"阮阮，你掉水里啦？"陈曼白打破沉默。

阮好没出声，走到床边将身上的外套扔在床上，给自己找了换洗的衣服，往浴室方向走。

"问你话呢。"陈曼白过来拦她，"谁欺负你了？"

"没事。"她越过陈曼白，走进浴室，关上了门。

洗完澡好像更冷了。

阮好从浴室出来，看到简湘湘立在门口，把吹风机递给她。

"快吹吹头发吧。吹完头发去喝杯姜茶暖暖身子，巧凤给你泡在杯子里了，别着凉。"

阮好扫了一眼寝室里的三个女生，她们全都在看着她，眼底已经没有了先前惊诧的神色，反而是各自深深浅浅的担忧，她的心忽然暖了一下。

"谢谢。"

阮好头发刚吹干，就听到身后的简湘湘忽然发出一声大叫。

"阮阮！你这是男人衣服吧？"简湘湘坐在她的床沿上，双手捧着滕翔的那件外套，脸上洋溢着好奇的神色，另外两人的注意力都被简湘湘吸引。

陈曼白走过去，瞧了一眼外套上的商标，补了一句："还是件很贵的男人的衣服。"

"从实招来，这到底怎么回事？"

阮好收好吹风机，走过去将外套抢回来，拿了个衣架挂到自己的床头。

"我头晕，我要睡会儿。"

"别转移话题，快点说啊，这外套到底是谁的？"

阮好没有回答，直接钻进被窝里，倒头就睡。简湘湘还在叽里咕噜地问着什么，但她已经没有力气回应了，她是真的头晕。

这一觉睡到天亮，起床后头晕还没有缓解，连鼻子都堵上了。

惨了，感冒了。

15

阮好一整个早上都是昏昏沉沉的，走哪儿趴哪儿，高数课还因此被点了名。数学老师让她起来解题，题不难，可是因为走神，她压根不知说的是哪一题，同寝室那三位神游天外，思绪飞得比她还远，压根指望不上。幸好副班长汪靖悄悄在身后提醒了她，她才勉强过了关。

上午的课结束之后，简湘湘飞奔着去找男朋友了，陈曼白要回工作室直播，夏巧凤约了老乡去逛街，阮好准备回寝室睡觉。

她刚走出教室的门，汪靖跟了上来。

"阮好，你没事吧？"汪靖很胖，但声音特别好听，"我看你一个早上状态不太好啊。"

"没事，刚才谢谢你。"

"不客气，互相帮助应该的。"

两人并肩走了一段路。虽然一个班，但终归不是很熟，阮好也不知道和他说什么，只觉得越走越尴尬。

"下午没课，要不要一起去外面吃饭？"汪靖忽然发出邀请。

"不了，我去食堂。"她拒绝得很干脆。

汪靖挠了下后脑勺，脸有点红："那行，下次吧。"

阮好点了下头，拐进了楼道，往另一个方向下楼，径直去了食堂。

食堂人有点多，她去小窗口要了一碗拌面，就近找了个位置坐下，刚吃了两口就感觉到周围的气氛似乎变了。原本整齐排着队的男男女女都朝食堂门口望去，人群里不时传来窃窃的轻呼。

"是滕翊哎！"

"真的是他，今天这是吹的什么风，竟然能在食堂遇见他！"

隔壁桌的两个女生激动地拿出手机，却发现滕翊端着餐盘正朝着她们这个方向走过来。

"天哪，他走过来了！"

阮妤抬起头，看到滕翊在她面前停下，黑亮的目光炯炯地望着她。莫名地，阮妤想起了在学校天台遇到他的那天。

那天，她第一次发现，原来男生的眼睛可以好看成这样。

"我能坐下吗？"滕翊指了指她对面的位置。

阮妤扫了一眼四周虎视眈眈的女生，说："你最好不要。"

滕翊闻言反而放下餐盘，直接坐在了她的对面。

围观的人发出一阵轻呼，局面明显失控，阮妤故作镇定地继续吃面。

"昨天的事情，很抱歉。"滕翊看着对面的女生，她神色冷漠，完全不掩饰对他的排斥与抗拒，看来是还没有消气。

"不是你的错。"而且他提醒过她，别被欺负了。

"我替我弟道歉。"

阮妤不出声，她手里的筷子拨了一下餐盘里的拌面，忽然觉得花生酱的味道腻得难以下咽。

食堂里的人越来越多，投向他们的目光也越来越复杂。滕翊淡然自若，阮妤却如坐针毡。稍过了会儿，她终于坐不住，端起餐盘站了起来。

"外套干了还你，我先走了。"

16

阮妤匆匆走出食堂，好在滕翊并没有跟出来。

她回到寝室，发现自己出了一身虚汗，头又晕起来。她躺到床上，懊恼着又是一个什么事情都做不了的下午。滕翊的外套悬在她的床头，她扬手轻轻地推了一下衣袖，又推了一下，外套来来回回摇晃着，衣架发出咿呀的声响，她的心有点躁。

阮妤睡了会儿，被枕边的手机铃声吵醒。

学校财务部老师打来电话，说是正在做账，发现她的学费还没有缴齐，于是问她是否有困难。

话是好听的，可其实就是提醒她快点把余下的那部分费用给补上。

阮妤温声应着，厚着脸皮又要了一个月的期限。她的学费在开学的时候已经交了大半，现在差得不多，只要能找到兼职，一个月内应该能赚回来。

财务部的老师虽然应允,但能听出来,她有点不太高兴。

　　阮好挂了电话,又发了一身虚汗,嗓子眼更干更疼了。但她顾不得这些,又打开了兼职网站,想快点找到替补的工作,她不想再去滕家了。网上的兼职多半都不合适,有的时间太长,有的路途太远。条条框框,限制太多。最后,她翻到一个餐厅端盘子的服务生工作。餐厅不远,查查路线,公交车两站路的距离,时间也不长,他们只招晚上高峰时帮忙的临时工。

　　阮好赶紧起床,把身上睡得皱巴巴的衣服换掉,洗了把脸,赶去北门坐公交。等她赶到餐厅时,餐厅经理告诉她,人已经招满了,就在十五分钟前,两个女生来应聘,已经签了合同了。

　　空欢喜一场。

　　街道上秋风四起,阮好紧了紧身上的外套,拖着沉重的脚步往回走。

　　回到学校时,天已经暗了。她没去食堂吃饭,中午的那碗拌面好像还堵在胃里,堵得她难受,想起那味道就不舒服。

　　绕过食堂,就是女生宿舍楼。

　　路灯下一抹颀长的身影。

　　滕翊在等她。

　　这是阮好从他笔直落向自己的目光和他手里那袋感冒药判断出来的。意识到这点,她本能地往四周看了看,这个时间学校里有些冷清,只有一两个送外卖的小哥穿梭在宿舍楼下,没人注意到他们。

　　"怎么?这么怕被别人看到你和我在一起?"他走到她面前,虽是质问,但语气轻松。

　　"我不想让别人误会。"

　　"误会什么?"

　　"误会我们很熟。"

　　"误会了会怎样?"

　　"麻烦。"

　　滕翊扬了一下嘴角,还是头一次有女生嫌他麻烦。

　　"中午听你的声音好像感冒了。"他将手里的袋子递向她。

　　阮好的嗓子忽然痒了一下,她没忍住轻咳了一下,恰好验证了他的

"好像"。

"拿着。"

"不用。"

"你自己买药了？"

她摇摇头。

"那就拿着。"滕翊把药塞进她的手里。

他的动作很快，两人的手指有短暂的摩擦，触感才至表皮就已消散，她甚至来不及感觉到他指尖的温度。

"又不是糖，你不要我还能带回去自己吃。"他补了一句。

阮妤觉得再拒绝更麻烦，于是握紧了手里的袋子。

"谢谢。"

"真要谢就聊聊。"

"你要聊什么？"

阮妤话音落下，就觉得这个问题愚蠢，他们之间除了滕颢还能有什么好聊的。

"滕颢。"

果然。

"好。"

"要不要找个地方坐坐？"他指了指西校门的方向。

西校门有条美食街，街两边布满了各式小吃摊位，每天傍晚时分，高校园区的学生们会成群地拥向那里吃吃喝喝。阮妤去那里的次数屈指可数，但也知道那里热闹得每天都像是在举行美食节。

"不了，就在这里说吧。"

滕翊点点头，挨着草坪边的水泥路牙子就坐下了。

阮妤愣愣地看着他。

"练了一下午的舞，腿有点酸。"他像是在给她解释。

阮妤没发表意见，只是觉得两人要聊天，若有一方居高临下不太好，于是也跟着坐下了，但特意和他保持了几拳的距离。

"你是滕颢第五个家教。"他的声音低哑间带着一丝慵懒。

"我知道。"

"那你知道他为什么这么作吗?"

阮妤沉默,她没想过。

滕翊等了会儿,见她不答,扭头看着她。阮妤摇摇头。

"因为他想用这样的方式引起沈冰女士的注意。"

沈冰女士?

"我妈。"滕翊笑了。

阮妤在滕翊的笑容里看到了一个儿子对母亲的宠溺,她挪开了目光,心里有些羡慕,羡慕他能这样说起他的母亲。

"沈冰女士很忙,一年三百六十五天,她大概有三百六十天是在国外,另外的五天就是回国给滕颢处理家教的问题。"滕翊停顿了一下,接着道,"这样想来,多亏了滕颢,我才能见到我妈。"

17

秋风乍起,校园里的秋蝉已无力聒噪,偶尔几声短促的悲鸣,也被风卷落成泥。

阮妤坐在滕翊的身边,听他说起母亲,说起弟弟,有一瞬间感觉错乱,让她误以为他们已是多年老友。滕翊想表达的意思很明显,他想告诉她,滕颢并不坏,他只是个缺爱的小孩。他正用这种方式,迂回地代替弟弟向她道歉。

这个有一头脏辫的男生,看着应该是桀骜不驯的人,却不知为何,此时散发着一种酥到骨子里的温柔。他的身上有令人难以言说的两面,她知道,无论哪一面,如若深究,都是致命的诱惑。

"阮阮?"身后传来简湘湘的声音。

阮妤猛地站起来,试图以此从与滕翊并肩而坐的画面里脱离出来,但这个动作显然只起到了欲盖弥彰的作用。

"阮阮,你坐在这里干什么?"简湘湘绕到他们面前,看到滕翊的瞬间,微蹙的眉头瞬间舒展开来,"滕翊!"

滕翊也站了起来。

"我是简湘湘啊,你记得我吗?那天晚上……"

"记得。"滕翊对简湘湘礼貌地微笑,"曦和的女朋友。"

"对,你还记得我啊。"简湘湘害羞地垂了一下头,羞涩劲持续了几秒,忽然想起什么,立马狐疑地看向他们,"你们俩怎么在一起?"

阮好眼见瞒不住,也不想当着滕翊的面搪塞简湘湘,索性把自己在滕家做家教的事情说了一遍。

"原来是这样啊。"简湘湘一把揽住阮好的肩头,对着滕翊推销商品似的大肆夸赞起来,"我们阮阮是去年的高考状元!她的成绩在我们系可是扛把子级的,基本上回回第一,找她辅导功课算是找对人了。"

滕翊很配合地竖了一下大拇指。

"还有……"

"好了。"阮好轻轻地推了推简湘湘,"我们上去吧。"

"这就上去了?别啊,你们继续聊啊,我先上去好了。"

"我们已经聊完了。"

阮好看了滕翊一眼,对他点了下头,便推着简湘湘往宿舍楼里走。简湘湘还想说什么,被阮好直接推进了大门。

滕翊还站在原地,阮好能感觉到他的目光在跟着她,但她没有回头。

上楼没多久,沈冰就打电话来了。沈冰道了歉,并表示希望阮好能不计前嫌继续给滕颢辅导功课。阮好思来想去,最后还是应了下来。

滕颢虽然有错,但也算事出有因,而且滕翊和沈冰如此诚恳,她不好拂了他们的意,最最重要的是,她需要一份兼职,需要钱。

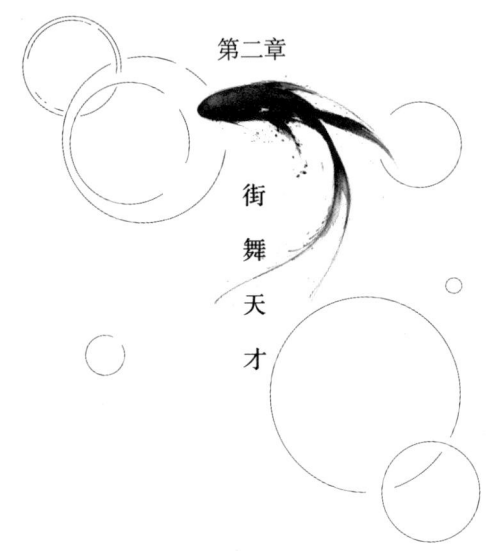

第二章 街舞天才

01

阮好服下了滕翊带来的感冒药便昏昏欲睡,简湘湘几次三番想过来打听滕翊的八卦,都被她以一句"不熟"给打发了。

感冒药像是有奇效,这一觉醒来,之前那些不适感都减轻了。头不晕了,鼻子也通畅了不少,就是嗓子还哑着。

阮好洗漱完之后,摸了摸床头的外套,已经干了。

简湘湘贴着面膜,眼珠斜过来:"这外套不会也是滕翊的吧?"

阮好"嗯"了声,找了个纸袋,把外套装进袋子里。

"阮阮啊,我总觉得你和滕翊之间有猫腻。"

"你别瞎猜。"

阮好说罢,提起袋子出了门。

早上没有课,她就在图书馆里待着,下午的课结束之后,她直接去了滕家。她已经做好了各种思想准备,可是走到滕家的大门口时,忽然又生了一丝退意。她破碎的自尊,重回这里的尴尬,一下子全都鲜明起来。

正当她站在门口犹豫不决时,门吧嗒一声开了。

阮好一愣,滕翊站在门后,也是一愣。他看上去很精神,鞋子也换好了,似乎是要出去。

"来了。"

"嗯。"阮妤把手里的袋子递给他,"还你衣服,没洗,怕洗坏了。"

滕翊接过袋子,侧身示意她进屋。

这不是她第一次进屋,却比之前的任何一次都要拘谨。

"滕颢在楼上。"

阮妤看了看他,他的意思是让她直接上去吗?她与滕颢那样闹了一场,眼下见面如果没有旁人起个头,该怎么打破沉默?

滕翊随手把袋子放在沙发里,一回头,看到她还站在原地,顿时猜到了她在想什么。

"要我陪你上去?"

"你急着出门吗?"

"上去吧。"他朝二楼昂了下下巴,"我陪你。"

他两个"陪"字说得自然而然,阮妤听着却不由得面红耳赤。她转身走在前头,滕翊跟在她后面,长长的楼道里,两人一前一后,一上一下。她觉得自己像是要奔赴战场,而他是在为她殿后。

有他跟着,她底气足了不少。

"感冒好点了?"他忽然发问。

阮妤要回答他,背着身不礼貌,于是扭头去看他。

"嗯,好多了,谢……"

这"谢"字才出口,她就踏了个空。眼看人要往下倒,滕翊赶紧出手去扶她,她唯恐跌倒,慌乱之中抓向了滕翊伸过来的手。

"当心。"他撑住了她的重心。

阮妤站稳了,才发现他们两人的手交握在一起,掌心贴着掌心,彼此都很用力。她晃了神,好一会儿才想到松手,眼睛的余光扫到了他手腕上那个黑色的皮筋,又是一愣。

02

滕翊注意到阮妤的目光,把手腕上那个黑色皮筋拨下来。

"这是你的,一直忘了还给你。"他把皮筋递到她的面前。

这个黑色的皮筋阮妤用了很久了,筋身磨得又细又长,已经没有什么弹性了，之前掉了她也没在意，早就换了新的，没想到他还替她留着。

"谢谢。"

阮妤接过来，将皮筋放进衣兜里，忍不住又扫了一眼他的手腕。他两边手腕都空着，没有佩戴任何饰品。莫名地，她想起了简湘湘说的那个方菀，还有方菀送他的那块好几千元的手表。

他为什么不戴？

两人走到滕颢的门口，滕翊上前敲门，等里面的人应了，他才推门进去。滕颢正在里面做作业，他新理了发，校服还没脱，学生气十足。

"哥，你不是急着去练习室吗？又回来干什么？"滕颢头也没抬。

阮妤看向滕翊，原来他真是急着出门啊。

滕翊没回答，手指又在门上敲了两下。滕颢转脸看过来，看到阮妤，悄悄握紧了手里的笔，眉心蹙了松，松了又蹙。

"过来，道歉。"滕翊开口。

滕颢有些不情愿，但在滕翊的注视下，还是乖乖起身走了过来，他走到阮妤面前站定。

"听说你感冒了？"

"已经好了。"阮妤虽竭力克制，但嗓子仍有些喑哑。

"你怎么这么弱？"

滕颢话刚出口，就被滕翊瞪了一眼。

"让你道歉怎么这么多话？"

"道歉就道歉，但是哥，你可别忘记你答应过我什么。"

滕翊不吱声，就那么面无表情地看着滕颢。滕颢被盯了一会儿，有些气短，转身对着阮妤忽然来了个九十度的标准鞠躬。

"对不起。"他一字一顿，说得缓慢而诚意十足。

如果没有前面那段对话，阮妤会以为他是诚心要道歉的。

可偏偏，有了前面那段对话。

滕翊为了替她要来这句道歉，答应了滕颢的要求，估计那要求还不是什么简单的要求。

"喂，我都这么郑重地道歉了，你总该有点什么表示吧？"滕颢见阮妤不动声色的样子又有些来气。

"我还需要有什么表示？"阮好看着他，"我站在这里就表示我不和你计较了。"

"那就不能说声没关系吗？"滕颢和她较劲。

"是要九十度鞠躬回礼吗？"

滕翊听着他们一来一回地斗嘴，笑了起来。

"好了，我先走了。"他说着转身，扬手刮了一下滕颢的后脑勺，"赶紧去写作业。"

阮好的目光跟着他，他注意到了，回眸对她点了下头，这才离开。

03

滕翊的背影消失在楼道里，很快，楼下传来了关门的声音。偌大房子，瞬间只剩下了阮好和滕颢两个人。

"他答应你什么了？"阮好问。

"这个不用你管，你只管辅导我功课就行了。"滕颢看着阮好，"我还有二十三天月考，你有办法让我在这次月考中考进前二十名吗？"

"全年级？"阮好问。

"没那么高的要求，全班就行。"

"你现在能排第几？"

"三十九。"

"你们班一共多少个人？"

"四十一。"

"你可真行。"

"一般，也就倒数第三。"滕颢没皮没脸地道。

阮好揉了一下太阳穴，感觉有些头大。滕颢基础这么差，要在这么短的时间内让他进步这么多，希望渺茫。

"怎么？不行？你不是高考状元吗？"他一连三问。

"我是高考状元，但我不是出卷老师。"

"你这话就是不行的意思。"

阮好不想在开始就灭了他的斗志，于是安慰道："也不是完全不行，事在人为。你想进步，关键在你自己。你收获多少，取决于你付出多少。只要你努力,没准就会有奇迹。"

"奇迹?"滕颢对她的安慰不大买账,"考进前二十有那么难?你竟然称之为'奇迹'?"

"我没称之为'不可能的事情'已经很给你面子了。"

滕颢静了静,似乎受了什么刺激,拿笔埋首作业本中。

阮妤不知道他为什么这么着急要进前二十名,她只知道从那天之后,滕颢忽然变得很用功,初见时那个别扭的小子像是彻底变了一个人。

他想上进,她求之不得,卯着劲地教。渐渐地,她发现滕颢基础差并非因为他是榆木脑袋,相反,他智商很高,只是之前把聪明用错了地方,心思不在学习上,所以成绩特别差。当他下决心专注功课,加上有阮妤在旁监督,他的进步就非常明显。

04

阮妤和滕颢的关系在日常的接触中渐渐有所缓和,滕颢见她不再像最初那般端着了,要面子的毛病也改得彻底,不会就不会,不懂就不懂,该问的时候一点不含糊。阮妤尽心尽力,恨不能马上打通了他的任督二脉,把自己会的都传授给他。

两人虽然还没到推心置腹的程度,但至少有了一种并肩作战的默契。她欣喜于这样的改变,觉得这是她安心兼职的基础。

只是,她很久没有见到滕翊了。他好像很忙,每天都要很晚回来,周末也是早出晚归,不见人影。在家碰不到,在学校就更没机会碰到了。

阮妤发现,自己总是莫名地想他。

这个念头彻底把她吓到了,她觉得自己一定是疯了,他们才认识多久?两人见面的次数屈指可数,根本不熟好不好?

阮妤摒弃了杂念,努力维持生活的平静。

九月下旬,学校广播站发布通知,欲有酬招聘两名学生主播。一般学校提供的勤工俭学岗位酬劳都不会丰厚,但阮妤还是毫不犹豫地报了名。她并不是为钱去的,她主要是想把握这个机会,锻炼自己的能力。

广播站主播的岗位竞争比想象的还要激烈。经过几轮的面试和筛选,阮妤和他们班的副班长汪靖留到了最后。

名单公布后，有人欢喜有人愁。阮妤很平静，这样的结果在她的预料之中。田成老师早在入学之初就夸过她，说她的音色圆润悦耳，发音规范标准，很容易给人舒适感，是个吃播音主持饭的好材料。先天的优势给她自信，后天的勤练让她不失底气，再加之她还有证书的"加持"——阮妤在大一的时候便拿到了普通话一级乙等的证书，当时整个年级只有她的考试分数达到一乙的等级。

　　机会都是留给有准备的人的。纵观各方面，阮妤都是广播站主播位置的最佳人选。不过即使这样，还是有人不服她。

　　听说他们班的班长尤乐萱在结果公布后就去田成老师那里抗议过。尤乐萱觉得自己的能力完全不输阮妤，她不过是在普通话等级考试的时候发挥失常，才只拿到了二级甲等的证书。但上一次考试的成绩不该影响这一次岗位的考核，她甚至提出自己可以不要酬劳，为广播站和学校免费服务。

　　好在田成老师没有被她的无理取闹动摇，还是坚持最初的名单。

　　周一，田成老师把阮妤和汪靖叫去他的办公室，说有事情要商量。

　　阮妤和汪靖走到田成老师的办公室门口，刚准备推门就看到滕翊从里面走出来。阮妤和滕翊已经有十来天没有见过面了，猝不及防遇上，阮妤一时没了反应。

　　滕翊不是一个人，他身边还跟着个男生，两人正说着话。见到阮妤，他稍稍有些意外，不过，除此之外便再没有其他什么反应了，他很自然地朝她点了下头就过去了。

05

　　"你和滕翊认识啊？"汪靖看着滕翊的背影轻声问道。

　　"嗯。"

　　"怎么认识的？"

　　阮妤看了汪靖一眼。

　　汪靖连忙摆手："我没有别的意思，我只是有点好奇。滕翊在学校早就被神化了，像我们这样的人，一般都没有机会认识他。"

　　阮妤还没说话，就见田成朝他们招手。

　　"你们两个在门口嘀咕什么呢？快进来啊！"

两人应了声，立马进了办公室。

田成喝了口水，把桌上的资料整理了一下，然后说起广播站的事情。广播站的播音时间分为中午十二点和晚上六点。田成希望阮妤负责晚上的播音时段，阮妤算了算，虽然播音时间和兼职的时间并不重叠，但她来不及两边赶。一旦她应下田成这边，家教那里必定会迟到。

汪靖看出阮妤的为难，主动提出想要负责晚上的播音工作。

"那行。那就你负责中午时段，汪靖负责晚上时段。"

"谢谢田老师。"

"不用客气，以后还得辛苦你们两个。"田成说着，转头看向汪靖，"你先回去吧，阮妤再留一下，我还有其他事情交代。"

"好。"汪靖转身走出办公室，随手带上了门。

办公室里瞬间只剩下了阮妤和田成两个人。

田成指了指沙发，示意阮妤去坐，阮妤也没和他客气。她大一一整年都在宣传部勤工俭学，帮着田成处理各种大事小事，田成很会使唤她，但也很照顾她，两人亦师亦友，关系非常不错。

"田老师还有什么指示？"阮妤语气轻松。

"你都从我这里跳槽出去了，我哪还指挥得动你啊。"田成笑。

"瞧你这话说的，我可不是忘恩负义的人。你放心，不管我的人在哪里，我随时为你待命。"

"你这张嘴啊，要么不开口，开口准能把人给哄得团团转。"

"那是，毕竟将来还想靠嘴吃饭呢。"

田成笑意更深了。他和阮妤共事一年，早已摸清了她的性格，虽然多数时候她总是不苟言笑，表现得像个成熟的大人，但其实她骨子里还是个"傲娇"的小女孩。

"其实也没事。"田成从抽屉里拿出一个信封，递到她面前，"这个给你，你拿着。"

信封口子微启着，能看到里面是一沓粉色的钞票。

"田老师……"

"还记不记得开学的时候我和你说过什么？"

阮妤垂头，不作声了。

"你这个人其他都挺好,就是爱死撑。我说没说过,如果学费有困难就找我?"

"没困难了,我已经找到兼职了。学费也没差多少,等我领了工资,就能补上了。"阮妤伸手把信封推回去,"谢谢你,田老师,我知道你是为我好,但我不能收这笔钱。"

"又不是白给你,你先拿着,将来手头宽裕了再还给我。"

"那也不行,无论怎么样,我都不能要。"

06

阮妤没有收田成的钱,不过她答应了田成,下次有困难的时候,一定不和他客气。

从宣传办出来,她直接去了北门坐公交车。

滕颢今天晚上八点要去参加同学的生日聚会,所以他们商量好把辅导时间提前一个小时。

527公交车这个时间点还不算热闹,车上尚有很多空位。阮妤挑了个靠窗的位子,坐下之后就戴起耳机,点开手机里下载好的视频专注地看了起来。

公交车停靠了约莫一分钟,乘客陆陆续续上车。阮妤的身旁也很快落下一个人影来,她感觉这气息莫名熟悉,一转头,顿时傻了眼。

竟然是滕翊。

"嗨!"滕翊和她打招呼。

"你怎么来坐公交了?"

"我怎么就不能来坐公交?"他笑着。

阮妤不说话。

仰山大学谁不知道,滕翊进出学校都是跑车代步。那辆宝蓝色的玛莎拉蒂和它的主人一样威名在外。

"今天怎么早了?"

"滕颢今晚有事。"阮妤答。

他点点头,没再往下问。

两人不说话了,就这么并肩坐着。阮妤继续看她的视频,但思绪全然无法集中,她眼睛的余光时不时飘向身旁的滕翊。滕翊微阖着眼,靠在椅背上,人很放松,似乎彻底进入了休息的状态。阮好借着低头的姿势,悄悄打量着他弯曲的大长腿,微露的袜口,还有那双干净到近乎纤尘不染的小白鞋。

他们离得很近,公交车偶有颠簸,两人的衣袖就会擦到一起。这微小的动静好像根本没有引起他的注意,却一点一点加快了她的心跳。风呼呼地从窗子里灌进来,将她的长发拂向他,她有些后悔没带个绑头发的皮筋,又庆幸早上洗了个头。

滕翊睡了一路,阮好小心翼翼了一路,她倒不是怕吵醒他,只是他们这样的近距离让她拘谨。幸好,公交车很快到站,阮好在报站的时候,轻轻拍了一下滕翊的肩膀。

他睁开眼睛。

"到了。"阮好说。

滕翊的目光下意识地转向她,她正在关手机上的视频,他无意扫到屏幕上的内容,才发现她这一路上看的竟然是《新闻联播》。

"《新闻联播》?"滕翊问。

阮好顺着他的视线低头看向自己的手机,明白过来他在问什么,于是应了一声。

"你什么专业的?"他又问。

"播音主持。"

两人边说话边走到后车门。

公交车已经停了,阮好静静地与滕翊并肩而立,等着后车门打开。车厢里没什么声音,忽然,她听到身边的人说了一句:"加油。"

后车门哗的一声向两边敞开,长街的杏花香扑了她满怀。

阮好扭头去看滕翊,他已经先她一步下了车。她还以为,她在公交车上看《新闻联播》会让他觉得自己是个奇怪的人,没想到寥寥数语,他却好像已经明白了她的所想所望。

是的,她将来想成为一名出色的节目主持人,而现在,她每一天都在加油。

07

阮好下了车，跟着滕翊走进华府小区。

两人一前一后走着，并不交谈。行到别墅门口的时候，阮好又听到了那熟悉的钢琴曲，不知从哪个方向飘过来，时而很近，时而很远。

她正四下张望，走在前头的滕翊忽然停了下来。

阮好来不及"刹车"，砰的一声撞上他的后背。她的鼻尖蹭到了他的外套，衣物上淡淡的皂香霸占了她的呼吸，她赶紧退开。

滕翊回过头来，见她抬手揉额角。

"撞疼了？"他问。

阮好摇头，心里却不住地嘀咕，这人身上怎么这么硬。

他的目光从她身上转开，落向门口那盆茉莉花："开花了。"

低低的一句，被钢琴曲盖掉了情绪。滕翊说完，人就进了屋。

阮好还站在原地，她看着茉莉枝头抽出的翠绿新叶和那朵羸弱的小白花，从包里掏出水瓶，蹲下去浇水。

这半个月来，她每天来这里的第一件事情就是给这棵枯枝浇水。看看它一点一点寻回生命的痕迹，她很有成就感。当然，她更开心的是今日绽放的第一朵小白花被滕翊看到。

她伸出一根手指，轻轻地抚了一下那朵小花。

加油。她在心里对它说。

阮好进门的时候，滕翊已经不在客厅里了。她关了门，上楼去。

滕颢的房门虚掩着，阮好抬手一敲就开了。她走进屋里，看到滕颢正坐在床上捣鼓着一个礼品袋，见阮好进来，他赶忙把袋子藏进被褥里。

"我都看到了，一定是送给女孩子的礼物。"

"关你什么事？"滕颢红着脸从床上下来，不放心似的又掖了掖被子。

阮好头一次见滕颢这样，忍不住继续逗他："你该不会是在早恋吧？"

"别胡说。"他恼羞成怒，"你再胡说，我就让我妈开了你。"

"以什么理由开了我？发现你早恋吗？"

"闭嘴！"滕颢提高了声调，气势汹汹地逼近她，"送个礼物就是早恋了吗？你这人，一看就没有谈过恋爱。"

阮好一时没了声响。滕颢见她不说话，知道自己猜得八九不离十了，顿生得意。

"哈哈,原来你真的没有谈过恋爱啊?"

阮好神思晃了一下,还没回答,忽听滕颢喊了声"哥"。她抬眸,看到滕翊不知道什么时候出现在门口。两人目光撞上,她连忙挪开。

不知道滕翊有没有听到他们刚才的对话?

08

"吃过晚饭了?"滕翊看向滕颢。

"嗯,外卖。"

滕翊点了下头,转身又往外走,他似乎进来就是为了问这个问题,似乎并没有听到他们刚才的对话。阮好悄悄松了口气。

然而滕翊走了几步,又回过头来,视线落在阮好身上。

"你呢?"

"嗯?"

"晚饭。"

"我也吃过了。"她其实没有吃过。

"哪儿吃的?"

"食堂。"

"食堂五点半开门。"滕翊看了一眼腕上的表,"我在公交车上碰到你的时候,也就五点半。"

阮好没想到他这个万年不去食堂的人竟然把食堂开门的时间记得这么精确。

"泡面吃不吃?"

"啊?"

"啊什么啊?我哥问你泡面吃不吃,泡面你总该知道吧?"滕颢翻白眼。

阮好不好意思地点点头,看着滕翊说:"吃……"

"那十分钟之后下来。"滕翊丢下这句话,转身走出了房间。

阮好给滕颢找了套题后下了楼。

厨房里,滕翊带着无线耳塞站在锅灶前,留给她一个挺拔的侧影。他不知在听什么,筷子在锅沿上有节奏地打着拍子,竟也敲出了一段小曲。

对音乐敏感，也是跳舞的天赋之一。

过了会儿，他将锅里的泡面均匀地捞到两个碗里。阮妤正要上前帮忙，却见他一手一个大碗滑步到了餐桌前。阮妤不懂街舞，但也看过迈克尔·杰克逊的太空漫步，滕翊刚才那套滑步动作与经典如出一辙。

关键是，他还穿着拖鞋。

真厉害。

滕翊一转头，看到阮妤已经下来了，他摘下左耳上的耳机，朝她扬了扬下巴："过来。"

阮妤点点头，走到餐桌前。他抽了一双筷子给她。

"谢谢。"

滕翊戴回耳机，坐到了她的对面。虽然两人坐在一张餐桌上，但阮妤知道，他有他的世界。

阮妤搅动着碗里的面，滕翊忽然推过来一个碟子，碟子里是煎好的两枚荷包蛋。

"忘了给你放进面里，自己夹。"

"谢谢。"阮妤夹了一枚，见他不动，便问，"你不吃吗？"

"我鸡蛋过敏，都是给你的。"他说着，夹起另一枚荷包蛋，也放进了她的碗里，"吃吧。"

"嗯。"

泡面煮得刚刚好，上面卧了两枚荷包蛋，看着就很有食欲。

阮妤还真有些饿了，她夹起一筷子面吹了吹，滋溜滋溜地吃了起来。大碗很快见底。她强压下冲到嘴边的饱嗝，抬眸看向滕翊，而滕翊不知何时放了筷子，正靠在椅背上似笑非笑地望着她。

阮妤以为自己嘴角沾了东西，连忙抽了纸巾去抹，结果什么都没有。

滕翊还在看着她。

"干吗？"阮妤不好意思起来，"头一次见女生这么能吃吗？"

"头一次见吃泡面吃得这么香的。"

"你煮得很好吃。"

"唯一的拿手'好菜'。"

"你不会做菜？"

"你会?"

"会一点。"

"下次尝尝。"

下次吗……阮妤不知还有没有下次。

"嗯?"他微动下颔。

"好。"

"饱了吗?"他问。

"饱了。"

"那就上去吧。"

"我来洗碗。"阮妤站起来,准备收拾桌上的碗筷,却被他制止了。

"不用,家政等下会过来。"他说。

"那我不是吃了白食?"

他温和一笑:"不是约好了下次吗?"

09

阮妤一整晚都在回味那碗泡面的味道。

那味道像是蛊惑了她的心神,让她不停地想起父亲尚在的时光。

阮妤小的时候觉得泡面就是人间最棒的美食,平时很少有机会吃到,只有她感冒生病时,父亲才会给她煮一碗泡面,哄她吃下。吃了泡面,病就会好,病好之后犯馋,就再装病。可是她的小把戏,从来逃不过父亲的眼睛……

父亲去世之后,她再也没有吃过泡面,因为她知道,无论泡面的味道有没有改变,当初的幸福感永远不会再来。可今天,她竟在滕翊那里寻到了一丝久违的幸福感。

她清楚地觉察到自己对滕翊的感觉变了。最初,她对他只是遥遥欣赏,中间也有过试图划清界限的阶段,而现在却不断地想要去靠近。

滕翊是个很温暖的人。这种温暖很危险,但无比诱人。

她无法控制某种情感在自己的心底生长,于是她便放任它肆意又悄悄地生长。

因为滕翊,去滕家做家教变成了阮妤一天之中最期待的事情。只可惜,滕翊依然神龙见首不见尾。

两人再见时,已经是他们一起吃泡面之后的第五天。

那天,阮好一进门就看到滕翊躺在客厅的沙发上睡觉。他的长腿搭在脚凳上,耳朵里塞着耳塞,脸上盖着一本杂志,睡得很沉,所以并没有听到她的脚步声。

阮好在客厅里站了一会儿,想等他醒了后可以打个招呼,可等了很久也没见他有醒的迹象,她只好先上了楼。

楼上,滕颢也在睡觉,他穿着短袖T恤趴在一堆卷子上。阮好把他摇醒。

滕颢睁开惺忪的睡眼,看了看她,又闭上了眼睛。

"昨晚没睡好吗?"阮好问。

"别提了,昨晚隔壁那个疯子弹了一宿的钢琴,好好弹也就算了,偏偏弹得乱七八糟,完全就是噪音,我差点就崩溃了。"

难怪,滕翊也没睡好。

"你们没投诉吗?"阮好问。

"投诉了,可投诉根本没用,还是一直响。"滕颢直起身,打了个喷嚏,"哎哟,冻死了,这天怎么忽然变得这么冷了。"他揉了揉鼻子,穿起了校服。

阮好想起楼下的滕翊,他也只穿了短袖睡在那里,万一着凉就糟了。她想下去给他盖个毯子,可又没有下去的理由。

"你渴吗?"阮好看着滕颢。

"干吗?"

"我去给你倒杯水吧,你嘴唇都干裂了。"

滕颢舔了下唇:"我怎么没觉得?"

"要不要?就一个机会。"

"你上次不是说下不为例吗?"

"不要就算了。"阮好抽出一本题册,作势要递给滕颢。

滕颢赶紧点头:"要,不要白不要。"

10

阮好起身,快步走出了滕颢的房间,拐进楼道时却有意放轻了手脚。楼下滕翊还在睡,保持着她刚进门时的姿势,一动没动。

她先去吧台那里倒水,之后端着水杯,状似无意地走向沙发处。

滕翊的外套扔在单人沙发上,她将水杯搁在一旁,拿起外套轻轻给他盖上。尽管阮好已经很小心了,但外套袖子垂落的力道还是吵醒了他。

他动了动,脸上的杂志滑下来,落在胸膛上。

杂志上是亚洲舞王罗汉的一篇专访。

"我……下来倒杯水。"她连忙旋身,握住那只陶瓷杯,像是握住了什么免死金牌,"最近天气凉,我觉得你这样睡着会感冒,所以顺便,只是顺便……"她语无伦次,欲盖弥彰。

滕翊收回了搁在脚凳上的大长腿,从沙发里支起身子。

"滕颢又使唤你倒水?"他问。因为刚睡醒,他的黑眸里浮着一层水雾,让他的眼神显得愈加温柔。

"没,是我想下来活动一下。"

"活动腿?还是活动思维?"

阮好还没反应过来"活动思维"是什么意思,就见他接过她手里的水杯,仰头喝了一口水。

"你又拿错杯子了。"他说。

阮好下意识地转头看向吧台,目光对比着两边的水杯。两个杯子明明一模一样,她倒水之前还特地观察了一下,可肉眼根本无法看出不同。

"到底该怎么区分?"

"这里。"滕翊凑向她,朝她亮了亮杯底。

两人的距离陡然拉近,让阮好有些无措。她扫了一眼杯子的底部,原以为会是刻着字,没想到是刻着一对小小的翅膀,翅膀高高昂起,是鸟儿欲飞的模样。

她联想到他的名字。

滕翊的翊。

"刻在杯底你又看不到,你怎么知道我拿错了?"

"自己经常用的东西,气场是相连的。"

"那滕颢的杯子上刻的是什么?"

"你觉得呢?状元小姐。"他嘴角染了笑。

状元小姐是滕颢给她起的外号,他偶尔会在家里这么喊她,带着几分揶揄和嘲弄。阮好从不理会滕颢，只觉得他孩子气，但此时，这四个字由滕翌说来，却并不让人生厌。

"你也要考我吗？"阮好问。

"猜猜吧，猜对给你奖励。"

"什么奖励？"她生了好奇心。

"先猜对再说。"

"我自然是能猜对才好奇的。"

"这么有自信？"

"当然！"阮好微挑眉角。

滕翌被她眼底的神采晃了一下眼。认识这么久，她给他的印象总是低调、内敛、自持的，可这会儿，他忽然看到了她不为人知的另一面。

自信、狡黠、运筹帷幄的她。

"那你说说，滕颢的杯子底下刻了什么？"

"别总想把我往坑里带。"她神态从容，语气笃定，"我猜杯底什么都没刻。"

11

滕颢。

颢，通白，白而亮的意思。

所以，她猜杯底是一片白，什么都没有刻。

滕翌静静地看着她半晌，然后对她竖起了大拇指："不愧是状元。"

阮好笑了一下，正想问奖励，滕翌的手机响了。他的手机放在茶几上，被水杯挡去了半个屏幕，却偏能看见来电显示的名字。

方菀。

客厅刚才的气氛被这两个字击打得粉碎。

阮好猛地从周遭的甜蜜和心底疯长的情愫中抽身出来。

是啊，滕翌有女朋友。她怎么忘了？靠近他、贪恋他的温柔和喜欢他，都是不被允许的。

阮好趁着滕翌接电话的空档，逃似的上了楼。

滕颢刚解出一道难度系数很高的数学题，心情正好，见阮好空手上来也没和她计较,只是凉飕飕地问她:"下楼倒个水而已,怎么把魂都丢了?"

阮好不答,整个人被失望的阴云笼罩着。

她一晚上都没什么精神,只有给滕颢讲题的时候勉勉强强能有点生气。辅导八点结束,她从滕颢房间出来,看到滕翙正倚在门外走廊上,看样子是在等她。

"结束了?"

"嗯。"

"坐我车走吧。"他晃了一下手里的车钥匙,"我正好有点事情要回学校。"他说着转身往楼道里走。

阮好看着他的背影,定定地站在原地没动。

滕翙走了一段,发现她没跟上来,于是回过头来看她:"怎么?"

"我不回学校,我还有个其他地方要去。"

"这个点?"他抬腕,修长的手指在表盘上敲了两下。

阮好看到了他的表。那是一款做工很特别的手表,表冠是简洁精美的齿轮型,表带是棕色鳄鱼皮,采用棕色缝线,纹理整齐美观。她不认识那个商标,但也看得出来这是一块很贵的手表。

这大概就是方菀送他的那块手表吧。

"才八点而已,又不晚。"她说。

"去哪儿?我送你。"

"不用了。"阮好一路抢跑到他的前头,飞快地下楼,"我自己去坐公交车就行了。"

她跑出了大门,把滕翙和别墅的一室光明都甩在身后,紧绷的神经这才松懈了下来。还是离得远远的吧,离得远远的,才是自救的唯一方式。

阮好刚到公交站,就看到滕翙的宝蓝色跑车从眼前飞驰而过。玛莎拉蒂开着敞篷,他一身黑衣坐在驾驶座上,单手控着方向盘,那束短短的脏辫在风里招摇。

"好酷啊。"公交站台上的几个女生忙不迭地录下小视频发给朋友看。

阮好的目光跟着跑车远去。

是啊,好酷。

如果只是肤浅的酷也就算了,偏偏那么炫酷的外貌,修炼了那么温柔的灵魂。这样的人,多么容易让人沉沦啊。

12

学校广播站在确定了两名主播之后开始正式运营。

阮好每天中午准点播报,短短的三十分钟里,她会给大家播放几段好听的歌,念一些诗,推荐一些书籍,或者播报几条服务师生的实时新闻。汪靖在晚间时段的广播另辟蹊径,天天给大家讲书,有时讲经典名著,有时搜罗一些闻所未闻的鬼怪杂谈,很受大家欢迎。

两人甚至收获了一批数量可观的粉丝。尤其是汪靖,他的声音是传统的"低音炮",又好听又撩人,小女生一听倾心,纷纷跑来广播站找他。

汪靖开学后天天去西街大吃大喝,没有家人的约束,又胖了十多斤。粉丝一见真人,发现他胖得像是吹了气的大白,人声不符,一个个大失所望地撤退。汪靖每天迎来送往,心情跟坐了过山车似的大起大落。

在经历了几次打击之后,汪靖终于决心减肥,于是他天天跟着阮好去吃食堂。因为广播站和食堂,两人很快熟悉起来。

汪靖成了阮好为数不多的朋友,还是个异性朋友。

"今天有个戴眼镜的小学妹来宣传办给我送情书,一见我,吓得转身就跑,连情书掉在地上了都不知道。"汪靖坐在阮好的对面,喝了一口食堂的海带汤,拿起馒头咬了一口,想想又放下了,"阮阮,我就这么胖吗?"

"为什么问我,你自己不照镜子吗?"阮好头也不抬,都快要埋首在砂锅里。

"也是,我胖不胖自己也还有点数,可这些人至于这么伤人吗?就算'见光死',也不用表现得那么明显吧。大家好好地打个招呼,给我留点面子,哪怕背后骂我几十遍'死胖子',我也不会那么伤心。"

阮好无言以对,她根本不擅长安慰人,只能抬眸略同情地看了汪靖一眼。

"还有更夸张的,你知道是什么吗?"汪靖把手里的筷子狠狠地戳进馒头里,"我读了那小学妹写给我的情书,上面还写着,'汪靖学长,我为你的声音着迷,我想和你有比校友更近一步的关系,无论你是什么样子都没关系'。"

汪靖捏着嗓子模仿女生的柔调,听得阮好胃里一阵翻腾,她连忙比了个打住的手势。

汪靖视而不见,继续说:"这些人简直睁着眼睛说瞎话,打脸也打得太快了。还说无论我长成什么样子都没关系,我看她分明是期待我长成滕翊那样。"

阮妤心里咯噔一声。这几天,她的思绪总是刻意避开这个名字,这会儿猝不及防地听到,忽然又开始想他。

"行了,安生啃你的馒头吧。"阮妤没好气地说道,"让我也好好吃顿饭。"

"好好好,不抱怨了,等我将来瘦成一道闪电,亮瞎她们只看颜值的眼。"

13

阮妤吃完饭就和汪靖分开了,她从食堂出来,正往公交车站方向走,手机忽然响了起来。她掏出手机一看,是滕颢。

"喂?"

"状元小姐!你猜,我月考考了第几!"滕颢的声音从听筒里冲出来。

阮妤一听他这兴奋的语气就知道他有好消息,情绪也跟着雀跃起来。

"进步了?"

"当然进步了!小爷一发威,全班都成 Hello Kitty 好不好!"

"那是考进倒数第二了,还是登顶倒数第一啊?"

"我去,你这人太损了。亏我还想着让你也高兴高兴呢,原来我们的革命友谊这么脆弱!"

阮妤忍不住笑了,为滕颢的进步,也为他这句"革命友谊"。初见的互不顺眼,后来的矛盾冲突,所有的恩恩怨怨都在这一刻化负为正。

"进前二十了?"她恢复正经。

"嗯。"那头的人语气也认真起来,"刚好二十。"

"还有二十名的进步空间。"

"得仰仗状元小姐。"

"客气。"

"对了,今天换个地方辅导功课吧。"

"哪儿?"

"我把地址发给你。"他说着,挂了电话。

没多久，手机里进来一条滕颢的信息，是他说的那个地址。

长宁区冬蕴路 A108，在市中心呢。

他跑市中心去干什么？不就考了个全班二十吗？这就得意到连北都找不着了吗？

阮好坐公交到了冬蕴路。

A108 是一个新装修但还没挂牌的店面，店面很大，都是落地窗，可从外往内看，百叶窗窗帘遮得严严实实的，什么都看不到。

她上前敲门，结果门压根就没有关严实，一推就开了。

里头灯火通明。

"滕颢？"阮好叫了声，但没有传来回应。她掏出手机又看了一遍地址，确认没错，这才认真地打量起这地方来。

前台是很简洁的黑色大理石设计，台面上空无一物，也没有商标，主人没想好要给这个地方起什么名字似的。前台后头是一面花花绿绿的墙壁，粗看只觉得缭乱，细看才发现，上面画满了各种街舞的动作。走廊的两侧墙壁上，挂着一排人物照片，照片尺寸放得很大，张张镶着金属相框，像是一幅幅质感很好的壁画。

排在第一的是位黑人，照片下面有他的简介，都是中文的。

阮好扫了一眼，只看到他叫 Sam，目光马上就被第二张照片上的滕翊吸引了过去。

14

滕翊。

全能舞者。

JD 国际街舞大赛中国赛区 Breaking 和 Locking 的双料冠军。

德国街舞精英邀请赛 Hip-hop 十强。

HHD 街舞锦标赛中国赛区三强。

博海"舞动中华"街舞大赛金奖和最佳编舞奖。

……

底下一串长长的履历，显得开头的"全能"二字底气十足。

照片里的滕翊穿着黑色的皮夹克,气场全开,他的目光直视着镜头,眼角眉梢尽是凌厉和霸气,丝毫不见往日温柔。

阮妤盯着照片里的滕翊,照片里的滕翊也在盯着她,两人"互看"了一会儿,她不争气地先败下阵来。

滕翊的照片后头跟着西游街舞社其他成员的照片,阮妤一个个看过去,将他们的脸与校庆那日的红衣男生们一一对上号。

他们每一个人都很厉害,至少,在他们各自擅长的领域都已有所成就。

萧卿,是和滕翊一样比较全能的舞者,尤其擅长 Urban Dance,以编舞的手段融合多种舞蹈手法,形成新舞蹈。周曦和,Locking 小王子,LD 街舞大赛的 Locking 亚军。林杉擅长 Popping,彩虹主打 Breaking,但在 House 和 Reggae 领域也有涉猎。

这是别人的青春,精彩的、辉煌的青春。

阮妤顺着灯亮往里走,走廊两侧是练习教室。劲爆的音乐声震得地板都在微微颤动。

阮妤循声上楼。

二楼入口的那个练习室里有十来个人围坐在地上,一个穿着校服的少年在他们中间,正跟着音乐热舞。他的动作很快,时不时来个倒立或者高难度的身体旋转,显然并非一个没有技术的花架子。

是滕颢!

阮妤先认出他的校服,继而看清楚了他的脸。她一直觉得滕颢是个孩子气的小男生,这会儿看他神色专注的模样,忽然觉得他有点陌生,也有点帅气。

围观的人时不时发出"哇哦"和口哨声,滕翊站在一旁,抱着双肘,目光跟着弟弟旋转跳跃,面色严肃。忽然,他走过去,关掉了音乐。

众人都安静下来,滕颢也停下了动作,坐在地上气喘吁吁地看着滕翊。

"你的基础不行,后面先补基础。"滕翊开口。

阮妤愣了愣,觉得这话耳熟。

果然,坐在地上的滕颢跳起来:"哥,你怎么和状元小姐说一样的话?"

"这说明你各方面基础都不好。"

滕颢气鼓鼓地昂起头,还没来得及反驳,一旁的周曦和看到了站在门口的阮妤。

"哎哟,哪里来的漂亮小妹妹?"

众人的注意力都转向阮妤,滕翙也朝她看了过来。

两人的目光,隔着七嘴八舌的人群,静静地相遇。

15

"这就是帮我考进前二十的状元小姐!"滕颢洋洋得意地开口,"状元小姐,快进来啊!"

阮妤进门,和大家打招呼。

"仰山的?"萧卿问。

"对。"

"小学妹你好啊,我是萧卿。"

"你好,我叫阮妤。"

萧卿起了个头,其余的男生也依次向阮妤自报家门,他们有些是仰山大学的学生,有些是别校的,还有些是社会人士。在她被众人团团围住的时候,滕翙在旁拧开了一个矿泉水瓶,一边喝水一边看着她。

"我们学校简直卧虎藏龙啊,竟然有生得这么好看还这么聪明的妹子。"周曦和一双桃花眼上下打量着阮妤,眉间的风流和身上的香水味一样,"小妹妹,有男朋友了吗?"

萧卿他们都嫌弃地伸手去敲周曦和的后脑勺。周曦和笑嘻嘻的不恼,却没有作罢的意思,好像非要从阮妤嘴里讨一个答案似的。

"我有没有男朋友不重要,重要的是我知道你有女朋友了。"阮妤对周曦和扬了下唇,"周学长,刚才忘了和你说,我是简湘湘的室友,经常听她提起你。"

周曦和眉角一蹙,脸色顿时变了。他身后的几个男生发出哧哧哧的嘲笑声。

"是吗,这么巧?"周曦和掩住情绪,装模作样地继续与阮妤寒暄,"湘湘都在寝室怎么夸我来着?"

"湘湘说你对她很好,说你很专情,其他男生拈花惹草的毛病,你一点都没有。"

练习室的人再也忍不住了,轰地发出一阵爆笑,连滕翊都跟着笑了起来。周曦和平时调戏女生惯了,今天遇到她,竟被这样结结实实地摆了一道。

"我家湘湘还挺了解我的。"周曦和没皮没脸地道,"你哥哥我就是这样一个人。"

阮妤忍着想要翻白眼的冲动,思索该怎么接话,一旁的滕翊先将手里的空矿泉水瓶砸向了周曦和。

"闲的是不是?还不快去练舞。"

周曦和稳稳地接住了矿泉水瓶,扔到垃圾桶里,然后拍了拍阮妤的肩膀,意犹未尽地说:"回聊啊,阮妹妹。"

众人都散了,三三两两结着对子朝其他练习室走。

偌大的空间里,只剩下了阮妤和滕家两兄弟。

她又想起刚才滕颢跳舞的样子。

"没想到你跳舞倒有两把刷子。"阮妤朝滕颢竖了一下大拇指。

"那是,一般真人都不露相。"滕颢笑。

"你觉得他跳得很好?"滕翊忽然看着阮妤,一本正经地问。

阮妤的直觉告诉她不大对,但还是硬着头皮点头。

"毕竟我是门外汉,看不出什么硬伤,就觉得很……厉害。"

滕颢的虚荣心得到了很大的满足,开心地直朝滕翊挑眉,滕翊视而不见,继续看着阮妤。

"那我呢?"他问。

"嗯?"阮妤不明所以。

"比起我呢?"滕翊指了指滕颢,"他还很厉害?"

16

练习室的气氛顿时有些诡异。

阮妤被滕翊笑得心惊肉跳,怎么忽然就比上了?

"她看过你跳舞?"滕颢问滕翊。

滕翊点头。

"什么时候?"

"校庆。"他向她确认,"后来去了?"

阮好想起那日他们在天台的初遇。

"去了。"

"那么？"滕翊比了个"请"的手势，明明是丢给了她一个难题，却像是发出了什么优雅的邀请。

阮好沉住气。两兄弟都看着她，一个四两拨千斤，一个满眼都是胜负欲。她犹犹豫豫，不敢轻易答题。

阮好记得高考之前，班主任老师曾反复提醒他们的一句话，答题之前，一定要揣摩出题者的用意。她现在就是在揣摩滕翊的用意。她知道，滕翊才不会真的在乎谁比较厉害，毕竟答案明摆着。他应该只是想借她的嘴杀一杀滕颢的锐气吧。

"你别怕我哥，也不用顾忌他的面子，实话实说，到底谁厉害。"滕颢迷之自信。

"当然是……"阮好的手指指向滕翊，"你哥。"

"哎，你刚才不还夸我了吗？怎么突然倒戈了？"滕颢不快。

"没有对比就没有伤害。"

滕翊看着指向他的那段白嫩嫩的手指，指甲修剪得很圆润，透着肉粉色，就像戳在自己心上，不由得还想逗她。

"厉害多少？"

"就……"她顿了顿，"打个比方吧，全班四十一个人，你第一，他倒数第三，这样的差距。"

滕颢瞪住她。

滕翊忍着笑，觉得她很可爱，说话一套一套的，骂人不带脏字，甚至不带恶意，却能把人怄死。

"别提那段黑历史了，我现在都考进前二十了好不好！"滕颢激动。

"没想过为什么能考进前二十？"滕翊问。

滕颢一时有些答不上来。滕翊看向阮好，示意她来答。

"因为对症下药，恶补了基础。"

"听到了？"滕翊扬手揉了下滕颢的脑袋，语气倏然严肃，"跳舞也是一样，你想进步，就得先抓好基本功。一口吃不成胖子，别总想着炫技，炫技的前提是你得先有技可炫。不然，你也只能唬唬外行人，做一个'厉害'

的倒数第三。"

难得他一下子说这么多话,字字扎心,没留一丝余地。

滕颢不吱声了,半晌,闷闷地点头。

阮好看着滕颢被收拾得妥妥帖帖的样子暗暗感慨。滕翊出题的用意并不是想挫滕颢的锐气,更不是想争输赢,他只是想让滕颢明白,他现在距离专业的差距和问题所在。

而她,成了他的矛,也成了他的盾,他利用她攻,也利用她守。

真厉害。

17

"好了,今天先这样,去做作业。"

滕翊下完逐客令,走过去打开了音乐,调低音量,开始热身。前后两面镜子,映衬着他挺拔的身影。

阮好跟着滕颢离开了练习室,去了二楼尽头的一个办公室。办公室是新装潢好的,很宽敞,里面放着一套沙发和两张办公桌。滕颢的书包就扔在沙发上。

"这里是舞蹈培训基地?"阮好问。

"确切来说,是街舞公司。专业的街舞培训公司,致力于推广和普及街舞文化。"

"谁的?"

"我哥的,这是他的梦想。不过现在还在筹备当中,过段时间才能正式营业。"滕颢打开了书包,从书包里抽出几张卷子,递给阮好,"以后辅导功课的地点改在这里。"

"为什么?"

"因为我哥答应让我在这里学街舞了。"

阮好想了想:"这就是他之前答应你的那个要求?"

"真聪明。"滕颢对她投来赞许的目光,"不愧是让我进步的状元小姐。"

"他就不怕影响你功课?"

"不是有你吗?"

阮好顿感肩头的压力十分巨大,她问:"你妈知道吗?"

滕颢赶紧比了个"嘘"的手势:"暂时不能让我妈知道。"

"你妈不会同意?"

"我还没和她说起过,反正我哥当初要学街舞的时候,我妈是坚决不同意的。"

滕颢记得,当初就因为哥哥滕翊提出要学街舞,家里的和平第一次被打破。在母亲沈冰看来,跳街舞的都是些不务正业的小混混,滕翊要学街舞就是要学坏。母子俩为此还大吵了一架。

后来,性格硬得要命的滕翊竟然先服了软。为了让母亲改变想法,滕翊特地手写了两页纸的保证书,向母亲诉说了自己对街舞的热爱,并且再三保证自己绝对不学坏,也绝对不影响学习。

沈冰被滕翊感动,终于松了口,但她还是觉得,跳舞只能作为业余的兴趣爱好,不能"当饭吃"。滕翊没在这点上与母亲再起冲突,他抓住机会,珍惜每一秒能去练舞室的时间,暗暗努力,勤学苦练,受再多伤也不吭声。

十六岁那年,滕翊参加了"梦想杯"街舞大赛。那是当时国内声势最大的电视街舞比赛,他凭着扎实的基础和过硬的实力一路从海选冲进全国总决赛,并拿到了 Breaking 组的季军。他是同年参加大赛的选手中年纪最小的获奖者。

当时,各方媒体争相报道,都赞滕翊是"街舞天才",沈冰也因此接受了多家报社的采访,面上有光。

"从那之后,我妈就不干涉我哥跳街舞了。这次我哥要开街舞培训公司,她也二话不说地支持了。"滕颢露出了布满星星的眼睛,"我特别崇拜我哥,他就是我的偶像。"

"那你和你哥学学,打动你妈呗。"

"我也想啊,不过我这人毅力和耐心都不行。"滕颢挠了下后脑勺,有些害羞,"其实我之前也跟着我哥学过一段时间的街舞,太苦了,我没能坚持住,再加上我学校成绩跟不上,我哥就不让我再碰街舞了。"

"那现在什么情况?"

"我后悔了。"

滕颢断了练习一段时间之后,觉得自己还是放不下街舞,他想重新回来跳舞,但滕翊没有允许。因为滕翊了解弟弟的性格,认定他这一次又是三分钟热度,所以不想让他继续浪费时间,又误了学习,落个两头空。滕颢苦苦哀求,滕翔都没有心软。

"然后呢?"阮好问。

"然后就出了你那档子事。我哥让我去给你道歉,我不依,拿这个跟他谈条件,他同意了。"

"你可真是……千层鞋底做腮帮子——好厚的脸皮。"

滕颢嘿嘿地笑着说:"对不起对不起,那次我真不该泼你水,我错了。"

"所以,多亏了我,你才能继续练舞?"

"有你的功劳,但我自己也付出了。"滕颢指了指卷子,"说实话,成绩出来的时候,老师和我都不信。"

阮好笑起来:"那以后争取让你哥也刮目相看啊。"

"嗯,一定的。"

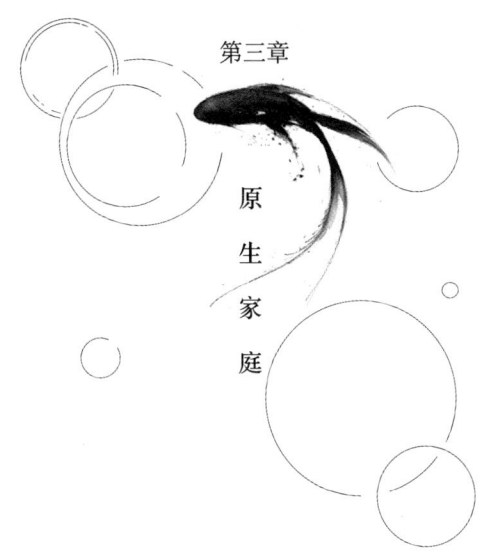

第三章 原生家庭

01

阮妤分析了一下滕颢月考的试卷,将他的错题挑出来,整理了知识点,一题一题地给他分析。

快到九点的时候,彩虹过来敲办公室的门。

"老大请夜宵,让你们俩也一起去。"

阮妤正想拒绝,被滕颢一把给拖上了:"走走走,去吃点。"

夜宵是烤串和啤酒。

一群男生围在茶水间的大圆桌前把酒言欢。阮妤一看这场面,不知道自己该往哪里站。

"那里。"彩虹指了指边上的小圆桌,"老大说让我点些女孩子爱吃的东西,我也不知道你们女孩子爱吃什么,所以点了些甜食,你去吃吧。"

"彩虹,女生最怕吃甜食了,会胖。"周曦和在旁插嘴,"就说你不懂女生,所以才找不到女朋友。"

"滚滚滚。"

众人大笑。

彩虹转头看了看小圆桌上的雪媚娘和千层盒子,又看了看阮妤:"你一点都不胖,可劲吃吧,再胖点也好看。"

"谢谢。"阮好在人群里找滕翊,却发现屋里并不见他的身影。

"哎,我哥呢?"滕颢也发现了。

"他不吃,在练习呢。"彩虹说。

"老大也太拼了。"

"马上就要比赛了,他压力大。"

比赛?什么比赛?

阮好竖起耳朵,想仔细听的时候,他们几个已经扯开了话题。

夜宵吃了大半个小时才结束,周曦和他们好像还有第二轮,问阮好去不去,阮好立马摇头拒绝。

出了培训基地,滕颢打车回了家,阮好去公交站坐车。夜风很凉,公交站冷冷清清的,只有零星两三个人,都在低头玩手机。她下意识地也去摸手机,才发现手机并不在包里。

阮好立马往回赶。幸好,她赶到的时候,练习室的门还开着。

阮好一路飞奔上二楼。果然,手机在办公室,只不过被滕颢留下的草稿纸盖住了,所以她走时压根没注意。紧绷的神经松下来,阮好才惊觉自己出了一身冷汗。

手机没了的话,又得花一大笔钱。真是虚惊一场。

她正庆幸,忽然听到二楼的音乐声停止了。

滕翊要走了吗?

阮好轻轻走到练习室的门口,隔着门缝往里望,这一望,人就呆住了。

屋里的滕翊正一把掀落了他的上衣。那麦色的皮肤和线条分明的背部肌肉,显得他整个人很有力量感。也是,他是个练 Breaking 的舞者,如果上肢没有力量,怎么撑起那些飞来飞去炫酷至极的动作。

阮好原本是想打个招呼的,但眼见他忽然脱了衣服,顿时不好意思进去了。

"不进来?"滕翊忽然转过身来,"怎么?喜欢偷偷看?"

阮好当场被捉包,窘得无地自容。他是怎么知道她在看他的?

滕翊像是看穿了她的想法,他扬手指了指镜子。

对哦,镜子,练习室里都是镜子。

"我手机落下了,我是回来拿手机的。"阮好站在门口,并没有要进去的意思,"不打扰你,我先走了。"

"等下!"滕翊开口。

阮好的脚步定在原地,讪讪回头去看他:"还有什么事吗?"

"帮个忙。"

"嗯?"

"进来。"

阮好虽然有些犹豫,但也不好意思装作没听见直接走人。

她推门进去,却低着头不敢看他。

"为什么低头?"滕翊勾了下唇,"刚才不是看得挺起劲的?"

这人到底是个什么样的人?明明温柔的时候就是个十足的绅士,可坏起来又像街头的痞子。

"帮什么忙?"阮好问。

滕翊看她的脸红得像是将晚霞揉进了皮肤里,没有继续逗她。他转身,去一旁的储物柜里拿了一瓶云南白药气雾剂递给她。

阮好看清楚他递过来的东西,心头一紧,也顾不上害羞了,直接抬起头来,上上下下左左右右仔细地在他身上搜寻着受伤的地方。

"敢看我了?"他笑。

"你受伤了吗?"

"没有,只是背部的肌肉有些酸痛。"他侧了侧身,将后背亮给她。

阮好扬手,下意识地想去摸他的后背,快触到时又觉得不妥,于是手停在半空里,虚虚地比画了一下。

"哪儿啊?"

"这。"他反手指了指右侧肩胛骨的下方。

阮好将喷雾的喷头对准他指的位置,轻轻一喷。

空气里顿时都是云南白药的味道。

"还有吗?"

他又往下指了指。

阮好顺着他的指尖,看到那个位置有一块椭圆的淤青,淤青还很新,应该是刚撞到的。她有些心疼,明知这气雾上身就不疼了,却仍是小心翼翼的。

"还有吗?"她继续问。

滕翊转过身来,指了指他的左侧肋骨那里。

阮好俯身去给他喷,喷完忽然意识到,前面他自己能喷到啊,为什么要她帮忙?她昂头看他,撞见他满脸是笑。

呵,又逗她。阮好没好气地把云南白药气雾剂塞回他的手里。

"没事我就先回去了。"

阮好说着要走,滕翊伸手拦了一下。

"我送你。"

"不用了,我坐公交走。"

"这个点坐公交走,还能进宿舍?"他捞起丢在一旁的衣服穿上,"走。"

阮好掏出手机,看了一眼时间。他说得对,这个时间如果坐公交车一站一站停着走,回到学校也早过了宿舍关门的点。她没有再拒绝。

两人一起下了楼,他走在后头,边走边关灯。

路过前台的时候,阮好的脚步停了一下。

"怎么?"滕翊看着她。

"为什么没有 Logo,还没想好叫什么名字吗?"她问。

"确定了。"只是之前设计师拿来的成品大家都觉得不太满意,所以滕翊让设计公司拿回去修改了。

"叫什么?"

"西游。"

这和学校的街舞社名字是一样的。

"为什么叫西游?"她问。

滕翊关了最后一盏灯,落在两人之间的光亮消失,他在黑暗里看到她的眼睛,亮晶晶的,像外头挂在夜空中的星。

"你猜啊,状元小姐。"他的声音带了笑。

又来?阮好撇了撇嘴,他可真爱考她,上次的奖励还没兑现呢,这次她可不轻易上当了。不过,就算她想猜,她也不知道答案。

"我猜不出来。"

"不着急,以后有的是时间,慢慢猜。"

滕翊替她拉开了门。

外头是宽阔的街道、明亮的路灯和林立的高楼，城市的喧嚣在这一刻沉静下来，让夜色也显出几分温柔。

"在这里等我，我去开车。"滕翊丢下这句话就大步朝停车场走去。

阮好站在原地，看着他的背影。他边走边活动着手肘，放松着背部的肌肉，好像还很酸痛的样子。

她之前特地去论坛上了解过街舞的知识，很多专业人士都说 Breaking 是街舞里最容易受伤的舞种，现在看来的确如此。

滕翊练舞这么多年，受过的伤一定不计其数。

其实，以他的家世，他明明可以选择更轻松的路走，但是他偏偏选择了这条很多人都不敢走的路。

这或许就是热爱吧。

唯有热爱，才能不畏艰苦，才能持之以恒。

02

阮好原本想让滕翊送到学校门口就好了，但是滕翊的跑车径直开到了女生宿舍楼下。阳台上晒衣服的女生们听到声音，纷纷探头出来张望。

这招摇的声势让阮好觉得有些头皮发麻。

"谢谢。"她说着，松开安全带，快速推门，低头跑进宿舍楼。

滕翊坐在驾驶座里，看着她做贼一样猫着腰的背影，忍不住揉了下太阳穴，随即又勾起了唇。

阮好一路飞奔上楼，开门，进屋，锁门。完成这一系列的动作之后，整个人才算放松下来。

"你做什么亏心事了？"简湘湘双脚支在书桌上，往后仰着看她。

"没。"

"那你跑什么？"

"我想跑不行吗？"阮好走过去，把简湘湘推回原位，顺手把包放在自己的书桌上。

"行行行，当然行，还就怕你不跑。"

"什么意思？"

简湘湘指了指洗手间："等曼曼出来，我一起向你们宣布这个噩耗。"

"什么噩耗啊?"

"别着急,等下你就知道了。"

简湘湘话音刚落,洗手间里的陈曼白出来了。

"好了,齐了,现在我可以说了。"简湘湘冲陈曼白招招手,"曼曼,你也过来,有你的份。"

"干吗?"

"要开运动会了,你们俩知道不?"

"知道啊,我还知道这次的运动会是和隔壁宏尚大学两校连开呢,但我们又没有拿手项目可以参加。"陈曼白擦着头发,坐到夏巧凤的床沿上,"去年不就没参加吗?"

"对,就是因为去年没参加,今年必须参加了。"

"谁说的?"

"班长大人。"简湘湘指了指隔壁,压低了声调,"她刚才拿着报名表特地来了寝室一趟,怨念很重呢。我和巧凤还好,之前已经报了短跑,所以幸免于难,但你们两个比较惨。"

"怎么?"陈曼白问。

"她给你报了跳高,给阮阮报了……三千米。"

"凭什么啊?"陈曼白跳起来,"她老几啊?凭什么代表我们!"

"就凭她是班长,头上插着班主任给的鸡毛呢。"

"那也不能给我报跳高啊!"陈曼白踢了一下自己床边的高跟鞋,"她这是明摆了针对我矮嘛!"

陈曼白五官生得很精致,人也纤瘦,唯一美中不足,就是个子只有一米五一。其实女生一米五一穿上高跟鞋也还好,但要一米五一的个子去跳高,这明显就是掺了为难的成分了。

屋里一时没人说话。

"不行,我得找她去!"陈曼白甩下了手里的毛巾,顶着湿漉漉的头发冲向门口。

"哎哎哎!"

简湘湘赶紧从椅子上站起来,拽上了阮妤和夏巧凤去拉她,可陈曼白已经夺门而出,拦都拦不住。三人赶紧追出去。

"尤乐萱，你给我出来！"陈曼白大叫着。

03
隔壁寝室有人开了门，出来的正是班长尤乐萱。
"哟，我当是谁呢？原来是我们的陈主播啊，今天回来得挺早啊。"尤乐萱敷着面膜，倚在门框上懒洋洋地看着陈曼白。
陈曼白愣了几秒，忽然明白过来什么。
"我夜不归宿是你告的状？"
"要想人不知，除非己莫为。"
"嚯，还真是你！"
陈曼白气急了，猛地朝尤乐萱冲过去，一把抓下了她脸上的面膜。
"啊！"尤乐萱尖叫着连退了几步。
"曼曼！你别激动啊！"简湘湘上前去，一把从后面抱住了陈曼白。
阮妤和夏巧凤一左一右将陈曼白控制住了。
"现在这样闹也闹不出结果，反而给她多一条把柄。"阮妤轻声在陈曼白耳边道，"吓唬吓唬她就好了，趁着事情还没闹大，赶紧跟我们回去。"
陈曼白不从。
阮妤对夏巧凤和简湘湘使了个眼色，三人合力把陈曼白拽回宿舍。
"你们干吗拦着我？！我今天就想撕了这丫头片子！"
"撕了她，然后呢？女侠你这学还上不上了？"简湘湘给陈曼白倒了一杯水，顺手又抄起一本书给她扇着风，"喝口水，冷静冷静吧。"
陈曼白沉了沉气，接过水杯，咕噜咕噜地将杯子里的水喝干净。过了会儿，她忽然啪的一声将水杯撂在书桌上。
"我去，运动会的事情还没来得及说就被你们拉回来了！"
"还说什么呀，她随便给你们报名，你们就随便参加呗。"夏巧凤温声开口，"难不成你还想替她争个奖牌回来让她去邀功吗？"
陈曼白想了想，也是，可她就是不喜欢尤乐萱一天到晚总盯着她们寝室的人不放。
"姐妹们，你们说，咱到底哪里招惹了她，她为什么处处针对我们？"陈曼白不解。

简湘湘和夏巧凤两人同时将目光落在阮好的身上。

"看阮阮干什么?"

"'恨屋及乌'了解一下。"夏巧凤说。

"尤乐萱恨阮阮?"陈曼白更不解了,在她看来,这个学校就没有比阮好更低调的人了。

"尤乐萱一个'千年老二',干什么都要活在阮阮的光环下,就连班长这个位子都是阮阮当初不想当才给她当的,你说她难受不难受?"

"再难受也不能公报私仇吧!"

"人家是'高官',我们都是'庶民',能有什么办法?"简湘湘摊了摊手。

阮好在旁听着她们说话,一直没吱声。半晌之后,她忽然抬起头。

"我有办法。"

04

仰山大学和宏尚大学两校连开的运动会定在九月底。

阮好提前和滕颢打了招呼,告知自己运动会那天要请一天假。滕颢问她报了什么项目,她说三千米,惊得滕颢差点掉了下巴。

过了两天,状元小姐文武双全这件事情就传遍了整个练习室,萧卿他们碰到她都要向她确认一遍,好像她去跑三千米是一件多么匪夷所思的事情。

阮好在这样高密度的关注下,忽然生了压力。

她又不是自愿报的,能不能跑完还不一定呢。

很快就到了月底。

邻校宏尚大学的师生齐聚仰山,两校本着"友谊第一,比赛第二"的原则,开始了各项运动的竞技与切磋。

运动会为期两天,三千米这个项目在第二天上午,所以阮好头天在图书馆打发时间,第二天才跟着同寝室的几个姑娘一起去操场。

操场上彩旗飞扬,广播里循环播着《年轻的战场》,秋风携着"奔向未来的理想与张扬"和"冲破捆绑的热爱与癫狂"回荡在整个校园内,听得人热情高涨。

"走,我们去主席台下边,那里的草坪晒不到太阳。"简湘湘拎了一袋零食，像是来郊游的。

"晒晒太阳吧，能补钙。"夏巧凤道。

"我不，有紫外线，会起斑的。"

陈曼白和简湘湘达成了共识，强行拉上阮好和夏巧凤就往主席台那个方向走。

主席台后的草坪上已经聚集了很多有相同想法的女同学，这些人一簇一簇地坐着，远远一望，像极了开在草坪上的小花。

"今天韩佐有项目？"

"八百米。"

"等下别忘了，要去给他送水啊。"

"喊，轮得到我们吗？"

身后几个女生旁若无人地交谈着。

简湘湘悄悄往后瞟了一眼，然后低头凑到四人的中间，轻声说："韩佐是宏尚大学的'校草'，长得可帅了。"

"你又知道！"陈曼白剥了个橘子，整个往简湘湘嘴里一塞，"吃你的吧，别整天就知道八卦。"

"真的，我昨天都迎面碰到了，那颜值和滕翊有得一拼。"简湘湘朝后努了努嘴，"不然，能有这么多女生惦记？"

"咦，那不是滕翊吗？"夏巧凤抬手指着主席台，"你们快看，是他吧？"

阮好顺着夏巧凤的指尖望了一眼。

果然，是滕翊。

他穿着黑色的运动服，戴着鸭舌帽，曲起左腿踩在石阶上，半倚着主席台的栏杆，目光遥遥落在操场中央。

"滕翊来干什么？大三又不用参加运动会。"陈曼白说。

"谁知道呢，没准儿是来给女朋友加油的。"

简湘湘话音刚落，就看到操场那头一个身姿曼妙的女生朝着主席台的方向奔了过来。

不是别人，正是方菀。

"我去，简湘湘，你这嘴开过光吧，怎么说谁谁到？"陈曼白抱拳，比了个佩服的手势。

"你想见谁,告诉我,我帮你召唤他。"

"我想见钱。"

简湘湘翻白眼。

阮妤看着方蓂迈着小步跑上台阶,又看她与滕翊并肩而立。不知两人在说什么,方蓂手舞足蹈的,像个兴奋的小孩。

"方蓂的项目都在昨天吧,昨天也没见滕翊来啊?"夏巧凤疑惑。

"谁知道呢,不管他们了。"陈曼白终止了这个话题,"赶紧吃点东西,阮阮马上就要跑三千了。"

"对对对。阮阮,多吃点,全看你的了。"简湘湘一边往阮妤手里塞巧克力,一边冲她使眼色。

正聊着,检录处那里通知女子组三千米开始检录。

阮妤听到自己的名字,站了起来。

"我走了。"她说。

"等下,我们陪你一起去。"

三人快速地收拾了一下地上的东西,与她一起往检录处走。

路过主席台的时候,阮妤忍不住往上看了一眼。方蓂不知何时已经走了,滕翊还在那里,他一人靠在栏杆上,维持着刚才的姿势,像个遥望江山的君王。阮妤想快些逃离他视线的范围,却不想这一眼正好与他的目光撞个正着。

"状元小姐!"滕翊喊了声。

阮妤挪开目光,想假装没听到,简湘湘却立马反应了过来,她抬肘捅了捅阮妤:"阮阮,滕翊好像是在叫你。"

阮妤没法子,只能停下脚步,大大方方地望向滕翊。三个室友识趣地从她身边走开,留下一路窃窃的嬉笑。

滕翊从主席台上下来,快步走向阮妤。

"为什么躲我?"

"哪有?"阮妤装傻。

"刚才,我叫你的时候。"

阮妤沉默了几秒,忽然昂起头,小声地抗议:"在学校能不叫我状元小姐吗?"

"为什么?"

"怪丢人的。"

滕翊扬唇,笑起来:"那你想让我叫你什么?"

阮妤还没回答,就听检录处那边又播报了一遍她的名字,好像是在催她。"我得走了,晚点再说。"她丢下这句话,转身就走。

跑道两旁的彩旗在风里发出唰唰唰的声音。

她走了几步,忽然听到他在身后喊:"小鱼儿,加油啊!"

阮妤扭头去看他,他穿着一身劲酷的黑色服饰挺拔地立在暗红色的跑道上,鸭舌帽挡住了他眼里的光,却没有挡住他的气场。飘摇的彩旗在他身后忽然没了声响,整个世界在那一瞬都成了他安静的点缀。

她的耳边只剩下了一道声音。

小鱼儿,加油啊!

05

阮妤一路小跑到检录处,比赛还未开始,她的心已经快从嗓子眼里跳出来了。

"阮妤?"检录处的工作人员看着她。

"对,我是阮妤。"

工作人员递给她一张号码牌,阮妤接过来,将号码牌四个角上的别针穿透上衣的布料,固定在了身前。

其他参赛的选手都在热身,她也稍稍活动了一下四肢关节。

三个室友在旁握拳屈肘,不停地冲她比画"加油",她的目光却不自觉地往主席台处瞟。

那个黑影已经看不见了,但她的心还在狂跳。

他为什么要来这里,是特地来给她加油,还是顺便?

比赛很快就开始了。

因为三千米从开始就可以抢道,所以工作人员只用脚在塑胶跑道上虚画了一条斜线作为起跑线,没有明确地分赛道,所有参赛的运动员全都挤在一起,阮妤被挤在了最外围。

"啪!"

枪声一响,参赛选手们一窝蜂地往前拥出去。有的人开始就加速,有的人则慢悠悠地跑在后头,各有各的战术。

阮好在跑进内道之后就匀速往前,一直保持在中间的位置。

一圈。两圈。三圈。

她感觉到自己的呼吸声越来越沉重,周遭的加油和呐喊声也渐渐模糊。

简湘湘在跑道内给她递水的时候提醒她:"阮阮,差不多了。"

阮好却像是没有听到她的话,用水润了润干涩的嗓子和嘴唇,继续往前。

四圈。五圈。

她的双腿像是被灌了铅,鼻头很酸,她只能张着嘴呼吸。风迎面呼啸,直接钻进她的肺里,她好难受,好想放弃。

可是,耳边有个声音一直在回荡。

"小鱼儿,加油啊!"

她疯了,她忽然想坚持到最后。

六圈。

她迈步越来越艰难,往前挪动的频率也越来越缓慢。

七圈。

内脏好像都干涸了。

恍惚间,她听到很多人都在喊她的名字,为她加油呐喊,她知道,她快胜利了,这份胜利无关名次,她只是赢了自己。

七圈半!

终于到了!

她不知道滕翊还在不在操场上,她想着,如果他看到就好了。

"第五!"

阮好往前扑去,被简湘湘、陈曼白迎面抱住。

"不要马上坐下,也不要马上躺下,快扶着去走一走!"学校的体育老师在旁喊道。

简湘湘和陈曼白架着阮好,往足球场的中央走去。夏巧凤手里拿着水,跟在她们的身后。

"阮阮,你什么情况啊?不是说好了跑三圈假装晕倒的吗?"简湘湘道。

"就是。"陈曼白不太高兴,"你忘了我们要整尤乐萱吗?干吗跑得这么卖力！"

阮妤喘着气。她记得，当然记得，这个主意还是她想的呢。可是刚才滕翊和她说了加油之后，她忽然改变了主意。

无论如何，上了跑道，这就是一场竞技。

她不想让自己的恶作剧破坏了竞技精神，扰乱了其他参赛选手的节奏，影响了整个比赛的正常进行。

"我们现在该怎么办？就这么放过尤乐萱了？"简湘湘问。

"现在还来得及。"阮妤舔了舔发白的唇，"你们找找班主任在哪儿，把我扶过去。"

"你想干什么？"夏巧凤问。

"晕倒。"

简湘湘和陈曼白相互看了一眼，顿时明白过来阮妤的用意。几人被掐灭的兴致再次高昂了起来。

班主任蔡智这会儿正站在 C 看台那里，阮妤她们四人刚走近，蔡智的视线就捕捉到了她们。

"哎哟！我们班的 superlady 回来啦！"蔡智大步迎过来，一边走一边鼓掌，"阮妤啊，你说说，还有什么是你做不了的！真是给我们班增光啊！"

"蔡老师，我都没有拿到奖牌。"

"奖牌有什么重要的，重在参与嘛！你能跑完全程就已经很厉害了。而且我听说，跑在你前头的都是学校体训队的，这说明如果没有专业选手，你就是第一啊。"

"谢谢蔡老……"阮妤话音未落，双腿一软，人先倒了下去。

"哎哎哎！"蔡智惊慌地大叫起来。

"阮阮！阮阮！你怎么了？"简湘湘她们仨也跟着大叫，演技一个比一个逼真。

一旁的学生们都围了过来。

"快送医务室！"蔡智大叫着。

这时，阮妤感觉到自己的身体一轻，她被人拦腰横抱了起来。

哪儿杀出来的程咬金？

"哎哎哎！"耳边是简湘湘的惊呼，比起之前的装腔作势，这次她的声音终于多了一丝真情实感。

阮好闭着眼睛,无法看到抱着她的人是谁,她只感觉到那人有力的胳膊和宽阔的怀抱。他跑了起来,尽管怀里多了阮好这个累赘,但他依然步伐矫健。

清风拂面,她闻到了男生身上如同雨后青竹的味道。

06

男生抱着阮好一路狂奔,简湘湘和蔡智一行人跟在他身后,却被他甩开了好长一截距离。这画面顿时就变得诡异,知道的他这是在见义勇为,不知道的还会以为他这是抢人呢。

阮好在他怀里颠簸,感觉自己的五脏六腑都要被他震出来了,刚从三千米中缓过来的眩晕感再次上头,她忍不住伸手轻轻抓住了男生的衣摆。

男生感觉到她的动作,低头扫了一眼那只白皙的小手。

"你没晕?"他的声音从头顶传下来,带着一丝惊讶和迟疑。

阮好顿时意识到是哪个动作穿帮了,她连忙松手,将手虚虚地垂落在一侧。可此时,松手就等于欲盖弥彰。

"你没晕。"男生重复了一遍,这次语气笃定。

伴随着这句陈述,他的脚步也逐渐慢了下来,到最后干脆停在原地不走了。阮好装不下去了,只能睁开眼睛。

两人一上一下地对视着,彼此陌生又带着些许防备,偏偏还以最亲密的姿势偎在一起。

真是尴尬。

"那个……"

"那个……"

他们同时开口,又同时闭嘴。

又是一阵尴尬。

"你先说。"男生道。

阮好斟酌了一下,用商量的口吻问他:"你能不能好人做到底,替我保密,然后把我送去医务室?"

男生怔了怔,阳光晃过来,怀里的女孩恳切地眨巴着眼,棕色的瞳仁像块透亮的琥珀。身后的脚步越来越近。

"拜托了。"阮好压低了声音。

他还是没答应。

"怎么了？怎么了？"蔡智他们追上来。

阮好赶紧闭上眼。

男生看了看她，从脸到手，仔仔细细地看了一眼。她这样软绵绵地沉在他的臂弯里，就像一株蔫了的茉莉。

小而白，却自有芬芳。

"问你话呢，怎么忽然停下来了？"蔡智问。

简湘湘她们三个屏住了呼吸，目光齐刷刷地落在男生身上，生怕这个谎言被戳穿。

"不知道你们学校的医务室在哪儿。"

这人不是他们学校的吗？

"你小子真是的！不知道医务室在哪儿还跑这么快！"蔡智数落着，指了指主席台后的通道，"走走走，快跟我走。"

男生点点头，迈步跟上去。

简湘湘她们都松了一口气。

07

医务室里很冷清。

女校医正在看一部韩剧，不过她看得并不专心。今天运动会有长跑项目，她猜着可能会有人晕倒。

果然，这个念头刚闪过，就有人推门进来。

"白医生，快快快，三千米，晕倒了。"蔡智顾不得打招呼，直接将医务室那张病床往外拉了一下，对男生喊，"韩佐，快放上去。"

韩佐？阮好觉得这个名字有些耳熟。

宏尚的"校草"？

难怪刚才他抱起她的时候,简湘湘那几声惊呼意味深长。

韩佐把阮好放到病床上,正要退开,校医过来,挡住了他的去路。

"扶着。"

"嗯?"韩佐不解。

校医将阮好扶起来,伸手朝阮好的后背比画了一下,说:"帮忙扶着,暂时不要躺平。"

韩佐犹豫,之前把她抱起来是以为她需要帮助,可现在明知道她没有事还产生肢体接触的话,好像不太绅士。他看了一眼在场的三个女生,觉得由她们来扶着或许会更好。

简湘湘她们也想往里挤,可校医和蔡智挡住了过道,挤也挤不进去。

"快啊。"校医催促。

韩佐没办法,只能伸手扶住阮好的后背。

男生一路负重而来,身上热气腾腾的,掌心的温度更是灼热。阮好感觉后背快烧起来了,她决定到此为止。

"啊,醒了。"蔡智忽然叫起来。

众人都朝阮好看过去,见她缓缓地睁开了眼睛。

韩佐看着她的眼睛。屋内没开灯,是自然光,女生的瞳仁不如阳光下那般透亮,却显出另一种神采。

"哎哟,醒了就好。"蔡智松了一口气。

阮好双手支着床沿,微微往前挪了挪,韩佐知道她的意思,立马把手收了回来。

"哪里难受?"校医问。

阮好没答,只是扬手捂了一下胸口的位置。

"心口?有相关病史吗?"

一个谎言,需要多少个谎言去掩饰?

阮好正要摇头,一旁的陈曼白忽然上前。

"蔡老师,其实是这样的,阮阮这段时间因为兼职太累,总觉得心口不太舒服。"

"不舒服就要去检查啊。"蔡智指了指阮好,"难怪田成说你这孩子太拼太要强,你们年轻人就是没有危机意识,身体才是革命的本钱啊!还有,不舒服就不要跑三千米了嘛,你看看,这突然晕倒,多危险啊!"

"阮阮本来没打算参加运动会,是班长强制要她参加的,班长没经过她的同意,甚至都没和她商量,就擅自给阮阮报了三千米这个项目。"

韩佐瞥了瞥床上的女生,她垂着头,面无表情地坐着,虽然晕倒是假,但苍白的脸色做不了假。

08

陈曼白一股脑儿把对班长尤乐萱的不满统统都说了出来,什么私底下滥用职权,什么动不动就打小报告给同班同学穿小鞋……桩桩件件,听得蔡智有些下不来台。

"走走走,上外面说去!别打扰病人休息。"蔡智拉上陈曼白她们往外走。

韩佐也想出去,却被校医叫住了:"同学。"

"嗯?"

"去小卖部买个功能饮料来,红牛什么的。"校医说。

韩佐迟疑了一下:"小卖部在哪儿?"

"你不是仰山的学生?"

"我是宏尚的。"

"那行,我去买,你在这里看着。"

韩佐还想说什么,校医已经快步出去了,走时还顺手带上了门。屋里瞬间只剩下了他们两个人。阮好盯着那扇门,韩佐发现了,立马过去重新打开。

"有点闷。"他立在门边,看看外头,又看看阮好,没话找话。

"是有点闷。"阮好搓了下鼻尖。

韩佐四下看了看,把窗户也打开了。风涌进来,吹得药架有些摇晃。

"今天谢谢你。"阮好说。

"不客气。"韩佐朝她走了几步,用脚勾了一张椅子,坐到她面前,"你真没事?"

"没事。"

"看你脸色不好。"

"真没事。"

韩佐轻咳了声,又没了话题。

两人面对面干坐着。

阮妤悄悄打量他。男生理了很短的板寸,整张脸俊朗有型,五官不负他"校草"的称号,如果单论长相,的确与滕翊不相伯仲。

这个世上好看的人怎么这么多。

"你叫阮妤?"韩佐忽然想起什么。

"对。"

"我叫韩佐,我经常听我舅舅在家里说起你。"

"你舅舅?"阮妤有些反应不过来。

"你们班主任蔡智是我舅舅。"

阮妤愣住了。那么,她岂不是当着他的面骗了他的舅舅?

"那个……"

"没事,我会替你保密的。"韩佐像是看穿了她的想法,笑了一下,"我舅舅这人,有时候看人是不太准。但是,他挺喜欢你的,他经常在家里夸你聪明还努力,说我笨,让我以你为榜样好好学习呢。"

"那你是挺笨的。"

"啊?"

"如果我是你的话,就会抓住这个机会,让舅舅看看,这个'别人家的好孩子'的真面目。"

韩佐消化着她的话。

"你应该挺烦我的吧。"阮妤看着韩佐,"反正我小时候最讨厌的人就是我爸最常夸的隔壁的小姐姐。"

"那我现在去告密还来得及吗?"他忽然一本正经。

"你已经错过了坦白的最佳时机。你应该在发现我说谎的第一时间就戳穿我的谎言,现在,我们已经是一条船上的人了。"

韩佐彻底笑了起来。

随着他爽朗的笑声,医务室里萦绕的尴尬气氛终于消失得一干二净了。

09

滕翊坐在主席台后临时搭建的办公室里，翘着二郎腿，看着田成和一个叫汪靖的男生整理着桌上的加油稿。

操场上鼎沸的人声衬得这屋很安静。

"你说你马上就要比赛了，不去练习，跑这里来干什么？"田成回头。

"我来感受一下比赛的氛围。"

"你那比赛和这运动会怎么一样？"

"怎么不一样了？"滕翊把玩着书桌上的订书机，"竞技精神，融会贯通，街舞也是一种竞技。"

田成刚赞了声有道理，就见一个小个子的女生从外走了进来。

"汪靖，你们班的那个阮妤晕倒了。"女生刻意压低了声调，但屋里几个人都听到了这句话。

汪靖正想问具体些，身后的滕翊哗地从椅子上站起来。

"田老师，我先走了。"

田成还没应声，他已经出去了。

操场上依然热闹非凡，通知检录的声音、比赛开始的枪声，还有加油呐喊声，声声不绝于耳。

滕翊快步下楼梯，穿过通道，去了医务室。医务室里只有一个女校医，她正要关窗，看到滕翊过来，她的动作顿了一下。

"又出什么事了？"校医问。

"没，找来找个人。"滕翊透过窗户往里望，里面空荡荡的，没有其他人。

"三千米晕倒的那个女生？"

"对。"

"她早就醒了，在我这里休息了一会儿，刚走。"

"谢谢。"

滕翊道了谢，原路折回去。他想打个电话了解一下情况，可掏出手机才发现自己根本没有阮妤的联系方式。

"阮妤，你故意晕倒的，对不对？好趁机在蔡老师面前编排我，对不对？"

器材室后面忽然传来了一道尖利的斥责，女生嘴里的那个名字让滕翊停住了脚步。他扭头望过去，看到阮妤和一个扎高马尾的女生站在桂花树下。

面对女生的质疑,阮好一句辩解都没有,她侧身想走,却被女生拽住了。

"我问你话呢!你回答我!"

"对。"

"呵呵,你这是承认了?"

"承认了,我就是故意晕倒,趁机在背后告你状,给你穿小鞋。"

"你——"

"滋味怎么样?"

高马尾的女生满嘴的话,忽然被这句堵了回去。

阮好神色冷冷的,一双黑亮的眼睛像是慑人的枪口:"尤乐萱,我警告你,你看我不顺眼尽管针对我,但不要牵连我的室友。不然,我有的是办法把你做的那些事儿都还给你。"

尤乐萱的脸青一阵白一阵,心虚地狡辩:"你……你哪里来的自信?我看你不顺眼?我为什么要看你不顺眼?"

"你自己清楚。"

"喊,你真搞笑,像你这种人,我压根连看都懒得看你好不好!"

"最好是这样。"阮好说完,迈步就走。

"喂!阮好!"尤乐萱提高了声调,像被激怒的野兽,她唇上的猩红蔓延到眼里。

阮好侧头。

"你别以为自己有什么了不起的。除了学习成绩好,你还有什么?"尤乐萱冷嗤,"我听说你这个学期的学费还没有交齐吧。喊,干什么?想上霸王学啊。"

"这个不劳你费心。"

"费心?我当然不会费心你。像你这样死了父亲跑了母亲,一个什么都没有的穷鬼,我根本不放在眼里!"

漫天漫地的阳光忽然化作彻骨的凉意,重重将阮好包围。她握紧了拳,转身时却仍朝尤乐萱笑得很自信。

"对,我什么都没有,但这已经足够让你嫉妒了,不是吗?"

"你……"

"嘿!滕翊!"

过道里的招呼声让对峙的两个女生一愣。

阮妤扭头，与滕翊目光相触的瞬间，强撑着她的最后一丝意志彻底瓦解。她知道，他一定都听到了。

此时的状态，和当初她被滕颢迎头浇下一盆水有什么区别？

她的隐私和自尊就像是洋葱一样，在滕翊面前一层层地剥开，到最后什么都没有了，只剩下眼泪。

阮妤抽了一下发酸的鼻子，想要快点离开这里。她转身太急，肩膀撞到那簇金桂花，饱满的花粒簌簌往下掉，那温润的香味一路尾随着她，竟变得如此逼人。

滕翊追上来，用自己的身体拦住她。

阮妤往左几步，他跟着往左几步。她往右几步，他跟着往右几步。

"让开！"她抬头瞪着他。

明明，他什么都没有做错。可洞悉一切，或许就已经错了。

"我特地来找你的。"滕翊对她笑。

阮妤发现，这人真的很爱笑。他每次眉眼一弯，瞳仁就会变成星星，而那张帅气的脸就会变成一剂治愈人的良药。

"找我干什么？"

"听说你晕倒了。"

"装的。"

滕翊喷了声："见过三千米还没开始跑就装晕的，也见过跑了一半装晕的，你这样跑完全程再装晕的，真是骨骼清奇、脉络不凡。"

阮妤听得出来，他在拐弯抹角地说她傻呢。

等等，这么说来，他看她跑完全程了。那么，她在操场上那一圈一圈的坚持也算有了意义。

尤乐萱也往他们这个方向过来了。阮妤想走，却再次被滕翊挡住了去路。

"滕翊，你到底想干什么？"她的眼里已经泛起了泪花，她怕他看到，也怕再不躲开眼泪就会流下来。

委屈在喜欢的人面前总是很容易放大，屈辱也是。

"我想请你吃饭。"

10

阮妤哪有什么心情吃饭。

"我不饿。"

"跑完三千米应该补补。"他在她肩膀上虚推了一下，带着她往前。

尤乐萱的角度看过去，像是滕翊揽着阮妤走了。她不由得奇怪，阮妤是什么时候和滕翊有交集的？

阮妤被滕翊带着穿过了行政楼，他的车就停在小公园的花坛边。滕翊替她拉开了车门，阮妤不想上车。

"怎么？"滕翊看着她。

她的气色还未恢复，被阳光一照，像是块通透的玉，白而亮，却没什么血色。

"你刚才都听到了对不对？"她轻声问。

"都听到了怎样？以后不打算见我了？"

她低下头，眉角微蹙，好像真的在思考这个提议。

滕翊直接把她推进了车里，关上了车门。车子一路驶出仰山的大门，开进红叶大道，去了长安街。

阮妤不是辽城本地人，对于长安街，她的印象始终停留在城市的宣传片里。黑瓦白墙的房子，蜿蜒曲折的河流，鹅卵石铺就的小路，还有古色古香的街道。

滕翊带着她走进了一家很不起眼的小店。也许是过了饭点的缘故，店里没有客人，只有店主夫妇坐在窗口剥黄豆角。

看到滕翊，老板站起来招呼道："怎么才来？"

"等朋友一起，所以晚了。"

老板看了阮妤一眼，笑着点点头，转身进了后厨。老板娘收拾了一下桌上的黄豆角，将窗口的位子让给他们，顺手递上了菜单，还特意将菜单放在了阮妤面前。

"点菜。"滕翊说。

"还是你点吧。"阮妤把菜单推到滕翊面前。

她从滕翊和老板的对话判断，滕翊一定是这里的常客，把点菜的任务交给常客准没有错。

"那我随便点了?"

"嗯。"

滕翎熟门熟路地点完菜,把菜单还给老板娘。

老板娘将他点的菜汇总,忍不住笑道:"这可不是随便点,我们店最好的菜全都点上了。"

"辛苦。"滕翎笑道。

老板娘乐呵呵地去了厨房。

大厅里瞬间安静了下来,只有窗外乌篷船驶过时的划桨声和水声。

气氛是平和的,但阮好的心并不平静。滕翎从进门起,目光就总是顾着她,可她支着下巴,没精打采地坐着,从未和他有过一眼的对视。

她在逃避,却不知是在逃避他,还是在逃避那个被他不巧撞见的瞬间。

11

安静逐渐变成了静默。

阮好搓着鬓边的那缕头发丝,正思忖着该如何开口,滕翎的手机先响了起来,是沈冰的视频通话。

阮好以为他会避讳她,没想到滕翎大大方方地在她面前接了起来。

"Hey,bro!"沈冰的声音从听筒里传出来。

自从上次滕翎在阮好面前称呼沈冰为"沈冰女士"之后,阮好就知道,他们母子之间的相处模式一定很不一样,但她没想到,沈冰竟然会以这样嘻哈的方式和她的儿子打招呼。

真可爱。

滕翎无奈地揉了一下额角,提醒道:"我在外面。"

"OK!说话方便吗?"沈冰的语气一秒恢复正经。

"如果你好好说话的话,方便。"

"OK!滕颢的班主任发信息给我,说滕颢这次考试考进前二十了,这事儿是真的吧?"沈冰问。

滕翎应声。

"看来那个小姑娘还真有两把刷子。"沈冰并不知道阮好就在滕翎对面,她继续说,"看来你当初执意要留下她是对的。她真的如你所说,能做到别人做不到的事情。"

阮妤抬眸，看向滕翊。

滕翊没有料到沈冰会突然说这个，他的表情微微有些错愕，随即又恢复自然。

"你找我就是为了说这个吗？"

"对啊，你弟弟难得争气一回，我很开心。你要替我好好谢谢那位小姑娘。"

"知道。"

"还有，找时间请她吃饭。"

"知道。"

"能换个词吗？"沈冰的语气里多了一丝撒娇的成分。

滕翊看了一下手表："时间不早了，你早点休息，挂了。"

"OK！那先这样，我不打扰你了。照顾好自己，照顾好弟弟。"

"嗯。"

视频结束了。滕翊收起手机，抬头发现阮妤还在看着他。区别于之前的躲闪，这次，她的目光很坚定。

"怎么？"滕翊笑道。

"为什么要留下我？为什么觉得我能做到别人做不到的事情？"

"直觉。"

"为什么会有这样的直觉？"她追问。

"小孩子才喜欢十万个为什么。"

她执拗地盯了他一会儿，见他一直不回答，有些失望地靠回了椅背上。

"天台。"滕翊忽然说。

"嗯？"

"在天台遇到你的那次，就产生了那样的直觉。"

一个绕口令，他听着她念一遍不顺就念两遍，念两遍不顺就念三遍……不管中间有多少次磕巴，不管绕口令的内容有多枯燥无味，她都没有产生过放弃的念头，她就那样偏执地、孤独地与自己死磕着。

那时他便知道，她是那种对自己要求很严苛，并且有了目标就一定要把事情做成的人。

有这样的人带领滕颢,进前二十有什么难的?

12

老板娘来上菜打断了他们的谈话。

桌上的菜都是家常菜,摆盘很简单,但色香味俱全。

滕翊将一份骨头汤推到阮好的面前:"尝尝。"

阮好点头,拿起勺子舀了一勺。汤汁浓醇,很鲜,不是加了味精的那种人工鲜,而是很天然的鲜。一口汤入了肚,整个人都暖了起来。

"是筒骨,我和老伴清早去市场上挑的最新鲜的,熬了一上午。"老板娘在旁补充。

"好喝。"

"好喝就多喝点。菜已经齐了,你们慢吃。"老板娘说着,撤回到后厨里。

大厅里再次安静下来,但刚才那个话题已经彻底断了。

阮好闷声吃菜,滕翊却没怎么动。

"你怎么不吃?"

"你吃。"他抿了口茶,"刚才没听到?主要是谢谢你,如果没有你,滕颢不可能进步那么多。"

"你刚才也听到了吧,是我该谢谢你们。如果没有这份工作,我就没有办法凑够学费。"阮好的筷子拨弄着汤碗里的那根骨头,弯卷的刘海遮住了眼睛,也遮住了情绪。

"打住,别谢来谢去了。"滕翊拨了一下她眼前的那盘菜,"赶紧吃。"

阮好扬了下嘴角,低头继续喝汤,小口小口地,心事很重的样子。

"真羡慕你和你妈的关系。是亲人,也像朋友,真好。"她说。

滕翊没接话,她似乎也并不需要他接话。

"我很恨我妈。我爸去世之后,她就丢下了我……她的离开,把我彻底变成了别人口中没爸没妈的野孩子。"她眼眶里眼泪打着转。

滕翊看得出来,说出这些话和忍下眼里打转的泪水,已经费尽了她全部的力气。

"我也恨过我妈。"他说。

"为什么?"他们明明是那么和谐的关系。

"因为我父亲。"滕翊转动着手边的茶壶,漫不经心地说,"我和滕颢一直不知道我们的父亲是谁,只知道他姓滕。"

阮好一怔。她之前一直没有听滕翊和滕颢两兄弟说起过他们的父亲,她以为从不出现在话题里的人物,不是已经离开了这个世界,就是已经离开了他们的生活,却不曾想到,原来那个人从始至终都没有名字。

"比起没有父亲,私生子的烙印更可怕。"滕翊眺望着窗外远去的乌篷船,思绪也有些远了。

曾经有一段时间,身边所有人都在谈论他和弟弟的身世,谈论母亲沈冰那段不光彩的过去。

是的,沈冰曾在年少无知的时候爱上了一个男人,然后做了那个男人六年不见光的情妇。

13

阮好捏紧了手里的筷子。

眼前的人从初见便是光彩夺目的,她还以为他是含着金汤匙出生,衣食无忧,所向披靡,活得很轻松的那种人,却没想到他的过往也是伤痕累累。

"我很恨她,恨她不愿告诉我们父亲的真实身份,也恨她让我们被别人嘲讽私生子却无力还击。"

可后来,等他稍微长大一些,稍微懂事一些,他看见母亲卑微得如同尘埃也得不到任何回应的样子,忽然觉得母亲很可怜。这个女人遇人不淑,因此错付了青春,错付了她最美好的那段年华,已经得到了惩罚,不该再遭受无谓的恨意。

再后来,母亲终于决定和那个冷血无情的男人决裂。他看着原本懦弱的母亲擦干眼泪,剪去长发,为了让他们兄弟俩过上更好的日子拼了命去闯去奋斗的样子,他彻底原谅了她。

他们三个人相依为命,努力斩断过去,但依然会有人拿他们的过去大做文章,嘲笑他是私生子。他愤怒过,但最终释然。错误的伊始是他的母亲,但之后不断好事犯错的是别人,他不该因为别人的错误而将自己的人生永远封存在暗不见光的黑匣子里。

"无论生在如何破败或者不堪的家庭,都不是我们的选择,这不该成为我们人生中被人诟病的部分,因为这不是我们造成的。"

同样,谁也没有资格因为一个人破败或者不堪的家庭而去否定他的一切。

原生家庭只是每个人的起点,之后走羊肠小道还是阳光大道,才是真正属于自己的选择。不管一个人的起点有多高,当那个人出口伤人时,他就已经输了。

阮妤流下了眼泪。她知道,在他面前,她可以哭泣,可以示弱,他不会嘲笑她,因为他们是一样的人。

"好了。"滕翊将桌上的纸巾推到她的面前,"擦擦吧,别让人觉得我在欺负你。"

"这里又没别人。"她哽咽着。

"哦。"滕翊挑眉,"我成自己人了?"

阮妤脸一烫,连忙伸手抽了两张纸巾,按在眼窝上。

穿堂风悄悄吹过,窗户的吱嘎声温柔。

良久,阮妤松开了手。纸巾的碎屑,粘在她湿润的睫毛上。

"眼睛。"滕翊提醒她。

"嗯?"她摸了摸,没摸到。

滕翊直接伸手替她去摘,阮妤下意识地眨眼,她的睫毛刷过他的手指。碎屑掉落。

他收手,借着茶杯的遮掩,不动声色地搓了一下手指。以前倒没发现,她睫毛这么长。

阮妤被他的指腹触了一下,脸更烫了。一颗心在胸腔里乱跳,比跑完三千米更让人觉得恍惚。

"吃菜吧,要凉了。"滕翊说。

"嗯。"

14

回程的路上,阮妤在滕翊的车上呼呼大睡。等她一觉醒来,天都已经暗了。

阮妤睁开眼睛,发现滕翊的车停在西游街舞培训基地的门口,敞篷紧掩,车窗留着两条细微的缝儿。滕翊的外套盖在她的身上,但他的人不知何时已经不在车上了。

她想推门下车,却发现自己被锁在了车里。

"滕翊!"她从内拍着车窗,大喊了声。

彩虹正坐在门口的台阶上玩游戏,听到声音,他连忙站起来,掸了掸肥大的牛仔裤,跑过来替她解锁。

"醒了啊。"

"嗯。你怎么在外面?"阮好推门下车,把滕翊的外套留在了车上。

"老大让我在这里守着你。"

"他呢?"

"在上面练舞呢。你要上去坐坐吗?"

阮好看了一下表,摇摇头:"不了,我得回学校了。"

"那我送你吧。老大刚才交代了,等你醒了让我把你送回去。"

"不麻烦你了,我坐公交就好。"

"怎么会是麻烦呢!"彩虹晃了一下手里的车钥匙,"开豪车送美女,求之不得。况且,我得保证你安全到校,不然没法跟老大交代。"

他说着,人已经钻进了驾驶座。

阮好只能也跟着上了车。

彩虹的驾驶技术明显比滕翊保守,或许不是自己的车的缘故,也或许是这车实在太贵了的缘故。

"听说你们学校今天开运动会?"彩虹问。

"你们学校?"阮好不由得好奇,"你不是仰山的学生?"

"我可考不上你们这么好的大学。"彩虹把手搭在方向盘上,有点不好意思地摩挲着手指上那排纹身,"我连大学都考不上。"

阮好感到有些意外。

彩虹不是仰山的学生吗?她明明记得仰山大学校庆的时候,他也在。

"校庆表演的时候,我见过你。"

"那是老大给我争取来的机会。托他的福,我这个中专毕业生还能去高等学府冒充大学生给你们跳舞。"

"你跳得很好。"阮好发自内心地说。

"谢谢。"彩虹笑了。

他笑起来的时候颊边有两个小小的梨涡，梨涡卷走了他身上的痞气，显得他的笑容特别单纯干净。

"你和滕翊怎么认识的？"

"一个街舞友谊赛。"

"说起比赛，他最近好像有什么重要的比赛，我看他没日没夜地待在练习室。"阮妤小心翼翼地打听着。

她其实早就想问了，可又怕打听得不合时宜会暴露少女心思。

"对。"彩虹大大咧咧的，完全没有意识到她的小心思，"老大马上要参加红鹰街舞大赛了，这是一个主打 Breaking Battle 的比赛，也是街舞圈大部分 B-Boy 和 B-Girl 最向往的舞台。"

第四章

舞者的根

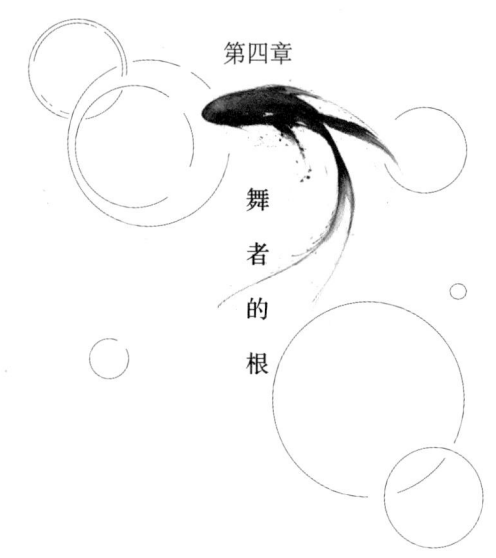

01

隔日。

阮妤的卡里多了一笔钱,沈冰提前给她结了这个月家教的工资,只是数额有些奇怪,她好像多给了五百元。

五百元对沈冰来说不算什么,可在阮妤看来却不是个小数目。她连忙打电话过去,但沈冰没有接。她这才想起来,沈冰在国外,和她有时差。

怎么办?多收了这五百元,她内心过意不去。

阮妤想了想,给沈冰发了条短信,告诉她工资多给了五百元,她会把钱取出来,还给滕颢。短信出去没多久,沈冰把电话打了回来。

沈冰说,那五百元是额外的奖励,当是谢谢她让滕颢进步这么多。

"这都是我该做的。"阮妤仍觉得不妥。

"收下吧。"沈冰一锤定音,"另外,以后每个月的工资都会提前结给你。滕颢劳你多费心。"

阮妤道了声谢,没问沈冰为什么忽然做这样的决定。

挂了电话,她去财务部补上了剩余学费,学费缴清后,卡里还剩了一些钱。

中午,她请室友们去学校边的小店吃了顿饺子。吃完,陈曼白提议要去逛街，阮好难得没有拒绝。

四人一起去了商贸城，简湘湘她们都买了衣服和裙子，阮好只是看看。虽然肩头的重担卸了，整个人轻松了不少，但在花销这一块，她还得兜着底，能省则省。

最后逛到饰品店，陈曼白挑耳环的时候，阮好跟着看中了一对耳钉。

耳钉小小的、闪闪的，上面是小鱼的图案。她想起滕翙喊她小鱼儿。

"喜欢吗？"陈曼白凑过来。

"嗯。"

"那就试试。"陈曼白说着，拔了耳钉后面的塑料软扣，将耳钉戴进阮好的耳洞。

耳钉戴进去的时候有点疼，不过幸好，耳洞还通着。

"好看。"

"美。"

简湘湘和夏巧凤也凑了过来，大家一起盯着镜子里的阮好，阮好也打量着自己，虽然耳钉并不起眼，可奇怪的是，戴上之后，她整个人都亮眼了不少。

"阮阮，求你平时打扮打扮自己吧，别白瞎了你那张脸。"简湘湘伸手轻扯了一下她的耳垂，"还犹豫什么，又不贵，买买买啊。"

阮好点点头。她舍不得摘了，直接戴着就去付了款。

也许是小鱼耳钉的作用，阮好整个下午都神采飞扬的，但凡遇到反光的地方，她都忍不住要去照一照，连晚上去兼职也没有摘。

滕颢一看到她就忍不住大叫："状元小姐，你今天好像有点不一样。"

阮好暗暗窃喜，没想到滕颢还挺细心的。

"哪儿不一样？"她问。

滕颢托着下巴端详她半天，末了，咂咂嘴，指着她的额头道："你长了颗痘，好大一颗！"

阮好："……"

这个"钢铁直男"，能指望他什么。

02

滕颢做作业之前要先练会儿舞，阮妤就坐在练习室的地板上，背靠着镜子，边记单词边等着他。到最后，滕颢大汗淋漓，脱了校服，用校服抹了一下脸上的汗，坐到她的边上。

"别脱衣服，会感冒。"阮妤提醒。

"没事，我又不是随便晕倒的弱鸡。"

"你骂谁呢？"

"谁弱骂谁。"

阮妤翻了个白眼，没再自讨没趣。滕颢笑嘻嘻的，好像得了什么便宜。

两人静坐了会儿，滕颢那一身热气散了，伸手去捡扔在一旁的校服。虽然才十七岁尚未成年，但滕颢身上的肌肉线条已经有了漂亮的轮廓，比起一般的在校生，街舞锻炼了他的意志，也锻炼了他的身体。

阮妤看着对面镜子里的滕颢，滕颢也注意到了她的目光，他边套衣服边扬手，嘚瑟地朝她亮了一下胳膊上的肌肉。

"小爷是不是很酷？"

阮妤轻轻地"喊"了声，心想再酷也没有你哥酷。

"就是比起我哥差远了。"

"还挺有自知之明的。"

"什么意思？"滕颢转头，"你看过我哥的肌肉？"

阮妤差点被自己的口水呛到，她忍住咳嗽，瞬间憋红了脸。

"不会吧？真看过？"

"你哥的比赛，什么时候？"阮妤缓了缓呼吸，扯开话题。

滕颢单纯得很，她换了话题，他思路自然而然就跟着她跑了。

"下周三。"

"能去看吗？"

"你想去看？"

阮妤还没回答，走廊里传来一阵脚步声，门口有个高大的人影晃了过去。

"哥！"滕颢大喊了声。

"什么事？"是滕翊。

"哥，状元小姐说想去看你比赛。"

阮妤真想掐死他，她什么时候这么说了？

滕翊把目光转向滕颢身边的阮妤，他们两个都坐在地上，滕颢缩在宽大的校服里，坐没坐相，而她盘着腿，手里拿着本书，显得很乖巧，也不知道是不是练习室的灯光作祟，她今天的气色特别好。

"我……没，只是问问。"她试图解释，但解释得含糊不清的，反倒像是印证了滕颢的说辞。

"想去？"滕翊静静地看着她。

阮妤没有吱声。

"不想去？"

阮妤摇头。

"不想去就算了。"滕翊说着转身。

"不是，我想去！"阮妤喊出来。

滕翊扭头，她看到他一脸的笑意，才发现他又逗自己。

"行，带你去。"

03

红鹰街舞大赛是红鹰公司出资举办的全国街舞竞技比赛，在每年十月中旬，定点一个城市。今年在辽城举办。

大赛分海选，五十进二十，二十进十，十进八，最后是八强总决赛。

八强名单出来的那天晚上，滕颢交给阮妤一张总决赛的门票。

"我哥让我给你的，明天下午一点，红鹰体育馆。"

阮妤接过门票看了一眼，门票的正反两面都印着红鹰的商标，大红色的，很显眼。

"你哥回来了？"

"嗯，在练习室呢。"滕颢说着，将书包甩到背后，朝阮妤挥挥手，"我先回去了，明天见。"

"明天见。"

滕颢走出办公室，阮妤收拾了一下桌上的演算纸，关门出来。

经过练习室门口的时候，她停下脚步，往里望了一眼。里面没有任何音乐声，滕翊躺在地板上，头上盖着一件棒球服，一动不动的，似乎睡着了。

这几天高强度的比赛节奏,看来是累坏了。

阮妤不敢打扰他,正想悄悄离开,却听棒球服下传来一道沙哑的声音。

"进来。"

没睡着?是叫她吗?阮妤走进去,刚走到他身边,就听他又开口。

"票拿到了?"

"拿到了。"

地上的滕翊动了动,慢慢掀开了罩在头顶的棒球服,坐了起来。

"要回去了?"他抬眸看着她。

"嗯。"

他没接话,只是低头揉着太阳穴。

"你怎么知道是我?"阮妤问。

"这个点在这里,除了你还有谁?"

"没准有人在练舞呢。"

"那群家伙没那么勤快。"

阮妤忍不住笑了。滕翊从地上站起来,将棒球服扔在一边。

"再帮个忙。"他说。

他没明说帮什么忙,但阮妤瞬间就懂了。

滕翊去开储物柜,阮妤等着他把云南气雾剂拿过来,但他这次拿来的却是云南白药膏贴。

"这次是哪儿?"她将膏药撕开一半,那味道就散得整个练习室都是。

滕翊指了下左肩膀。

"这里?"她用手指在他肩膀上大致画了个位置。

滕翊感觉肩膀像是被羽毛挠了一下,一阵怪异的酥麻感蹿得他浑身都是。他扭过头,看到她正凑过来,小心翼翼地将那半张膏药贴上来,然后撕走了另一半纸。肩膀被覆住了,她顺着膏药贴撸了一下,将膏药四角都贴严实了。

"这样行吗?"她问。

滕翊没出声,她以为不行,又伸手撸了几下。

"没什么要和我说的?"滕翊侧着头,用余光看她。

阮妤愣了愣,手停在了他的肩膀上。她的手很凉,正好解了膏药的热。

过了会儿，她忽然大力地往膏药上一拍，随着这啪的一声，他见她红着脸在他身后故作正经地说："明天加油啊！"

滕翎笑起来。

"嗯。"

04

阮好失眠了。整整一晚上，她满脑子都是明天的决赛。虽然不是她比赛，她却紧张极了。

第二天，她起得比平时更早一些，背完单词回寝室之后，她又补了个觉。下午，阮好去了华府和滕颢汇合。滕颢已经叫好了车，车就停在他家的院子里等着。两人从屋里出来，刚拉开车门，就听到一阵缭乱的钢琴曲。

滕颢不耐烦地捂住耳朵。

"隔壁住了个疯子。"他说。

"什么意思？"

"整天瞎弹贝多芬的曲子，再这样下去，我看贝多芬的棺材板都要盖不住了。"

"投诉没用？"

"没用，听说那家物业根本不敢惹。"

阮好啧了啧嘴，就算有权有势，也不能为所欲为吧，把邻居都得罪了，能有什么好处。

"走，上车，耳不听为静。"

"嗯。"

车子驶出华府，直接去了红鹰体育馆。

一路上，滕颢的手机响得不停，不断有信息送达。

"你不会逃课了吧？"阮好问。

"没，我请假了。"

"你们老师准了？"高三的假没那么好请吧。

"反正下午是体育课和自修。"滕颢满不在乎，"况且，我答应了班主任，下次考试再进步五名。"

谁给他的勇气？谁！

车子在红鹰体育馆外停下,人没有想象得多,但也还算热闹,来的基本都是街舞圈的人,穿着一个比一个嘻哈。

相较他们,阮好一身牛仔裤、修身短袖T恤加开衫的搭配显得太过中规中矩,显得格格不入。好在她身边还有个滕颢。

两人一起往里走,滕颢时不时看看手机,又朝四周张望。

"你找人吗?"阮好问。

"嗯,萧卿哥他们也来了,说是在这附近,可我没看到。"

阮好正想帮忙找,就见滕颢朝正北方向扬了下手。

"在门口。"滕颢拽了阮好一把,拉着她快步往前走。

萧卿他们一行五人都在体育场的门口。阮好还未走近,先看到了正在和周曦和说话的女生。

是方菀。

05

方菀穿了一件大红色卫衣,热裤很短,几乎齐了卫衣的衣摆,白花花的大腿露在外头,丝毫不惧冷风。她今天还特意去编了脏辫,看起来时尚又性感。

"哦,滕颢!"方菀看到滕颢,很热情地打招呼,"来了啊!"

滕颢朝她点了点头。

"好久不见,又帅了。"

"谢谢,姐姐你也越来越漂亮了。"

方菀爽朗大笑:"你这嘴可比你哥甜多了。"

滕颢不好意思地挠了下头。

两人尬夸结束,方菀的目光自然而然地转到阮好身上。

"这位是?"

"你好,我是阮好。"阮好自我介绍。

"哦,我知道了,滕颢的家教老师。"方菀对阮好笑,"我听他们提起过你,说你是高考状元呢。真厉害!"

"谢谢。"阮好对方菀扬了下嘴角。

"好了,人齐了就进去吧。"萧卿开口。

方菀扬手，揽了一下阮好，先把她推了进去，颇有几分女主人不冷落客人的架势。

　　比赛场地没有特别布置，只是红鹰的商标挂得到处都是。体育场的地板就是决赛的舞台，最前面的一圈观众都坐在地上，后面的观众，一圈比一圈高一阶，就这样，众人围成了一个大圆，很接地气、很嘻哈。

　　随着DJ不断转换的音乐声，现场气氛越来越热烈了。

　　滕翊弄来的票全是好位置，阮好他们都在第一排。

　　"打个赌吧，猜猜今晚谁会赢？"身后有人开口。

　　阮好往后扫了一眼，说话的是个爆炸头，爆炸头身边是个满脖子纹身的瘦高个。

　　"这还用说，肯定毕成杰。"瘦高个回答。

　　滕颢很轻地"喊"了一声。

　　"我看不一定，今年滕翊也参加了，毕成杰悬乎得很。"

　　"那就等着看吧，输了的请喝酒。"

　　"好。"

　　阮好总觉得毕成杰这个名字好像在哪儿听过，她仔细想了想，半晌才想起来，她之前在网上搜索关于红鹰街舞大赛的信息时见过这个名字。

　　毕成杰，是前两届红鹰街舞大赛的冠军。

06

　　阮好掏出手机，直接搜索了毕成杰的名字。

　　她以为能在网上看到毕成杰的履历，就像她在西游街舞基地看到的滕翊的履历一样，长长的，每一条都是用热汗拼回来，每一条都充满技术含量。可没想到，网上能检索到的都是毕成杰参加电影拍摄的消息。虽然那个电影并不算火，但是这些娱乐化的消息还是覆盖了毕成杰往日获得的成绩。占据搜索第一的，是毕成杰与合作女明星的花边小绯闻。

　　萧卿无意瞥到阮好的手机屏幕，冷哼了一声。

　　"这家伙现在完全商业化了，他已经不能算舞者了，他就是个小明星。"说完，又补一句，"十八线的那种。"

　　阮好听了萧卿的话，收起手机，莫名其妙就安心了。

三心二意的对手,又有何惧?

总决赛的赛制很简单,八强分成四组,两两对决,最后剩下四人角逐冠亚季军。

滕翊第一组出场。

他穿着黑色的夹克,夹克很宽大,袖口处压着一圈紫荆花的刺绣,让他的狂野和不羁中隐隐透出些许精致与贵气。他的脏辫一如既往的张扬。

与滕翊对决的是一个叫 Nino 的舞者,Nino 来自祁城,年纪看起来比滕翊大几岁,个子比滕翊矮小很多。

能进入八强的,实力都不容小觑。Nino 上来就是一个 Powermove,炸得全场一阵欢呼。

阮妤不由得为滕翊捏把汗,但滕翊很从容,他跟着音乐,小幅度地晃动着身体,目光跟着 Nino。

Nino 开始太猛,后劲渐渐不足,而且在过程中炫技的意图太明显,几个炸点来得莫名其妙,毫无铺垫。如果把他的表演比作一篇文章的话,那么,这篇文章虎头蛇尾,前言不搭后语,结局也太快太仓促。

滕翊一上场就表现出了与 Nino 完全相反的战略。他跟着节奏,踩点精准到位,像把音乐穿在了身上。他的动作时而流畅,时而充满力量,担当炸点的托马斯和大回环也来得一点都不突兀。

场上被他掀起一浪又一浪的欢呼。

他像个赤手空拳的武林高手,也像个执笔的文人,他在所有人面前,用街舞书写了一首华丽震撼的诗。

阮妤正看得出神,滕翊忽然一个后空翻,倒立在了她的面前。

这个超级定格,又惹来一阵尖叫。

两人四目相对。

那一瞬,阮妤看到了他眼里的光芒和热忱。她静默无声,心却在狂跳。

"Wow!Wow!Wow!"

滕颢像个小粉丝,冲着滕翊不停地大喊,恨不得全世界都知道这个威武霸气的舞者是他哥。

这场对决的结果毫无悬念。稍微懂点街舞知识的人都能看出来,无论在感染力还是技术层面,滕翊都胜 Nino 太多。Nino 虽败,但并未不服,他主动与滕翊握手,滕翊转手拥抱了他。场上很多街舞圈的同伴都在高喊Nino的名字,为他打气,给他鼓励。

Love & Peace!

这就是街舞精神。

07

第一组结束了。

滕翊的目光扫了一圈,走过来,夹进了阮妤和滕颢中间。阮妤和滕颢都往边上挪了挪,给他留出空间,让他坐得更舒坦。

方莞坐在另一边,目光朝他们的方向看过来,带着一点深意,一点探究。但最终,眼底的情绪都淡了去。

毕竟,谁也无法确定,滕翊走向那里,是为阮妤,还是为滕颢。

"哥,你太帅了!太帅了!太帅了……"滕颢像个复读机。

"只会这一个词?"滕翊抬肘撞了一下阮妤,"你该给他补补语文了。"

阮妤笑起来。

"笑什么?"

"没,只是觉得,现在让我说话,我也只会那一个词。"

"这是……夸我?"

"嗯,夸你,太帅了。"

滕翊笑。

萧卿他们隔着阮妤,伸手过来与滕翊碰拳。滕翊一一回应他们,这一动,汗意把他身上的膏药味道带了出来。

"没事吧?"阮妤指指他的肩膀,轻声问。刚才他做那些强力的支撑动作时,她就在担心他的肩膀。

滕翊看了她一眼,轻声地回了句:"怎么?担心我啊?"

那声音被音乐盖了过去,但阮妤还是慌了。

"我只是闻到膏药味了。"她说。

没有承认,也没有否认,就那样巧妙地避开了。

滕翊又笑了笑:"我没事。"

第二组选手的出场帮助他们结束了这个尴尬的话题。

毕成杰在第二组,他有粉丝来现场,几个女生一看到他,就在那里齐刷刷地喊口号,什么成杰大胆飞,橙子永相随……惹来现场舞者的一阵哄笑。

混街舞圈的人都不兴这个。

毕成杰倒是坦然,遥遥向粉丝们站立的位置送了个飞吻。几个女生立马飞吻回来。

"福利不错啊。"周曦和在旁道。

"你羡慕啊?"萧卿白了周曦和一眼。

"还行。"

"你羡慕你也去出道啊,我看你长得比毕成杰帅多了。"

"老萧,认识这么久,你终于说了句人话。"

"滚!"

和毕成杰对决的舞者名叫王强,外号"大花",因为王强做起风车动作来就像一朵盛开的大花。这个外号没有贬义,是一种高度的赞扬。

大花先上场。他是个乐感很好的舞者,表演循序渐进,最后的风车动作堪称经典。

舞台再一次炸了。

阮妤被大花的风车旋转唬得连眼睛都舍不得眨。

灯光下,这个其貌不扬的男人真像一朵大花似的,热烈地盛放了。

街舞是有魂的。无论多不起眼的人,一旦拥有这样自由又专注的灵魂,都会变得耀眼。

阮妤忍不住大力地鼓起掌来,啪啪啪的掌声惹得身旁的滕翊转过头来看她,一脸似笑非笑的神情。

阮妤看看他,又看看周围,这才发现好像并没有人鼓掌,大家都用欢呼和一个挥手指的动作表达着被惊艳的兴奋,只有她是异类。

阮妤咬着唇,鼓掌的力道弱下去,最后双手交握,讪讪地放下。

"这样。"

滕翊突然握住她的手腕往上扬起,来回晃了晃。隔着单薄的开衫,她清晰地感受到了他掌心的温度。而他大拇指的指腹按住了她手掌生命线的线尾,肌肤贴着肌肤。

阮妤赶紧挣开了滕翊的手。她的脸一定又红了,但幸好,这里的灯光会为她掩护。

"在街舞Battle中，很多手势都有特别的意思，像这样……"他甩甩手，"就表示跳得很精彩，帅炸了的意思。"

"这样吗？"阮好学着他的样子，扬起胳膊，微曲着小拇指和无名指甩甩手指。

"对。"

阮好想了想，把手伸到他面前，又做了一遍这个动作。

"嗯？"

"刚才没来得及对你做，现在补上。"她一脸真诚。

滕翊看着她。灯光在两人头顶来回，她耳垂上那枚耳钉时而亮起，时而暗下，像小鱼一样在他眼前游动。她的手还在眼前，滕翊忽然生了想要把那只白嫩小手握住的冲动。

"哥。"滕颢叫了声。

滕翊回神："怎么？"

"毕成杰好像没有想象得那么厉害啊。"

滕翊不出声，目光转向舞台。

大花的表演已经结束了，现在是毕成杰的跳舞时间。毕成杰是前两年的冠军，照理来说，他的舞技一定很出众，但今天，他的表现相较前两年并没有特别出挑的地方。

很明显，这一年他疏于练习了。

也是，比起五光十色的娱乐圈和追名逐利的快感，练舞多枯燥多无聊啊！但作为一个街舞人，万万不能忘掉的就是自己舞者的根。

阮好没有看出那么多门道，她只听到毕成杰的粉丝撕扯着喉咙为他应援的声音。

忽然，大花对着毕成杰做了一个睡着了的动作。

阮好不太懂这个动作的意思，她正想询问，就听身边的滕翊主动为她解释："他在挑衅他。"

大花这个动作是在无声地提问，问毕成杰能不能跳好一点。

街舞对决中，这类挑衅很常见，毕成杰并未受影响，依然保持着自己的节奏，但他的粉丝显然很不满。

"你觉得谁会赢啊?"阮好问。

"难说。"滕翊的回答很保守。

最后,毕成杰赢了。瘦死的骆驼,终归比马大。

08

比赛一场接着一场,现场的灯光、音乐不停地变换,体育场内与场外,彻底分隔成了两个世界。一个平静如常,一个热血喧嚣。

四强出炉之后,四强争霸赛无缝链接。

滕翊再次上台。

他起身的时候带起一阵风,风里还有惹人担心的云南白药的味道。阮好蹙着眉,昂头盯着滕翊的背影。他走了几步,忽然转过身来,朝她绽开一个笑脸。这笑容带着饱满的自信和让人心安的从容,阮好的眉头顿时松了。

他会赢的,一定会。

四人热舞一场,过了一轮赛制之后,剩下滕翊和毕成杰两人角逐冠军。

强者对强者,场上花火飞溅。

滕翊之前每一场都表现得游刃有余,总给人一种他还有底牌未亮的从容,而现在,比到最后一刻,他显出了全力以赴的姿态,高难度的Powermove一个接着一个。

炸点太多,如果处理得不好就会像 Nino 一样给人有勇无谋的感觉,可滕翊纵然明摆着是在炫技,也炫得像是在下一盘早已布局好的棋。

练习室的日日夜夜和这么多年坚守的光阴,仿佛将他的身体酝酿成了一个力量的宝藏盒,怎么挖都挖不到尽头。

所有人都沉醉在他的舞蹈里,他把街舞变成了一场让人眼花缭乱的艺术。

阮好的心和滕翊绑在了一起,他的每一次贴地、每一次跳跃,都在她的心底激起涟漪。当他开始倒立头转,她浑身的血液都跟着冲到了脑门,好像在地上那么拼命的人是自己。

"好危险。"她轻呼。

"没事,我哥的技术,硬得没话说。"滕颢骄傲。

观众席已经彻底沸腾了起来,方莞原本盘腿坐在地上,这会儿已经呈半跪状，兴奋地大叫着滕翊的名字。

毕成杰面对这样的对手，压力很大，他想尽量稳住自己的状态，可体力先拖了他的后腿。疏于练习的滋味，这一刻他算是尝尽了。

时间对谁都是公平的，努力与否，付出多少，结果不会骗人。

混沌的意识和渐渐消失的力量让毕成杰的动作不断地出现重复，甚至有几个动作直接抄袭了前面的舞者。

街舞圈说大也大，毕竟街舞的种类和派别那么多，但说小也很小，谁是哪个舞种的领军者，哪个动作是谁的原创，大家都门儿清。对舞者来说，创新才是实力，依样画葫芦，画得再好，也无法成为顶级。

观众席起了嘘声。

胜负在这一刻好像已经有了决断。

结束了自己表演的滕翊很安静，他其实完全可以在台上以街舞手势一一揭穿毕成杰的不足，像大花一样，挑衅毕成杰，让他难堪。但滕翊没有，他给了毕成杰足够的空间与尊重。

09

一场酣战终于结束。

滕翊和毕成杰两人都是热汗淋漓。

虽然结果还未公布，但萧卿、林杉还有周曦和他们相互击着掌，一副胜券在握的模样。阮妤看着舞台中央的滕翊，一颗心终于得以平静。

稍一会儿，裁判上台。裁判是个韩国人，蓄着一撮小胡子，圆润的脑袋包在一块白色的头巾里，从穿着打扮看起来，他也是个地道的街舞人。

"毕成杰！撒拉黑！"毕成杰的粉丝大叫着。

尽管偶像在台上表现一般，但粉丝自带滤镜。

裁判站到滕翊和毕成杰的中央，与两人打了个招呼，又卖了会儿关子，才一左一右牵起两人的手。

"毕成杰！毕成杰！"

"滕翊！滕翊！"

观众席沸反盈天，乱成一片。

"真磨叽。"滕颢忍不住道。

阮好笑了笑，想应滕颢一句，但她还未开口，笑容先僵死在了唇角。

明亮的灯光下，她看到裁判举起了毕成杰的手，转身拥抱了滕翊。

现场静了几秒。

滕翊被抱蒙了。

"啊！毕成杰！毕成杰！"

毕成杰的粉丝最先反应了过来，他们的尖叫唤醒了其他错愕茫然的观众，也唤醒了滕翊。

滕翊冷笑了一下，连口都没开，只是铁青着脸大步下台。现场的工作人员大声喊着他的名字，想让他留下合个影，但滕翊没有回头。

阮好从未见过这样的滕翊，在她的印象里，滕翊一直都是温和的、有礼的，可此时的他浑身上下只散发着一种情绪：不服！

"我去！"萧卿一声低吼，"这些混蛋，竟然把黑幕搞得这么直白！"

"滕翊！""滕翊！""滕翊！"

不知是谁起了个头，前来观战的一些舞者一齐喊起了滕翊的名字。

滕翊没有回头，他不回头，是他的态度。

那个桀骜的背影渐行渐远，但他刚才留在舞台上的汗水与光芒刻在了所有人的脑海里。孰胜孰负，人人心里都有定数。

"滕翊！""滕翊！""滕翊！"

正义和愤愤不平的声浪轻易盖过了毕成杰粉丝的那几声尖叫。

从来没有一个人，把"不服"诠释得如此声势浩大。

阮好的眼眶有些发热。

毕成杰站在台上接受这尴尬的荣誉，脸上竟没有一丝愧色，他的坦然侮辱了今晚的每一个舞者。

真是厚脸皮。台下众人纷纷随着滕翊离场。

"走了！走了！"

萧卿他们站起来，滕颢顺手扯了下阮好。几个人一起往外走。

阮好的目光一直跟着滕翊，他走得很快，她想追上去安慰他，却忽见一抹红色的身影在门口截住了滕翊，那人毫无顾忌地吊在了滕翊的胳膊上。

是方菀。

10

阮妤的脚步顿了一下。

身后的滕颢猝不及防撞上来,下巴磕到了她的后脑勺。她疼,他也疼。

"干吗?"滕颢揉着下巴,一脸恼怒加莫名其妙。

比赛结果让人糟心,他们心情都很差。

阮妤没出声,继续往前走。

滕翊已经走到了门口,方菀几乎整个人都贴在他的背上,她一手挽着他的胳膊,一手拍着他的肩膀,细语柔声地说着什么。

阮妤的情绪瞬间变得很复杂。气愤还是替他气愤的,可这种情绪慢慢沉到了最底下,紧接着浮上来的是酸涩,是难过。

她讨厌自己这样,可是她忍不住。

人群将她推搡到了外头,外面的天早已经黑了。

城市灯火金黄,萧瑟的秋风推动着夜幕中的云,今夜看不见月与星。

滕翊的车停在体育场的门口,这会儿,他正倚在车边,单手支着车头,袖口的那朵紫荆花压着宝蓝的车身,忽然就变艳了。

大家都朝他围过去,阮妤被挤出来,一下就到了最外围。

她沉了沉气,索性后退了两步顺着台阶坐下。反正,她也不知道该说什么安慰他,反正,他也不差她一句安慰。

体育场里还有人陆陆续续出来,有人从她身边经过,看她两眼,她不动,只盯着远处的方菀。

"阮妤?"耳边忽然传来一道男声。

阮妤转头,看到一个戴着棒球帽的男生站在她的背后。男生很高,穿着一身烟灰色的运动服,在花花绿绿的人堆里显得很干净。

"不记得我了?"他问。

"韩佐。"阮妤准确地叫出他的名字。

男生松了一口气,开玩笑道:"幸好还记得。"

阮妤笑起来:"你怎么在这里?"她起身,与他面对面站着。

"来看大神跳舞,顺便学习学习。"

通道里又有人过来,为了防止她被人撞到,韩佐虚揽了一下她的肩膀,示意她去边上。两人下了台阶,走到花坛边。

"你也跳街舞?"

"跳,不过跳得没有他们好。"他一脸谦虚,"你呢?"

"我只是来看朋友比赛。"

韩佐点点头,顺势问:"你朋友呢?"

阮好转头往滕翊那边看去。

滕翊身边的人已经散开了,不知谁给了他一支烟,他正吞吐着嘴里的烟圈,遥遥看着她的方向。夜色让他的眼神有些危险。

"阮好!走了!"萧卿朝她招手。

阮好应了声,然后转头看着韩佐:"我得走了。"

"等下。"韩佐连忙拦住她,"我们加个微信吧,上次在医务室的时候忘了加。"

11

滕翊吐出一口烟圈。

白茫茫的烟雾里,他看到了站在阮好身边的那个男生。

高大,挺拔。

"那人谁啊?"身边的滕颢问。

"看不清楚。"萧卿回答,"好像是一见钟情。"

"你怎么看出来是一见钟情了?"

"小孩子不懂吧。你看他们,是不是在加微信。"

滕颢望过去。黑压压的树影下,那个戴着棒球帽的男生正举着手机,屏幕向上,而阮好拿着手机弯腰凑在男生的面前,显然是在扫一扫。

"加微信就是一见钟情了吗?"

"一对陌生的男女在这样的场合忽然加起了微信,不是一见钟情是什么?"

"喊。"滕颢不大高兴。

"别喊,以你们家状元小姐那种慢热的性格,如果不是对人有好感,会主动加人微信吗?"萧卿耸了耸肩,"反正我们认识那么久,我还没有加上她的微信呢。"

一旁的滕翊掐灭了烟。今天的烟好像不对味,越抽越躁。

"我就有她的微信。"滕颢辩驳。

"你是她的小雇主，你有她的微信能证明什么，你没有她的微信才奇怪呢。不信问问你哥，他有没有？"

滕翊不出声。还真没有。

"你看。"

滕颢没话讲了。

"呵，今天真是见鬼了，不过还好，也不算一无所获，至少我们状元小姐收获了个艳遇，没准儿能发展出一段姻缘呢。"

"你别胡说。"滕颢眉头都拧起来了。

萧卿见状，笑呵呵地揽住滕颢的肩膀："怎么了，小子？你不会是喜欢状元小姐姐吧？"

"怎么可能！"滕颢红着脸大叫，"我有……"

话说了一半，急急忙忙止住了。

"你有什么？你有什么？"萧卿更来劲了，"你小子早恋，有女朋友是不是？"

滕颢狠掐了萧卿一把，立马心虚地看向哥哥滕翊。

滕翊若有所思，好像并没有听到他们的话。

两人正闹着，阮妤跑了过来，她的手机握在手里，屏幕还亮着，首页正是微信界面。

"噢哟……"萧卿起哄。

"怎么了？"阮妤问。

"没怎么没怎么，你开心就好。"

阮妤不明所以，扭头看向滕翊，他看也没看她，直接拉开车门坐进车里。

12

"一起去吃饭吧。"方菀走过来，"去长安街，滕翊喜欢那里。"

"好。"萧卿应声。

方菀折回去，拉开了玛莎拉蒂副驾驶的门，坐进了车里。

车子发动，扬长而去，那猩红的车灯，在黑夜里拉开一道口子。

阮妤站在原地，静静地看着滕翊的车汇进车流。

"走吧。"萧卿在阮妤面前打了个响指,示意她跟上。

"我不去了,我要回学校了。"

"别这样啊,今天滕翊心情不好,大家一起去,陪他热闹热闹,转移一下注意力。"

阮妤有些犹豫。

"快走快走。"萧卿挥挥手,像是赶掉队的小羊羔。

阮妤怕去了看到滕翊和方菀卿卿我我的样子,可不去又有点放心不下他。最后半推半就,还是上了车。

晚上的长安街灯影绰绰,美得比白天更甚,可不知为什么,阮妤每次来这里心情都这样奇怪。上一次是,这一次也是。

滕翊和方菀先到一步,方菀已经点好了菜。

阮妤进门,老板娘看到她,朝她微微一笑。

"来来来,大家坐。"方菀招呼着,"滕颢,你坐你哥旁边。"

滕颢坐下,顺势在他自己身边替阮妤拉了一个位置。

"哎哟,长大了,变成小绅士了,越来越像你哥了。"方菀意味深长地道。

滕颢不太经逗,这一下,脸又红了。

阮妤放了包,隔着滕颢,悄悄看了一眼滕翊。滕翊坐朝南位,面无表情,从他们进门开始,他就一直低着头,划弄手机里的游戏。中途有人给他打电话,他直接摁掉了。

菜一个接着一个上来,彩虹问老板娘要了一箱啤酒。

"老大,今晚喝个不醉不归,明天醒来,这些糟心事就都过去了。"彩虹一边给滕翊倒酒一边说。

"彩虹说得对。"萧卿附和,"我们不和那些生意人计较。红鹰也是绝了,竟然这样砸自己的招牌。他们的街舞大赛办过今年肯定就办不下去了,以后街舞圈谁还会参加?刚来的路上,我看网上说,原来毕成杰已经签给红鹰了,红鹰这次是早有预谋,为的就是让毕成杰完成三连冠,然后将他包装成艺人,彻底推他出道。"

"他那德性能红,我就直播洗澡。"周曦和说。

"喊,谁要看你洗澡!"

"你刚才不还说我比他帅吗?"

"说你帅你也不能公开耍流氓啊！"

"哈哈哈哈……"

滕翊在一片吵嚷声中，端起面前的酒一饮而尽。

滕颢有些担心地扫了滕翊一眼，他总觉得滕翊的火气还很旺盛。也是，为了这个比赛练习了这么久，最后却成了别人砧板上的鱼肉，换谁谁也不高兴。

"好了，别吵吵了，烦人。"方菀朝众人使了个眼色。

萧卿立马会意："唉，我们都是大老粗，不太会说话，也不会安慰人。阮妤，你是状元，你来代表我们说几句吧。"

13

阮妤正闷头吃菜，冷不丁被点名，握着筷子的手一僵。她抬眸，看到一桌子的人都看向了她，包括滕翊。

头顶的那方清灯散着柔光，外头的桨声和渔歌像把他们带回了那一日，那只有他们两个人在这里的一日。

阮妤拿起刚开的啤酒瓶，给自己倒了一杯酒，她冲滕翊举起酒杯，喝了一口，像给自己壮胆。

"我也不会安慰人。"她的声音因为沾了酒有点哑，"我只知道，这个世界本来就没那么公平。"

"状元小姐，说什么呢你？你……"滕颢张口，却被萧卿迎面塞了个窝窝头，堵住了话音。

阮妤垂了下头，鬓发微摇："我就说我不会安慰人。"

"没关系，随便说。"萧卿鼓励她。

阮妤点点头，继续看着滕翊。他抱肘靠在椅背上，眼神淡得如同她杯中的啤酒。

"今天的结果出乎了所有人的意料，也正是这份出人意料，说明你才是众望所归。你的实力，大家有目共睹。而我一直觉得，荣誉都是身外之物，实力才是真正属于自己的东西。"

阮妤话音落下，桌上静了静，接着就响起了稀稀落落的掌声。

"不愧是状元，说的话就是有道理。"萧卿捧场王。

"对对对，有道理。"彩虹他们忙不迭地跟着点头。

滕翔站起来，举杯碰了碰阮好手里的酒杯，再次一饮而尽。

"谢谢。"他说。

阮好朝他笑了一下，正想把杯中的酒喝完，她放在桌上的手机忽然响了。是微信提示音。

"哎哟，刚加上的小哥哥这么快找你啦？"萧卿打趣。

"不是你想的那样！"

"那是哪样？"

萧卿凑过来，作势要看她屏幕上的那个名字，阮好赶紧伸手捂住了，因为动作太急，杯中的酒洒了一半。

"啧啧，看你神神秘秘的样子，还不承认。"

阮好有点窘，她下意识地看向滕翔，才发现他不知什么时候已经坐下了，这会儿正扭头和身边的方菀说话。说话就说话，方菀还偏时不时捶一下滕翔的胳膊，俨然一副撒娇的姿态。

"哎哎哎！你们今天的发型怎么回事？"周曦和像是才注意到方菀的脏辫，"情侣头啊？"

话题就这么被转开了，桌上的人开始起哄。

阮好在一片暧昧的笑声中打开微信，看到韩佐发来一张照片。照片里是她一直挂在背包上的小兔子玩偶，那是父亲送她的礼物。

"是你的吧？"韩佐问，"刚才掉在地上，你跑得太急，我都来不及叫住你。"

阮好连忙去摸她的包，果然，上面空荡荡的。

"是我的。"她回。

"你在哪儿？如果方便的话，我现在去你学校。"

"我在长安街。"

"那太远了，我暂时赶不过去，明天给你送过去行吗？"

"好，麻烦了。"

"不客气。"韩佐发过来一个龇牙笑的表情，"放心吧，今晚我会好好照顾这位兔子朋友的。"

阮好看着屏幕上的这行字，不由得扬了扬唇。

吱嘎——

耳边传来椅子腿摩擦地面的声音,她抬头,看到滕翊站了起来。

14

"怎么了?"方菀握住滕翊的胳膊。

"出去透透气。"

"我和你一起去啊。"

"不用。"

滕翊挣开了方菀的手,走出大厅。那抹高大的背影,很快融进夜色里。

桌上的人面面相觑。

"老大今天有点奇怪啊。"彩虹说。

"就是,跳了这么多年的舞,参加了这么多的比赛,他根本不是那么在乎名次的人,要换了平时,早没事了。"萧卿扫了桌上的人一圈,"是不是你们谁惹他了?"

没人吱声。

方菀站起来:"你们吃吧,不用担心,我去陪他。"

她说着,就小跑着出去了。

门外一条河,河上一座桥,桥上一个人。很快,人影变成了一双。

夜幕勾勒着两人的轮廓,他们穿着一样宽大的外套,绑着一样张扬的脏辫,不仅外形般配,就连气场都是相合的。

阮妤默默地抓起手边的酒杯,开始一杯接着一杯地往肚里灌酒。

桌上的人聊着今晚的比赛,聊着毕成杰,时不时有人拍一下桌子,义愤填膺,没有人注意到阮妤。

她就着手边的一盘花生米,喝空了两个啤酒瓶。

窗外滕翊和方菀还站着。

阮妤站起来,头重脚轻,猛地晃悠一下,忽然栽倒在地,一瞬间,臀部像是碎裂了,疼得她龇牙咧嘴。

"喂!怎么了!"

一桌子的男生急急忙忙地朝她围过来。

"没事!没事!"她挥手,扶着滕颢的胳膊借力站起来,"我就是想去个洗手间。"

"喝多了吧?"萧卿抄起桌上的空瓶,"这都你喝的?"

"我……嗝——"一个酒嗝从她嘴里跑出来,代替了所有回答。

"你瞎凑什么热闹?"滕颢嫌弃地拎着她,"是不是想吐?"

"没那么严重,我去洗把脸就好了。"

阮妤推开了滕颢,一个人摇摇晃晃地去了洗手间。

洗手间男左女右,中间是个洗手台,洗手台上几盆绿萝郁郁葱葱。墙上挂着一面镜子,镜子里,一张素净的小脸毫无生气。

阮妤掬了一捧水重重地泼向自己。明明不想哭的,可眼泪却借着清水的掩护,不由自主地流了下来。她把脸探到水龙头下,又猛扑了两把,等她再次抬起头,镜子里忽然多了一个人,那人站在她的斜后方,与镜子里的她默默对视。

是滕翊。

"怎么哭了?"他问。

"没。"阮妤躲开他的目光,赶紧又洗了一把脸。

"没哭眼睛这么红?"

"喝了点酒,没事。"她从口袋里掏出纸巾,擦了擦脸,快速逃出这一方小小的空间。

滕翊没拦她,沉沉地站着。阮妤已经跑进了走廊,想想,又折回来。

"你别难过了,不值得。"她安慰。

他忽然朝她迈了一步,凛冽的酒气也逼向了她。

"你知道我在难过什么?"

地上的一双影子,随着他的靠近,交叠到一起。

阮妤望着他黑漆漆的眼睛,说不出话来。

"滕翊,代驾来了!走了!"方菀的声音传过来。

滕翊像是没听见,一动不动。阮妤赶紧退了两步,踉跄着跑到外头。

夜一深,风更冷了。

回到寝室,阮妤蒙头睡了一觉。第二天睁开眼,酒好像还没醒,头依然疼得厉害,她起来去洗手间冲了个澡。

冲完澡,简湘湘她们也醒了。

"昨天红鹰街舞大赛，网上直播看了吗？"简湘湘顶着一头乱发，在被窝里探出脑袋。

夏巧凤点头："那个毕成杰简直不要脸，亏我之前还觉得他帅呢。"

"滕翊也是倒霉，碰到这样的主办方。不过塞翁失马，焉知非福，滕翊昨天硬气抵抗黑幕，头也不回离开的那一幕，在网上圈粉无数啊。"

"是啊，好多女生嚷嚷着要给他生猴子。"

阮好默默地听着她们聊天，她亲历了昨天的一切，却反而一句话都说不出来。

塞翁失马，焉知非福，希望滕翊也是那么想的吧。

她脑海里又闪过昨夜他清冷的面庞。

"你知道我在难过什么？"他这样问她。

不，她不知道。

那么，他知道她在难过什么？

阮好拿上书本，默不作声地走出寝室，走廊里安安静静的，很多人还在沉睡。兜里的手机震了一下，她掏出来，看到韩佐的信息。

一个太阳的笑脸。

阮好差点忘了，昨天乱糟糟的行程里还夹杂着和这个人的偶遇，而她的兔子玩偶还落在他那里。

"早，兔子朋友乖否？"阮好回。

"一夜没有哭闹，特别乖。"

阮好笑了一下，正思忖着该怎么回，韩佐的消息又过来了。

"我打算中午送它回家，有空接它吗？"

"好。"

两人敲定了时间，韩佐没有再回复，阮好收起了手机，去了英语角。

上午四节课挤得满满当当，等课程全部结束，阮好已经饥肠辘辘。她和简湘湘她们一起走出教室，正欲往食堂赶，忽见走廊里有一个熟悉的身影。

那人穿着休闲的毛衣、牛仔裤，单肩背着一个黑色的书包，手抄在裤袋里，正仰头看着走廊里的壁画。路过的女生都在看他，他却浑然不觉。

阮好在简湘湘她们三人意味深长的目光里走向韩佐。韩佐原本静立着，感觉到她的靠近，转头看过来，目光一遇到她，便笑了。

"Hi！"

"不是说好在学校门口等的吗？"阮好有些拘束。

周围都是自己班上的同学，韩佐原本就很惹女生的眼，现在她一站近，连男生都变得八卦兮兮的。那些暧昧的眼神让她觉得无所适从。

"我记得。"

"那你怎么到这里来了？"

"我……"

"韩佐！"班主任蔡智从教室里冲出来，遥遥朝着韩佐招手。

韩佐笑着应了声，看向阮好。

阮好的脸登时就红透了，原来他不是来找她的。

"那你先忙，我等下再找你。"阮好想逃，却被韩佐拉住了。

"等下，我很快。"韩佐说着，朝蔡智的方向走过去。

蔡智的优盘落在了家里，盘里都是课件资料，下午上课要用的，他来不及回家去取。正好韩佐早上没课，所以打电话让他帮忙回去拿了送过来。

韩佐把优盘交给蔡智，两人没说几句话就散了。

阮好的脸还红着，蔡智从她身边经过时，她刻意撇了下头，躲避他的视线。韩佐在她身后，将这一幕全收进了眼底，脸上的笑意更深了。

走廊里的人渐渐少了，韩佐绕到阮好面前，从书包里掏出那个有些陈旧的兔子玩偶。

"喏。"他伸出手，"物归原主。"

小兔子坐在他的掌心里，露着两颗兔牙朝阮好微笑。

"谢谢。"

阮好正欲去拿，却见韩佐连手带兔一下收了回去，让她抓了个空。

"光嘴上说谢？是不是该请我吃个饭？"他干净的眉眼里透着一丝狡黠。

"可以啊，你想吃什么？"

他帮了她两次了，虽然运动会那次他见义勇为差点弄巧成拙，但再怎么说人家也是好意，请吃饭完全应该。

"听说你们食堂的羊肉米线是网红，特别好吃。"

阮好点头："是挺好吃的，就是要排很长的队。"

"没事，我不赶时间。"

"那行，走吧。"

15

滕翊跟着田成走出食堂。

两人都穿着复古的夹克，看起来不像师生，像朋友。

"网红面味道怎么样？"田成咬着牙签，侧头看着滕翊。

"嗯。"

"就嗯？"

"还行。"

"滕老板，你既然口味这么刁，何必非跟着我来食堂呢。"

滕翊没说话，闷闷地走在田成的身侧。

田成正想换个话题，忽然听到有人喊他。

"田大哥！"

田成抬头，看到两个身影晃过来，一个男生一个女生，都是老熟人。

是韩佐和阮好。

"哎哟，你们两个……怎么在这里？"田成其实想问的是，他们两个怎么在一起。

"去食堂尝一尝传说中的网红面。"韩佐一边说一边对田成身边的滕翊点了下头。

滕翊并不认识韩佐，但韩佐早就听说过滕翊。他之前在网上看过很多滕翊的比赛，而昨晚，为了能近距离地感受滕翊的实力，他更是特地买票去了现场。虽然结果出人意料，但滕翊炸裂全场的表现还是让韩佐感觉值了票价。

"好好好，赶紧去，现在人不多。"田成拍了拍韩佐的肩膀，"有空过来玩。"

"好，回见。"

四人擦肩而过，热络聊天的田成和韩佐没发现，身边的另外两人各自望向东西一隅，谁也没看谁。

"刚才我们说到哪儿了？"田成问。

"说让我别跟你来食堂。"

"哦,对,所以你今天为什么要跟我来食堂。"

"没为什么。"

田成感觉滕翊周身的气压似乎比刚才更低了,他自然而然地把他的情绪归结到昨日红鹰的那场比赛上。

"那场比赛我看了。"田成说,"就我个人而言,我觉得这是你发挥得最好的一次了。"

昨日,舞台上的滕翊除了技能专业无可挑剔之外,情感也很到位。他一往无前的自信和睥睨一切的骄傲里,似乎还偷掺了一丝想要去分享、想要被肯定的期待。这份小心翼翼的期待中和了他的霸气,温柔了他的锋芒,让他的街舞不单单只展现了力量和技巧,还传达了更丰沛的情绪。

"过程比结果重要,而且有的时候,坎坷和不公比一帆风顺更容易让人成长。"田成继续宽慰,"再说了,你也不算一无所获,至少通过这次事件,让你得到了很多人的关注,这种关注度甚至超过了那个冠军和大赛本身。"

"为什么关注我?"

"因为你帅,不仅脸帅,不屈服黑幕的样子更帅。"

滕翊轻哼了声。

这就是问题所在了。一场街舞比赛,到最后所有人的注意力都在黑幕和他的相貌上,却忘了街舞本身的魅力,这样本末倒置不是滕翊要的结果。

"我知道你的意思,也明白你想推广街舞的心,但凡事不能急于一时,每个人接受新事物都需要一个过程。换个角度看,有人关注你,也就等于关注街舞对不对?你不要给自己太大的压力,更别钻牛角尖,慢慢来,慢慢来。"

两人一路从食堂走到了宣传办,刚进宣传办大厅,滕翊忽然停下来。

"对了,刚才那个人是谁?"

"哪个?"田成一头雾水,这一路过来,迎面和他打招呼的学生不下十个,他哪里知道滕翊说的是谁。

"刚才喊你哥的那个。"

"哦,那个啊,隔壁宏尚大学街舞社的社长,韩佐。"

"宏尚街舞社?"

"没听过吧?"田成笑了笑,"没听过也正常,宏尚大学真正跳街舞的人少,不像仰山,你们有这么多的兄弟可以抱团取暖,韩佐他啊,一个人撑起了一个街舞社。"

一个人撑起一个街舞社。听起来有些萧条,但好像还挺酷。

滕翔忽然想起来,这个韩佐就是昨天晚上在红鹰体育馆门口和阮妤说话的那个人。

"韩佐和你一样,是真的热爱街舞。我记得他念高中那会儿,每天放学之后扛着个录音机,翻墙去他们社区那个破旧的礼堂里练跳舞,家里人怎么拦都拦不住。有一次翻墙的时候折了腿,大家想这下总该消停点了吧,结果,石膏刚拆没几天,他又去了……简直舞痴。"

滕翔沉吟了片刻。

"田老师,如果他对'西游'有兴趣的话,让他来找我。"

16

阮妤和韩佐一起走进食堂,食堂的高峰已经过了,正如田成所说,这会儿人不算多。

简湘湘她们正好吃完了收盘子要走,看到阮妤和韩佐过来,三人挤眉弄眼,笑容都憋着一股坏劲儿。

韩佐主动和她们打了个招呼,阮妤则有些心不在焉。她满脑子都是滕翔。

刚才,他们迎面碰上,却像是陌生人一样不声不响,甚至看都不看彼此一眼。这种生疏感让她难受。

她知道自己是对方菀心存芥蒂,吃着毫无立场的飞醋。那么滕翔呢?他为什么不理她?她哪里得罪他了吗?

"你吃什么?"韩佐在旁出声。

"和你一样。"阮妤说。

韩佐对着窗口叫了两碗羊肉米线。食堂师傅动作利索,羊肉米线很快就出锅。两人就近找了个位置坐下。

"辣椒?醋?"韩佐又问。

明明是她学校的食堂,她却反倒像是客人。

"醋。"

韩佐拿了醋过来,递给她,自己又拿了辣椒。

米线料很足,羊肉实实在在地堆在最上头,看得人垂涎欲滴。韩佐往碗里淋了一圈辣椒酱,先尝了一口。

"嗯,不错。"他挑了下眉,眼底都是满足感,"快吃啊。"

又反客为主了。

阮好笑了笑:"你和田成老师很熟吗?"

"嗯,田大哥以前是我舅舅的学生,现在他毕业回到母校,又成了我舅舅的同事。他们两人关系很好,田大哥经常去我舅舅家蹭饭,我们认识挺久了。"

"哦。"

两人各自低头吃着米线,没有其他话题,但也不算尴尬。

韩佐的脸挺招人的,总有女生有意无意地往他们这桌望。这场景又让阮好想起了滕翊,或许,这也是滕翊不常来食堂的原因之一。

"你好像挺受欢迎的。"阮好说。

"是吗?"

"你不知道?"

韩佐抬头,往两边扫了一圈,与他对视到的女生都羞得把脸埋进了碗里。

"不知道她们喜欢我什么。"

"脸吧。"阮好笑了笑,"毕竟是看脸吃饭的时代。"

韩佐看着她,忽然搁落了手里的筷子:"那以后用我这张脸向你约饭,你愿意吗?"

他一本正经的样子,让阮好的心跳漏了一拍。

这句话信息量很大。

男女初期的好感就像玻璃上的水雾,朦朦胧胧。隔着这层朦胧,看什么都是美的,一旦伸手将水雾抹去,镜子里还剩什么,便不得而知了。

阮好没有谈过恋爱,有时特别迟钝,有时又特别敏感。对韩佐,是后者。

当男生提出要加微信,她便已经觉察到了什么,但她不敢肯定,毕竟他那么帅,喜欢他的女孩子那么多。可无论韩佐到底是什么意思,她心底的答案始终如一。

"我,没那么看脸。"阮好说。

言下之意就是,她不会因为一个人长得帅就一见钟情。

她很委婉,但韩佐一听就明白了。

在成人的社交礼仪中,没有爽快答应,就是变相拒绝。

韩佐有些后悔,他是不是太着急了?可刚才那一瞬,气氛恰到好处,如果不说,他不知道下一次得等到什么时候。

"我……"

"但下次可以再约饭。"阮妤眨眨眼,"只约饭。"

"好。"韩佐笑着点头,不再试图补救什么。他感觉到了阮妤的立场,很坚定的立场。

藏在朦胧之后的美丽终归不持久,水雾会散,抹或者不抹,都会散。

第五章 哑女云深

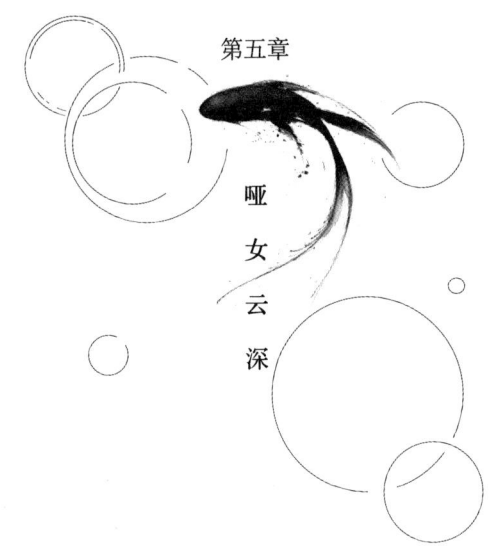

01

韩佐虽然只是昙花一现,却让阮妤被寝室的八卦三人组连着打趣好多天。起初她还正儿八经地解释,到后来发现解释并没什么用,干脆听之任之。

原来,不止喜欢一个人累,被不喜欢的人喜欢也挺累的。

阮妤在这种疲惫里艰难向上,但每每遇到滕翊,就又被打回深渊。红鹰街舞大赛之后,他们两个人彻底发展成了陌生人的状态。

以前虽然也没什么,但至少迎面碰上还能打个招呼,现在滕翊看到她,连招呼都不打了,直接视而不见。阮妤怄着气,他不理她,她自然也不会主动去找他。

可她委屈死了,滕翊凭什么这样?凭什么对谁都是温温和和的,却偏偏对她这么冷漠?

她不想再喜欢他了,可掉入泥淖的人越挣扎反而陷得越深,告诫自己别想,也是一种想念。

阮妤只能尽量避免遇到他。她去西游街舞培训基地给滕颢补课时就待在办公室里,练习室的喧闹和茶水间的夜宵统统都不再参与。她每天准点出现,到点离开。

没有人注意到她的自我较劲,大家的注意力都在方菀身上。

方菀最近几乎天天来基地报到，每次来都带着咖啡或者奶茶，把大家哄高兴之后，她就会去找滕翊。滕翊练舞她看着，滕翊休息她陪着，寸步不离，像是一松懈，人就会被抢了似的。

阮妤和方菀碰到过一次，在洗手间。

当时洗手间只有她们两个人，阮妤冲方菀点头打招呼，方菀却一改往日和善可人的模样，看都没有看她一眼。

人前惺惺作态，人后原形毕露，阮妤有些惊讶。

不过，这层窗户纸捅破了也好，大家都省得继续伪装。

十月下旬，辽城秋雨连绵，秋雨来临之前，西游的商标终于完工挂了起来，这意味着西游街舞培训公司即将开业。

而这段时间，滕翊也彻底忙碌了起来，除了上课、练舞，他的应酬也日渐增多，阮妤不止一次地看见他喝得烂醉如泥被人架回来。

她很心疼，可是她知道，自己没有资格心疼，她唯一能做的就是远远地看着他，不招他烦。

十月底，学校的普通话等级考试开始报名，阮妤准备冲击一级甲等。

普通话等级测试改革后，一甲的难度越来越大。学校几个学长学姐为了通过考试，都去参加了辽城广播电台培训中心的一甲培训班。

阮妤没有钱，只能买了CD回来自己琢磨。

她也变得很忙碌，忙碌让她没有时间去患得患失，也让她暂时忘了心底那些乱七八糟的情感。但她知道，无论如何努力，她都变不回曾经那个波澜不惊的阮妤了。

02

一场秋雨一场寒。

辽城接连下了三场雨之后，终于有了放晴的迹象。

周日下午，阮妤结束家教工作之后，回到寝室把堆积的几件外套都洗了。阳台上挂满了她的衣服，嘀嗒嘀嗒下落的水珠仿佛又是一场秋雨。

洗完衣服，天已经暗了，她下楼去食堂打包了一碗热乎乎的酸菜面，刚吃了一半，手机响了。

是滕颢。

两人下午刚见过,滕颢做题心不在焉被她训了一顿,她离开时他还不太高兴,这会儿打电话来干什么?找她吵架吗?

阮妤按下接听键,还未说话,那头的滕颢先开了腔。她一听,立马从椅子上跳了起来。寝室其他三个人都看向阮妤,阮妤丢下手里的筷子,拿起包就往外跑。

滕颢说他打架进了派出所,让她去保人。

打架、保人……这都什么情节啊?关键是那小子的语气听着还理直气壮的。阮妤有些头大。

外面的天已经彻底黑了,她跑到后门,拦了辆出租车就往派出所赶。

简湘湘她们在寝室的群里问她出了什么事,她才想起来,刚才急吼吼地跑出来,半句没有交代。可这事儿要怎么说?阮妤只能告诉她们有点突发情况要处理,让她们不用担心。

派出所灯火敞亮,大厅里几个喝醉了酒的壮汉不顾民警的劝诫相互推搡着,好像随时会打起来的样子。

滕颢就坐在这些人的后头,他脸上挂了点彩,但依然一副"小爷最牛"的样子,气势凛然。

"滕颢!"阮妤喊了声。

滕颢闻声抬头,看向她。

"你怎么回事?"

"不说了打架嘛,你听不懂啊。"他不耐烦。

"你打架还有理了是不是?"阮妤强压着火气,低声问,"你哥呢?他怎么没来?"

"不知道,我给他打电话发短信都没有回应,可能是在忙。我找不到他才找你的。"滕颢说着,转头看向一旁的民警,"警察叔叔,我姐来了。"

姐?阮妤还没反应过来,就见民警朝她招招手。

"你是滕颢的姐姐?"

阮妤瞟了滕颢一眼,他不动声色,冲她眨了眨眼。

"对。"阮妤说。

"亲姐姐？"

"不是。"

"那是什么关系的姐？"

"是……表姐。"

"身份证带了吗？"

"带了。"阮好把自己的身份证拿出来，顺势问警察，"这到底怎么回事啊？"

"滕颢和邻居打架，邻居报了警。"

"邻居？"

警察指了指滕颢："具体情况，你问他。"

阮好看向滕颢。

滕颢耸耸肩："不是我先动手的。那家伙肯定心里有鬼，所以才咋咋呼呼地想吓唬人，不过他越是想吓唬人，我越是要干翻他。"

"哪个家伙？"阮好想了想，"那个弹钢琴的家伙？"

"不是。"

03

滕颢组织了一下语言，才把事情的始末说清楚。

下午补完课之后，滕颢又在练习室练了一会儿舞才回家。因为太累，他回家之后倒头就睡，可刚迷迷糊糊游走在睡实的边缘，隔壁的钢琴声又响了。

还是乱弹一通。

滕颢捞了个枕头摁在自己的耳朵上，试图躲避这噪音，可是越想装听不到，那声音就越往耳朵缝里钻。就这样过了半个小时，那边的人似乎完全没有要停下来的意思。滕颢实在受不了了，连日积累的怨气在一瞬间爆发，他抓起外套就往外冲。

隔壁大门紧掩，滕颢站在门口猛按门铃，但屋里并没有人来应门。

他的门铃急促，里面的琴声也急促，他的门铃暴躁，里面的琴声也暴躁，那人像是铁了心地要与他隔门挑衅。

滕颢气疯了，他抡起拳头开始砸门，可砸门也不顶用，琴声反而响得更起劲。正当滕颢不知道该怎么办才好时，身后停下了一辆黑色的轿车。

轿车里下来一男一女，女的珠光宝气，和沈冰一般年纪，男的穿着运动服，和滕颢一般年纪。这两人显然也是母子。

"有事吗？"女人问滕颢。

"阿姨，我叫滕颢，隔壁的邻居。"

"我知道，所以，有事吗？"

"我没事，是你家那位总找事。"滕颢隔空指了指二楼方向，"这钢琴声也太吵了吧！能不能有点公德心？能不能不扰民？"

女人和她儿子对视了一眼，立马朝滕颢微笑。

"抱歉了，我女儿她最近心情不太好，总在家乱发脾气，我马上就去制止她。非常抱歉给你们造成不便。"

滕颢见女人态度诚恳，也没得理不饶人。他转身往回走，女人和她儿子快速开门进屋。

上门控诉还挺管用的。

滕颢刚走进自家院子，隔壁的琴声就停了。他正满意，忽然，耳边传来了砸器皿的声音，隔壁二楼左侧的窗户随着咣当一声，轰然碎裂，吓得他原地一怔。

好像有什么不对劲。滕颢脑海里闪过这个念头，连忙折回去。他刚跑到邻居家门口，大门忽然开了，一个穿着白裙的长发女生赤着脚从里面冲出来，扑了他满怀。

两人都一愣。

滕颢试图推开女生，可女生反而更用力地抱住了他的胳膊。

"唔！唔！唔！"她使劲摇着头，似乎想说什么，但一句话都说不出来。

是个哑女。

"云深！"刚才那个珠光宝气的女人和她儿子从屋里追出来。

被叫作"云深"的哑女一看到他们两个，连忙躲到滕颢的身后，用力地攥紧了他的外套，发出凄厉的"唔唔"声。

那一瞬间，滕颢感觉到，她好像把他当成了唯一的救命稻草。

"怎么回事?"滕颢下意识地挡开了女人伸过来的手。

"她是我女儿。"女人解释,"她脑袋有点异于常人,今天没吃药,所以……"

"唔!"哑女云深打断女人的话,狠狠地瞪着她。

滕颢更觉得其中有些蹊跷。

"过来,云深,妈妈带你回房间,你穿得这么单薄出来会感冒的。"女人柔声细语间再次伸手。

哑女云深显然很排斥被女人碰触,她再次往滕颢身后躲去。

"阿姨,我看她好像不愿和你进去,是不是有什么其他问题?"

女人的脸色变得难看起来,语气也不再友善:"搞笑,能有什么问题?"

滕颢看向云深,问她:"你会写字吗?"

云深立马点头。

"那你跟我回家,把事情的经过写下来好吗?我家就在隔壁。"

云深再次点头。

两人才一谈妥,身旁一直静默的男生忽然冲上来。

"你谁啊?不管闲事会死啊?"他一拳挥向滕颢。

滕颢躲闪不及,结结实实地挨了一拳,差点倒地。

"我是你大爷!"滕颢无端受辱,气血沸腾,瞬间反扑回去。

两个男生扭打成一团。

女人趁势拉住了云深,云深"唔唔"求救,可滕颢自顾不暇,根本没余力去护她,等滕颢把那男生打倒在地,云深已经被女人拖回了屋里。

没多久,警察就来了。

滕颢不知道女人怎么和警察说的,反正,他就这样以打人的名义被带到了警察局。

04

滕颢正和阮妤说着事情的经过,走廊那头审讯室的门忽然开了。屋内走出一个女警察,女警察身后正是滕颢所说的那对母子。

阮妤的目光落向和滕颢打架的那个男生,男生脸上青青紫紫,一看就是被揍惨了的样子。

"滕颢家长来了?"女警察看着阮妤。

"来了个姐姐。"另一个警察答,"看着挺小的。"

言外之意大概就是,看着也不像什么正经家长。

邻居女人冷哧了声:"这种有妈生没爹养的野种,所以才这么野蛮。"

滕颢的脸忽然涨得通红:"你说什么!"

"说你是野种!怎么?说错了?"女人笑笑,"华府那一片谁不知道你们兄弟俩是没爹的野种!"

滕颢从椅子上跳起来,发了狠似的朝那个女人冲过去,他作势向女人挥拳,这正合女人的意。

"打啊,有种你打我啊!"

"看我不撕烂你的嘴!"

"你撕啊!你撕啊!"女人把脸凑向滕颢。

警察伸手去拦,可两方都较着劲,场面瞬间乱成了一团。

"滕颢!"

阮妤上前去拉滕颢,少年卯着全身的劲,哪里拉得动。人群推搡间,阮妤一下就被撞倒在了地上,胳膊肘一阵火辣辣的痛。阮妤正要爬起来,身后有人搀了她一把,并顺势把她收进了臂弯里。

是熟悉的味道,是熟悉的感觉,甚至,是熟悉的呼吸。

阮妤回头,看到滕翊不知什么时候出现在了警察局。

他今天竟然穿了西装!

西装和里面的衬衫都是蓝色的,很深很深的那种蓝。领带是纯黑的,似乎比常见的领带更细些,就那样懒懒地垂在身前,使得他的优雅里透着一丝不羁,而这丝不羁又正好衬了他的脏辫。

天,竟然有人能把正统的西装和非主流的脏辫融合得这样相得益彰。

这是什么神仙搭配!

滕翊身后还跟了一个戴眼镜的中年男人,男人书生气很浓,看着特别正派。

"滕颢!"滕翊喊了声。

人群里如猛兽般近乎歇斯底里的少年听到声音扭头，在看到兄长的那一秒，他突然眼眶发红，委屈得像个孩子。

"哥！"

"不许动手。"滕翊松开阮好，走向滕颢，"过来。"

他的语气很轻，并无苛责的意思，反倒带着一丝安抚。

滕颢收敛了气势，挣开了束缚在身上的力量，乖乖地走向滕翊，像迷失的小崽走向归途。

"哥，你为什么不接我电话？"少年轻声地抱怨，委屈更浓。

刚才天不怕地不怕的人一下子铩羽卸甲，变得那么不像他。

"我在开会，手机没带在身边，看到短信给你回电话，你的手机占线。"滕翊耐心地解释着，解释完，扬手触了下滕颢唇边的那抹血色，"受伤了？"

"我没事，那个女人她……"

"我都听到了。"滕翊转头，看向他身后的中年男人，"孙叔叔，接下来就麻烦你了。滕颢与人打架的事情归一码，那位女士当众侮辱滕颢的事情归另一码。"

姓孙的中年男人点点头，从自己的手提包里掏出一张名片，递给那位女警察："你好，我是孙宪周，光明律所的律师。接下来关于滕颢的任何事项，都由我来沟通。"

05

警察带着孙宪周、滕颢和那对母子进了审讯室。

大厅莫名就安静了下来，刚才那些醉酒闹事的壮汉不知去了哪里，一下就不见了踪影。

阮好和滕翊站在一起，觉得有些尴尬，她干脆挪了几步，一个人站到了窗口。滕翊很快跟过来。她悄悄抬眸看他，正好撞见他也在看她。

"胳膊疼不疼？"滕翊问。

"不疼。"其实很痛，好像还破皮了。

"我看看。"

滕翊直接伸手，抓住了阮好的手腕，将她整条胳膊往自己面前一带。

阮妤"嗞"的一声，想往回抽手，被他用力握紧了。

滕翊小心翼翼地掀起她的衣袖，阮妤的胳膊肘果然破皮了，红红的一条，还伴着几片淤青。

"这样还不疼？"

"关你什么事。"阮妤赌气地挣开他的手，冷冷地道，"我们又不熟。"

她记得清清楚楚，他们已经形同陌路将近半个月了。这半个月，对她来说，长得就像是半年。

滕翊拧了下眉，想说什么，孙宪周、滕颢他们出来了。

因为滕颢怀疑邻居拐卖、囚禁少女，而那对母子又拒不承认，所以警察决定带着双方去现场确认。阮妤不大放心滕颢，便一起跟着去了。

一行人来到华府小区，那对母子一路抗拒，等警察勒令他们开门进屋时，女人彻底爆发了。

"你们知道我老公是谁吗？我老公可是海客集团的老总任天海，他和你们局长是好朋友，上个月他们还一起打过高尔夫呢。要是让你们局长知道你们擅自闯进我们的房子，他绝对能让你们吃不了兜着走！"

"任夫人，我们也是执行公务，麻烦你配合。"女警察好言相劝。

"配合什么！我都说了一万遍了，里面那个女孩是我女儿，不信你们可以打电话给我老公，难道我们还能认错女儿吗？"

女警为难地看向滕颢。

"既然是你们女儿，确认一下有那么难吗？"滕颢说。

"确认一下没什么难，但我就是不想让你们确认，我觉得允许你们进入我们家就是放任你们侮辱我、诽谤我！我……"

咣！

二楼又传来砸东西的声音，这声音硬生生地打断了女人的话。

"你们看，她在抗议！她根本不认同这个女人的话。"滕颢看着二楼那扇碎裂的玻璃窗，用笃定又有些懊悔的语气道，"她在求救！原来她每次'发疯'都是在求救，可我们竟然都没有察觉。"

"臭小子，你别胡说！"和滕颢打架的男生上前一步，"我告诉你，这次的事情我和你没完！"

"谁怕谁！"滕颢昂着下巴，"再来一次小爷照样把你打趴下！"

两人几乎又要动起手来，滕翊连忙把滕颢拉到了他身后。

咣！

二楼又是一声闷响。

警察们也意识到了事态不对。

"任太太，如果你不开门的话，我们就硬闯了，到时候有什么财产破坏，我们可不负责任！"

女人看了看她的儿子。

"快点！"警察挥了挥手里的警棍，指着门。

女人没有继续强硬下去的底气，只能讪讪地开了门。

06

任家的大厅金碧辉煌，看着比隔壁滕家更为考究。

果然，只有穷人才会被限制想象力，有钱人的小区，一家还比一家豪华。

二楼最左侧的房间被锁着，在警察的强制要求下，女人开了门。

房间内没有开灯，黑漆漆的一片。夜风从破碎的窗子里来来回回，显得这房间更为清冷和阴森。

女警察摸到了墙上的灯。灯光亮起，眼前的景象让众人一愣。

屋内满目狼藉，碎玻璃、碎陶瓷、残败凋零的枯花、扫落在地的餐盘……还有，那个白裙女孩。女孩背倚着钢琴，颓然地坐在地上，她的头发乱糟糟的，双脚光着，全是血痕。

看到来人，女孩精疲力竭的脸上终于有了神采。

"唔……唔……"

"警察先生，我女儿她精神有问题，我怕她到外面会伤人，所以我才关着她……"

"你别胡编乱造，欺负她不会说话。"滕颢打断女人，然后看向阮妤，"你包里有纸和笔吗？"

阮妤包里还真有，她平时背单词的时候习惯写写记记，所以本子和笔是必需。

滕颢从阮妤的本子上撕了一张纸，拿着纸和笔走向白裙女孩。

"你说你会写字，那么现在，把你要说的写下来，警察会帮你。"少年屈膝半跪在地上，把笔递给女孩，示意她在纸上写字。

女孩看着滕颢，眼眶一红，眼泪瞬间流了出来。

滕颢看她这样，心底的愧疚更深了一分，他刚才不该只顾着打架，眼睁睁看着她又被关回屋里的。

"好了，别哭了。"滕颢手足无措，"你先写吧，警察等着呢。"

女孩点点头，接过了滕颢手里的笔，颤抖着在纸上写下一行歪扭却依然娟秀的字："他们软禁我，我要找我爸爸，我爸爸是任天海。"女孩写完，想了想，又在任天海的名字后面加了一串数字，那是任天海的手机号码。

"你们看！"滕颢举起那张纸，亮给女警察，"我就说她一定是被迫的！"

和滕颢打架的男生一看局势不对，转身想逃，被门口的警察一个过肩摔摁倒在地。

"卓卓！"女人尖叫着冲过去，"放开我儿子！他还小，他不是故意的！他什么都没做！都是我的错！都是我的错！"

"都铐起来，带回局里！"女警察把手里的纸递给她的同事，"联系任天海。"屋里的警察全都行动了起来。

事情算是圆满解决了。

女孩还坐在地上，滕颢折回去，把女孩扶起来。她的脚上全是深浅不一的伤口，而地上又布满了玻璃碎片，让她自己走是走不了的。

滕颢有些为难地看向滕翊。

滕翊接收到弟弟的视线，歪了一下头，那神情仿佛在说，这还要我教你？

少年红了脸，僵硬地伸手，把面前的女孩横抱了起来……

07

女孩名叫任云深，是海客集团总裁任天海的独女。

软禁任云深的女人名叫叶林珍，是任天海的第二任妻子，也就是任云深的后妈。叶林珍的儿子名叫任卓，任卓虽然姓任，但是他和任天海、任云深两人并没有血缘关系，他是叶林珍和前夫所生。

这一家子是重组家庭,简单来说,就是父亲带着女儿、母亲带着儿子再婚了。

叶林珍嫁给任天海后,为了讨任天海欢心,特意给自己的儿子改成了任姓。她知道任天海疼爱任云深,所以她对任云深很上心,婚后以母亲的姿态将任云深的日常生活打点得井井有条。

任天海很信任叶林珍,任云深也挺喜欢这个后妈的。

四人在一起生活了半年,其乐融融,没有任何的摩擦。

前段时间,海客在香港上市,任天海为了方便处理公司业务开始常驻香港。任云深为了学琴没有随父亲一起去,而是单独留在辽城,和后妈、弟弟生活在一起。

任天海不在,叶林珍依然对任云深很好,事无巨细地照顾着她。任云深每晚和父亲聊微信时,都要夸奖叶林珍一番。为此,任天海更放心把任云深留在叶林珍身边了。

任云深原以为自己是那么幸运,亲生母亲去世之后,还能再遇到一个真心把自己当成女儿对待的人。可事实证明,她还是太天真了。

任云深忘了是什么时候开始起,任卓总是跟在她的身边,时不时摸一下她的手,揽一下她的腰。起初,她只当是弟弟和她亲昵,并没有往其他方面想。可有一天晚上,她洗澡时突然发现,任卓竟然趴在磨砂的浴室门口偷看。

任云深吓了一跳,再联系此前种种,顿时怒不可遏。她首先想到了叶林珍,她觉得叶林珍是个明辨是非的人,她一定会为自己主持公道。可是,当她把事情表述给叶林珍时,叶林珍毫不犹豫地站到了儿子任卓那一边,她说一定是任云深太敏感,看错了。

任卓有了母亲撑腰,洋洋得意地向任云深示威,趁着无人,再一次试图猥亵任云深。任云深气急想要报警,和任卓产生了肢体冲突,两人打闹的动静吸引了叶林珍。

叶林珍匆匆赶来,面对铁一般的证据,她再一次维护了自己的儿子。为了不让任云深报警和告状,母子俩没收了任云深的手机,把她关在房间里,还每天晚上用任云深的微信账号和任天海聊天,制造一切如常的假象。

而任云深,每天都在房间里想着该怎么逃出去。

她不会说话,也没有手机,唯一能代替她发声的就是她的钢琴。但是,她又不能明目张胆地求救,她只能趁着叶林珍母子不在家的时候,用乱弹钢琴的方式试图引起外界的注意,可这个方法收效甚微。

有一回,她乱弹整夜,无眠无休,最后也只换来了几个不了了之的投诉。

幸好,这次她遇到了滕颢。

08

警察联系了任天海,任天海根本无法相信叶林珍母子的所作所为,他在电话那头发了一通大火,恨不能立时赶回宝贝女儿的身边,并好好教训一下这对恶心的母子。

最后,在任天海的安排下,警察把任云深送去了医院治疗,又派了海客总部的下属过去照看,他自己则订了隔天最早的航班回辽城。

事情总算落下了帷幕,这一折腾,竟折腾到了十点半。

阮妤站在任家的大门口,看着警车呼啸着远去,忽然想起来,自己该回学校了。

"滕颢,我得走了,明天见。"

阮妤冲滕颢挥挥手,拔腿就想跑。可她刚迈开步子,就感觉背包的带子被人从后攥住了,她根本动不了。她气急败坏地回头,看到滕翊站在她的身后。

"这个点回去还能进门?"他问。

"能进,挨一顿骂就能进。"

"别回去了,在我家睡。"

"我不,快放开我!"阮妤挣了几下,但滕翊始终没松手。

"现在也没公交了,你怎么回去?"

"我可以打车。"

"你一个女孩子大半夜打车,太危险了。"

"那你想怎么样?你送我吗?"

"我送你?我为什么要送你?"他扬了下唇,学着她在警局时冷冷的语

— 126 —

气,"我们又不熟。"

阮妤寸步不让,与他较劲:"对,我们不熟,不熟你还留我在你家里睡?"

滕翊无奈叹了口气,和逻辑清晰的状元吵架可真累。

"好了。"他手上的力道稍稍加重,把阮妤拎到自己的面前,"不闹了好不好?"

阮妤紧抿着唇,还憋着气。

"你不想跟我熟,那就不熟。"滕翊看了眼滕颢,"你和他熟,你去他家睡。"

阮妤:"……"这人套路太深了!

滕颢在旁早就看不过去了,他打了个哈欠:"状元小姐,你就别倔了,我哥也是为你好。再说了,留你睡一晚怎么了?我们对你又没有兴趣。"

"小孩子说什么呢?"滕翊扫了滕颢一眼。

"本来就是,难不成你有兴趣?"

滕翊没出声,阮妤的脸先红了。

"好了好了,我不走了!少说这些有的没的!"

滕颢耸耸肩。滕翊拉着阮妤,走向滕家大门。

三人进了屋,屋里比外面暖和多了。

滕翊脱了西装外套,快步上楼。阮妤和滕颢去了客厅,两人紧绷的神经松了,都觉疲乏,于是一起瘫在沙发上。

"那个任卓,我一看他就不是个好东西,早知道他这么变态,我就该揍得再狠一点。"滕颢边说,边看向阮妤,"状元小姐,你说我今天是不是特别帅?"

"是是是,你可真是为民除害的大英雄。"阮妤奉承。

滕颢更来劲了,他抖抖胳膊:"那现在英雄口渴了,你去给英雄倒杯水。"

阮妤瞪他一眼,他反瞪回来。

"快去啊!"

09

阮妤没办法,毕竟今晚要寄人篱下,无奈地朝着吧台走去。

吧台的木托盘上原本是两个一模一样的陶瓷杯，现在多了一个，变成了三个。她很久没有来滕家了，不知道这一个杯子是什么时候多的，也不知道这个杯子是谁的。

　　应该是沈冰的吧，她猜想。

　　阮妤随手拿起一个杯子，翻过来看了看，杯底是对小翅膀，她放下。又翻了一个，当她看清楚杯底的图案时，呼吸忽然变缓了，她下意识地摸了一下自己耳朵上的耳钉。

　　小鱼。

　　那杯子底下，竟然是和她耳钉一样图案的小鱼。

　　"奖励。"身后传来滕翊的声音。

　　阮妤回头。

　　"我欠你一个奖励。"他走到她身边。

　　"你还记得呢。"阮妤有些惊喜。

　　"一直记得。"他拿起自己的杯子，低头倒了半杯水，又状似漫不经心地看向她，"这个奖励喜欢吗？小鱼儿。"

　　他的嗓音，洋洋盈耳。

　　小鱼儿。好像是在叫她，又好像只是在说杯底的那个图案。

　　阮妤的心又狂跳了起来，如鹿归林。他总能这样，轻易地控制她的心跳，也搅乱她的阵脚。

　　"状元小姐！"滕颢在客厅里大叫，"让你倒杯水怎么这么磨叽？"

　　阮妤连忙拎起滕颢的杯子给他满上一杯水端出去，她刻意避开了滕翊的目光，也避开了那个问题。

　　"喏，水！"阮妤把水杯放在滕颢面前。

　　滕颢看了看她："你脸怎么回事？"

　　"怎么回事？"

　　"特别红。"

　　阮妤故作淡定："有你抱起隔壁小姑娘时那样红吗？"

　　"闭嘴！"滕颢听后窘态十足。

　　滕翊笑着走过来，轻轻地踢了一下滕颢的小腿。

"赶紧去洗澡。"说罢，转头看向阮好，"你也上去休息吧。今晚你睡我的房间，换洗衣服给你放在床上了。"

"我睡你的房间，那你呢？"

"我和滕颢挤一挤。"

"那怎么行呢？"

"那你想怎么样？难不成，你想和我挤一挤？"滕颢在旁皮笑肉不笑，"我都说了我对你没兴趣。"

"我的意思是我可以睡沙发。"阮好说。

"让你一姑娘睡沙发，我们两个大老爷们睡床？你睡得着我们还睡不着呢！"滕颢一脸大义。

"哟哟哟，你毛还没长齐呢，就大老爷们了？"

"你再说！"滕颢抄起沙发上的抱枕，作势要砸阮好，"信不信我揍你？"

"连让姑娘睡沙发都舍不得，还能下得去手揍姑娘？"

滕颢被阮好吃得死死的，脸又涨红了，他使劲揉捏着怀里的抱枕撒气。滕翊在旁看着他们吵吵闹闹，什么都不说，只是微笑。

"哥！你看我当初说什么来着！我第一次见到她就知道我肯定不会喜欢她！"

"谁要你喜欢！我又不是来和你谈恋爱的！"阮好笑。

滕颢无语。

为什么这话这么耳熟？

10

阮好是第一次进滕翊的房间。

他的房间比滕颢的更大，极简主义风格。从墙壁到橱柜到床上用品，整体黑白灰三色，经典而利落。床头的墙上挂着一幅巨大的壁画，画者用简单的几笔勾勒出一个录音机和一个单手倒立的街舞舞者形象，抽象偏又一目了然。

阮好进门就被窗台上的那盆茉莉吸引了目光，翠绿的叶片，洁白的小花，让这个房间多了一丝生机。

自从被滕颢叫到练习室补课之后,阮好一直在担心这盆小茉莉,没想到滕翊竟然把它搬到房间里来了,还换了盆,照顾得这么好。

"嗨。"她伸手摸了一下茉莉的枝叶,像看到了老友,心里暖融融的,也没了拘束感。

滕翊替她准备好的换洗衣物就放在床头,是一件白T恤和一条浅色的运动裤,尺寸很大,一看就是男士的。阮好脱下外套,拿上衣服,进了浴室。

浴室也是黑白灰三色,宽敞雅致。浴室里,除了滕翊的自己的洗漱用品,洗手台上还放了一套未拆的牙刷和毛巾。

原来,他刚才匆匆上楼是为她准备这些。

阮好小心翼翼地开始洗漱,尽量不让自己在他的浴室里掉下一根头发,留下一点痕迹。脱衣服的时候手肘特别疼,她这才后知后觉地注意到,胳膊上破皮的那一块皮肤此时又红又肿。

滕翊的浴室没有安装浴缸,只有淋浴,阮好忍着胳膊上的痛,迎头淋了个遍。洗完澡吹头发的时候,她顺势把自己洗好的小内裤也吹干了。

刚穿好衣服,外面传来了敲门声。

阮好一惊,连忙把自己的衣服装进收纳袋,然后再次确认了一遍使用之后的浴室是干干净净的,这才去开门。

门外站着的人是滕翊。

他也已经洗完澡了,穿着和她类似的白T恤和运动裤,整个人飘着一股肥皂的清香。

"洗好了?"他问。

"嗯。"阮好抵着门,有些不好意思看他,"有事吗?"

"给你擦药。"他亮了亮手里的药膏,提醒她,"你的胳膊。"

"我自己来吧。"

"我帮你。"滕翊说。

"不用了。"

"怎么?怕我进去吃了你?"他微微一笑,"没看出来,你胆子这么小。"

"我不是那个意思。"

"我也没那个意思。"

阮妤还是有些犹豫。

滕翊看着她："你不让我帮你，我以后怎么好意思再麻烦你。"

阮妤知道，他指的是练习室里的云南白药喷雾和膏药。

她松开了按着门的手，让他进屋。

滕翊进了房间，阮妤一时连站都不知该往哪里站了。

"坐。"他指了指床沿。

阮妤点头坐过去，滕翊坐在了她的身边。

"手。"滕翊出声。

阮妤把胳膊伸过去。

滕翊握住了她的手腕，将药膏涂抹在破裂的表皮上，轻轻地用指腹摩挲着，时不时抬眸看她一眼。她发梢还有些湿润，脸蛋粉粉的，透着几分素净的甜美，也许是伤口很疼，她一直龇着牙，但没吭声。

"疼不疼？"

"有点。"

他放缓了指尖的动作，以平生最温柔的力道给她上药。过了一会儿，滕翊松开了她的手。

"好了。"

"谢谢。"她收回胳膊，垂着头轻轻地在伤口上吹气，他的手好像有魔法，被他触过之后，疼痛感减轻了很多。

"早点休息。"

"嗯。"她还垂着头，像是故意不看他。

滕翊微微沉了口气，朝门口走去，拖鞋的踢踏声回荡在屋里。拉门的时候，他又回过头来。

"阮妤。"

阮妤愣了一下，这好像是滕翊第一次叫她的名字。

"嗯？"

滕翊其实有很多话想说，关于红鹰街舞大赛，关于之前两人形同陌路的状态，可当话到嘴边，又觉得现在说这些并不合时宜，太迟了。

"晚安。"他说完,走出房间,替她关上了房门。

阮好听着房门"噗"的一声合上,心慢慢沉入谷底,她还以为他会说点什么,可真要问她在期待什么,她又答不上来。

他们两个好像都知道有层窗户纸隔在他们中间,可伸手去撕太难了,这关乎勇气、自尊,还有随时可能会落空的希望。

"晚安。"她轻轻呢喃。

走廊里已经没有了声响,房间里也安安静静的。阮好坐在床沿上,看着窗台上那盆小茉莉,等胳膊上的药膏干了才躺上床。

滕翊的床单被子都是淡灰色的,床头两个同色的枕头和两个银灰色长条靠枕,上面都是他的味道,干净清爽,带一点点薄荷的香气。

阮好被这样的味道包围着,有些幸福,也有些心虚。

今晚,肯定是要失眠了。

11

滕翊走进滕颢的房间,滕颢正坐在床上捣腾两个枕头。

"哥。你想睡在哪一边?"

"无所谓。"

"我记得以前我们俩一起睡的时候,你一定要睡在靠门的那边。"

"我怎么记得是你不喜欢睡在靠门的那边。"

滕颢小时候胆小,可偏又喜欢看鬼故事,白天还好,一到天黑就跟撞邪了似的,看什么都觉得有鬼影。他不敢一个人睡觉,每晚都要去滕翊的房间和他挤。挤就挤吧,偏偏睡哪一边都有讲究,靠门不敢,说怕鬼进门第一个缠上他……想想那时候的滕颢还挺傻挺可爱的。

这么多年,滕颢也终于长大了。他是在什么时候突然长大的呢,或许就是在意识到人远比鬼可怕的那段日子里,那段被流言和白眼包围的日子里。

兄弟俩并排躺在床上,滕翊关了灯。

房间的窗帘是遮光窗帘,又拉得严实,屋里黑漆漆的,只有走廊里透进来一条缝的光,勉强把屋里的家具勾勒出一个轮廓。

"哥。"滕颢忽然叫了他一声。

"嗯。"

"今天我打架的事,你别告诉妈,让孙叔叔也别说,我不想让她担心。"

"嗯。"

"你困了吗?"

"没。"

"那你怎么说话那么短?跟打电报似的。"

"你想让我替妈教训你?"

滕颢赶紧讨饶一笑:"别别别,我不是那个意思。"

"知道妈会担心你,以后就长点记性,无论哪方面,都不要让她再担心。"滕翎顿了顿,"还有,不许和人打架,打坏了你怎么跳舞?"

舞者,应该比别人更珍惜自己的身体。

"哦,我知道了。"

"睡吧。"

"嗯。"滕颢不说话了,约莫一分钟之后,他忽然把手伸过去,一把搂住了滕翎,"哥。"

滕翎"啧"了声,想去推他没推开:"干吗?腻腻歪歪的。"

"哥,你说我最近跳舞有没有进步?"滕颢整个人缠在滕翎身上,带着几分索要表扬的撒娇。

"没有。"

"我说认真的。"

"我没认真?"

"哼!"滕颢松开滕翎,"你怎么这样?能不能学学状元小姐,时不时给我点鼓励,我才有动力啊。"

"她怎么鼓励你了?"滕翎黑暗里扬了下唇,"我怎么听她一直在打击你?"

"她那是该打击的时候打击,该夸的时候也不吝夸奖好不好!"

"我不是?"

"你就没有夸过我。"

"那是你还没做到让我夸的程度。"

"喊。"滕颢翻了个身,背对向滕翊,"我睡觉了。"

滕翊伸手,揉了一下滕颢的后脑勺。少年赌气,把头埋进被子里不让他碰,滕翊笑了笑。

长夜漫漫。

十六七岁的男生还没什么心事,也没什么烦恼,滕颢翻了个身,很快就响起了轻鼾。滕翊却始终难以合眼,他一点困意都没有,脑海里清明地想着今天发生的一切,也想着此时正躺在他床上的那个女孩。

过了会儿,他轻轻掀开了被褥的一角,起身下了床。

12

阮好也睡不着,翻来覆去,口干舌燥。

她想起楼下那个带着小鱼标记的水杯,于是起身开了灯下床。拖鞋就放在床边,女士的,很小巧,她穿着正好,可裤子太长了,总是要绊到。

阮好提着裤腿去开门。

走廊里的灯都亮着,她刚走出房间,一抬眸,看到滕翊正好也从滕颢的房间里走出来。两人隔着清冷寂静的夜和温暖柔亮的光遥遥打了个照面,都愣住了。

滕翊轻轻关上门,朝她走过去。

"怎么了?"

"我口渴。"阮好看着他,"你呢?"

"我也口渴。"

她笑了。

"笑什么?"

"没,就觉得好巧。"

滕翊也笑了一下:"我去给你端上来?"

"不用,我自己下去。"

他点点头。

两人一前一后下楼去,滕翊走在前头,边走边开灯,光随着他指尖的动作,一束一束地迎向他们,很快,整个大厅亮得像白昼一样。

保温壶里的水还热着,滕翊先给她倒了一杯。阮妤捧着水杯却不喝水,她的手指细细地摩挲着杯底的那个图案。

"怎么不喝?"滕翊看着她,"不是说口渴吗?"

"哦。"她喝了一口水,然后把杯子举高,歪着头去看底下那条小鱼,"这个杯子是你特地去定制的吗?"

"嗯。"

"什么时候?"

"很久了。"只是,她后来就没有来过滕家,而他,也不知道该以什么名义拿给她,就这么一直放在吧台上。

每次喝水看到,他都会想起她。

"喜欢吗?"刚才被滕颢打断的问题,滕翊又问了一遍。

阮妤只喝水,不回答。

"看来是喜欢的。"滕翊说。

"为什么?"

滕翊也只喝水,不回答。

"为什么?"阮妤追问。

滕翊侧身,看向吧台后的窗玻璃,窗玻璃上倒映着他们两个人的身影。一个倚着吧台,满身闲适,另一个双手捧杯,温柔地笑。

"看看你自己,打一个成语。"

"什么?"

"爱不释手。"

阮妤抿了下水润润的唇:"这是凭我的聪明才智得来的奖励,我爱不释手怎么了?"

"原来你爱不释手的原因是这个。"他饶有深意。

"不然还能是什么原因?"

"比如,这是我特意让人定制的。"他看着她,目光在温和的灯火下缱绻出几分柔情。

阮妤暗自琢磨着这句话,总觉得话里有话。是她多心吗?还是他也……

她不敢往那方面想。

"谢谢你，我先上去睡了。"

她放下水杯，转身就想逃。可迈步的瞬间，不小心踩到了自己的裤角。

"啊！"

随着这声轻呼，阮妤笔直地撞向吧台……

13

滕翊被吓了一跳，幸好他反应及时，伸手就把她捞了回来。

阮妤惊魂未定，又一头撞在滕翊胸膛上，整个人瞬间头晕眼花，她下意识地攥住了他的T恤。

"没事吧？"滕翊放下手里的杯子，一手揽着她的腰，一手替她揉着额角。

两人靠得很近，下半身还紧贴在一起，维持着刚才最紧急的姿势。

阮妤呆了。

"吓傻了？"他低头，手指在她眼前晃了一下，"没傻就眨眨眼。"

阮妤连眨了两下眼，看着他。滕翊笑了起来，笑着笑着，笑容逐渐消失，他大概也感觉到了，两人之间暧昧的氛围。

这般四目交接，这般呼吸相闻，但凡谁再往前一些，他们就能吻到彼此。

阮妤紧张到双腿发软，她松开了握着滕翊衣服的手，想要往后退，却被他更用力地固定住了。

"阮妤……"他唤着她的名字，一点点凑近她。

黑夜最容易蛊惑人心，最容易击溃防线，也最容易让人犯错，但黑夜里的放纵，天亮就会后悔。

阮妤在他吻向自己的最后一秒，微微别开了头。她的动作很轻，幅度很小，如果滕翊再霸道一些，再强势一些，再不理智一些，他只要动动手指，就能扣住她的下巴将她的脸转过来继续吻她，可是他没有。

两人还维持着相拥相抱的姿势，甚至还保持着随时会擦枪走火的危险距离，可是，他们谁都没有再动。

过了几秒，滕翊松开了她。他蹲下去，替她卷起了一侧的裤管。

阮妤看着他的脏辫，感觉到他的手指无意间触到她的脚踝，那种酥麻感让她清醒过来。她猛地退后了两步，躲开了滕翊的手。

"滕翊。"

滕翊昂头看她。

"你……别对我好。"

阮好丢下这句话，拔腿就跑。宽大的 T 恤在她身上晃动，一侧裤腿还是有些累赘，可是她没管，就那样深一脚浅一脚地往楼上逃。

回到房间，阮好闷头躺下，强迫自己不去理会楼下的动静，但她还是听到了，滕翊关灯的声音，滕翊上楼的声音，还有滕翊轻轻合门的声音。

她莫名其妙就红了眼眶，内心也说不出是喜是悲，她只是有些庆幸，她克制住了自己，让自己保留了日后相见的底气，没有让事情往更复杂的方向发展。

这一晚，两人谁也没有睡着。

滕翊听着滕颢的鼾声，整夜睁眼。

阮好天刚亮就起了，她洗漱之后，换下衣服，把滕翊的 T 恤和运动裤洗干净了晾起来，然后离开滕家，坐最早班的公交回了学校。

室友们都还没醒，她悄悄开门，爬上床又睡了个回笼觉，合眼真正睡着的那一秒，她虚无的梦才算醒来。

14

"说是寂寞的秋的清愁／说是辽远的海的相思／假如有人问我的烦忧／我不敢说出你的名字……"

滕翊坐在教室里，萧卿倚在他身边，低头专注手机里的游戏。

广播里一个熟悉的女声在念一首小诗。

"我不敢说出你的名字／假如有人问我的烦忧／说是辽远的海的相思／说是寂寞的秋的清愁。"

萧卿忽然抬肘，撞了一下滕翊。

"哎，这个声音，不是你们家状元小姐吗？"

"谁家？"滕翊冷冷地回答。

说起这个女人他就来气，早上一声不吭就走了，亏他还特地起来给她做了早餐，结果去敲门，看到屋里收拾得纤尘不染，她自己穿过的衣服、用过的毛巾全都清洗好了晾着，搞得那么生分，像是特意要和他划清界限似的。

"滕颢的，四舍五入也就是你的。"萧卿说。

滕翊不出声。

"哎，我语文不太好，这首小诗讲的什么啊？爱情吗？"

"不知道。"

"我听着像，看来这状元小姐最近是真有情况，她和那位一见钟情的小哥哥也不知道发展得怎么样了？"

滕翊从椅子上站起来，猛踢了一下讲台边的垃圾桶。

"周曦和怎么回事？每次上个厕所都跟失踪人口似的。"

萧卿看出他心情不佳，连忙掏出手机："我催催。"

话音刚落，滕翊的手机先响了起来。他扫了一眼屏幕上的来电显示，是彩虹。

"喂。"

"老大，有人找你，你今天什么时候过来？"

"谁找我？"

彩虹报了一个名字，滕翊脸上的神色顿时就变了："我马上过来，让他等着。"滕翊说罢，挂了电话。

萧卿还没打通周曦和的电话，看到滕翊快步走出教室，连忙追出去。

"滕翊你去哪儿？"

"我回基地。"

"不是说好了去吃饭的吗？你不吃啦？"

"不吃了。"滕翊匆匆下了楼。

广播里，阮好还在念着什么，他顾不上听，一路小跑到学校门口，他的车今天停在门外，上车之后，他径直向西游街舞培训基地。

基地还未正式营业，白天谁有空谁来，一般都是彩虹在管。

滕翊进门，就看到了立在落地窗边的那抹颀长的身影。

来人正在打量着"西游"的招牌，他似乎很有兴趣，盯了很久都没有挪开目光,直到听到滕翊的脚步声,他才回过头来。

是韩佐。那个和阮好互加了微信,一起去食堂吃饭的韩佐。

"你好。"韩佐对滕翊微笑,"我是韩佐。"

"你好,滕翊。"

两个男生的手轻轻一握。

"是田成老师介绍我过来的,他说这里是街舞爱好者的大本营,让我过来找组织。"韩佐的表情有些羞涩。

"我知道。"滕翊脱下外套,挂在臂弯里,朝二楼扬了一下下巴,"走,上去 Battle 一场吧。"

韩佐怔了怔,他才来就开战?

"和谁 Battle?"

"我。"滕翊往二楼走,示意韩佐跟上。

韩佐顿时就兴奋了起来。关于街舞,他有很多的梦想,其中一个就是和滕翊赛一场,想必这也是辽城很多舞者的梦想。和强者过招,是一种交流,也是一种学习。

两人上了楼。

"你平时跳哪个舞种?"滕翊问。

"Hip-hop,我比较擅长 Hip-hop,但 Breaking 我也跳。"

"那就 Hip-hop 吧。"他的语气淡淡的,却带着一种莫名的自信。

韩佐顿时被激起了斗志,虽然他知道滕翊的能力很强,但是他对自己的 Hip-hop 能力也很有信心。这一场,他未必会输给他。

彩虹听到脚步声,从练习室里跑出来。

"老大,你来啦。"

滕翊点点头,问他:"林杉在吗?"

"在。"

"让他出来,帮忙做一下裁判。"

"怎么?你们要 Battle 啊?"

"嗯。"

彩虹看了一眼韩佐,又看了一眼滕翌,朝着走廊尽头的那个练习室大叫:"杉子!老大找你!"林杉闻声从练习室里走出来。

"那是林杉。"滕翌向韩佐介绍,"辽城 Hip-hop 大赛一对一亚军,Super K 大学生街舞比赛的特邀裁判,他绝对公平。"

最后"公平"两字滕翌咬得很重。韩佐听出来了,滕翌想表达的意思是,放心吧,我们不会组团欺负你。

"你好,我叫韩佐。"韩佐笑着和林杉打招呼。

林杉一脸淡漠,只点了下头,就转身先进了滕翌的练习室。

"你别介意,他就是这样一个人。"滕翌替林杉解释。

"对,平时闷得跟个不透风的罐子似的,可跳起舞来,就完全变样了。"彩虹在旁补充。

"我不介意。"韩佐还是笑着。

他哪会介意这些,这一个个平日里只闻其名的高手,能见到真人就足够他高兴一整天了,他还期待什么,热情的拥抱吗?那才不正常好不好!

几个人都进了练习室。

滕翌的练习室很大,通明的灯光,宽阔的镜子,完善的音响设备……一切都比韩佐想象得还要吸引人。

"酷!"韩佐竖了下大拇指。

"来吧。"

15

滕翌把外套扔在一边,对林杉使了个眼色。

林杉走到电脑前,说:"歌随机,你们跳同一首,为了公平起见,猜拳决定先后。"

"我先吧。"滕翌接话。

跳同一首歌,后者可以熟悉旋律,先跳总是吃亏些。

"我无所谓先后。"韩佐不甘示弱。

"来者是客。"滕翌说。

两人就这么定了先后顺序。

林杉在网上随手搜了一个曲库，随便点了一首歌，是韩宝仪的《粉红色的回忆》，歌曲有些年岁了，算是耳熟能详那一挂的，旋律特别明快。

　　"夏天夏天悄悄过去／留下小秘密……"

　　彩虹下意识地跟着唱了起来，林杉和韩佐则目不转睛地看着滕翊。

　　人人都知道，滕翊的 Breaking 各方面都没刺可挑，但 Hip-hop 和 Breaking 是完全不同类型的街舞，Hip-hop 不需要 Breaking 那么强的技巧，它更讲求舞感，崇尚自然流露，一个舞者要将两种类型都跳出彩并不容易。

　　滕翊在几秒内就适应了音乐，他踩着欢快的步子走到练习室的中央，原本有些严肃的表情也随着跃动的旋律慢慢融化。音乐控制、律动和定格造型……他信手拈来，随着音乐的起伏，速度切换、太空步和几个高难度的 waving 也不在话下。他肢体的协调性和超强的控制力，让林杉都自叹不如。

　　果然，优秀的人，各方面都是优秀。

　　"Wow！"彩虹的情绪被带起来了，"老大牛掰！"

　　韩佐眼里也有了佩服的神色，但是他并未被滕翊的气场压下去，这样强劲的对手，反而更坚定了他想要赢的决心。

　　滕翊结束之后，韩佐上场。

　　林杉没有听过韩佐的名字，他下意识地以为这就是个刚冒头的新人，可他很快发现自己错了。

　　韩佐有完全不输滕翊的乐感和舞感，他的动作多变而流畅，完全没有新人的稚嫩和小家子气，反而处处显出大家风范和扎实的基础功底。利落的劈叉、承上启下的舞种切换，招招亮眼。

　　"Wow！"彩虹拍了拍林杉的肩膀，"兄弟，你摊上事儿了！"

　　林杉也知道自己摊上事儿了，这样不分上下的对决让他怎么判定胜负？"那个……再来一首吧。"林杉说着，直接去切歌。

　　"泰国新加坡印度尼西亚／咖喱肉骨茶印尼九层塔／做 SPA 放烟花蒸桑拿……"

　　滕翊："……"

　　韩佐："……"

"这都什么鬼?"彩虹翻白眼。

16

萧卿和周曦和吃完饭来到基地,刚一进门就听到楼上传来很魔性的歌声。

"咖喱咖喱轻轻一加/咖喱咖喱辣……"

走在前头的周曦和先随着音乐扭了一下臀,萧卿很默契地也跟着晃动起腰肢,两人就这样随着旋律一路摇头晃脑地跳上了二楼。

练习室里,滕翊和韩佐对决正酣,萧卿和周曦和也加入了观战的队伍。

原本还以为这场隐形的情敌对决会剑拔弩张,没想到最后会因为林杉选歌不慎而搞得这么欢快。

当然,随时随地的欢快也是街舞的魅力之一。

《咖喱咖喱》跳完,林杉还是没能决定谁胜谁负,于是对决还要继续,这一曲加一曲,体力也成了决定胜负的重要因素。

"林杉这个人怎么这么轴呢,老大平时对他多好啊,关键时刻实在分不出输赢来,那就让老大赢呗。"彩虹悄悄在萧卿耳边说。

"你懂什么,这就是林杉的魅力,也是滕翊喜欢林杉的原因。"

最后的最后,围观的几个看客全都睡午觉去了,裁判也跑了,滕翊和韩佐还是没有跳出个高下来。

空阔的练习室里,音乐还在响,两人呈大字状平躺在地板上,喘着粗气。

"不错,挺厉害的。"滕翊夸韩佐。

"你的 Hip-hop 也很厉害。"韩佐真心道。

很长一段时间里,韩佐都对"全能舞者"这个词没什么好感。因为他觉得,全能就意味着精力的分散、训练时间的不集中,而这两样只会产生一种结果,那就是平庸。

今天,滕翊彻底打破了他的这种偏见。

原来全能真的可以如此全能。

"刚才都忘了问,是赢了让我加入,还是输了让我加入?"韩佐扭头看向滕翊。

滕翊没答，只是反问："为什么喜欢街舞？"

韩佐抹了抹额角的汗，望着天花板上的灯，想了很久。

"可能是因为……街舞改变了我吧。我小的时候学习成绩差，内向又自卑，不爱与人交流，不爱说话，爸妈怕我自闭，他们一有空就会带我去街头转转。我第一次接触街舞，那是真正的街头舞蹈。"

韩佐一直记得那个男舞者，留着一头很卷的长发，还有文身。他母亲看到这样的人下意识地就想避开，可那位舞者见韩佐眉头紧锁，为了哄他，主动在他面前学机器人跳舞。

那时他还不懂什么叫机械舞，只觉得他跳得真好看。而更让他难以忘怀的，是那位舞者身上那种不畏惧世俗目光的自由和热忱直白的善意。

于是，他也有了学习街舞的欲望。当他真正接触街舞世界，才知道原来里面浩瀚无边，原来里面比想象得更加精彩。

父母都说，他学街舞之后就像变了一个人，那个曾经做什么都无法集中精神的小男孩变得痴迷而专注，自信又勇敢。

街舞的本源是释放，是表达，是寻找自我。

"因为喜欢，才能坚持。我常常想，我能跳一辈子。"韩佐有些动情。

滕翊被带进了他的回忆，内心触动，一时没有说话。两人静静地躺着。

过了会儿，滕翊忽然从地上坐起来。"有女朋友了吗？"他看着韩佐问。

"这个……有什么讲究吗？"韩佐不解。

"没讲究，随便问问，你要是不想回答也没关系。"

"倒也没什么，只是说来有些丢脸。"韩佐笑了笑，"最近对一个女生挺有好感的，但是人家连追都不让我追。"

"不让你追？"

"嗯。"

滕翊一愣，反应了几秒之后，猛地从地上跳起来，径直往外奔。

他边跑边丢下一句话："韩佐，欢迎你加入。"

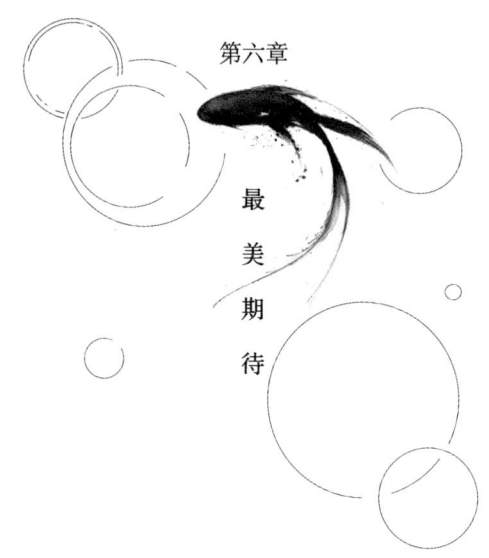

第六章

最美期待

01

阮好播完中午的广播之后,在播音室打了个盹儿。这一个盹儿差点导致她下午上课迟到,幸好简湘湘的电话及时吵醒了她。

下午的第一堂课是新闻学概论,在大教室和二班一起上。

阮好去得晚,前排座位都已经坐满了,黑压压的一片人头里,也看不到简湘湘她们在哪儿,她干脆在最后一排选了个靠门的位子。

她刚一坐下,翻开书本,就感觉到身边有人挤了过来。

那人的胳膊毫无顾忌地贴着她的胳膊,亲昵的距离让阮好有了被侵略感。

"这是谁?"那人抽走了阮好夹在书里的照片。

"同学……"阮好开口,转头看清来人的瞬间就顿住了。

挨着她坐下的竟然是滕翊,他扬着一脸灿笑,看起来心情很好。

"你怎么来了?"阮好问。

他没答,只是晃了晃手里的照片,又问了一遍:"这是谁?"

照片里是一个穿着黑西装白衬衫的女人,英姿飒爽。

"林虹。"

"那个主持人?"

"嗯。"

"怎么？喜欢她？"

阮好点点头，拿回照片，重新夹进书里。林虹是她偶像，她喜欢林虹主持的电视节目《两岸一家》，喜欢林虹在节目中展现出的那种大台主持人该有的坚定与风度，希望自己将来能成为像林虹那样落落大方、风采卓然的主持人。她把林虹的照片随身携带，就是为了激励自己。

"你怎么来了？"

"找你。"

"找我？找我干什么？"

滕翊还未回答，上课的老师来了。

老师姓戴，是个四十岁左右的中年妇女，虽然已经是两个孩子的妈妈了，但戴老师保养得很好，脸上丝毫看不出岁月留下的痕迹。

教室里安静了下来。

戴老师扫了一眼满满当当的座位，一反常态地没有点名，直接开始上课。

"我去，竟然不点名？怎么每次我来就不点名，我不来就点名呢，我好衰啊。"前边有个男生小声地懊恼。

"下次你来的话给我发个信息，我就不来了。"另一个男生说。

阮好觉得好笑，刚一扬嘴角，余光扫到滕翊，发现他正托腮看着她。教室里那么多人，他的眼里好像只有她。

昨晚发生的那暧昧一幕闪过阮好的脑海，她搓了搓手心里的细汗，凑到滕翊面前。

"你到底想干吗？"她压低了声调。

滕翊附到她耳边："我想先睡会儿，下课再说。"

话落，人就在阮好身旁趴下了。

他是真累了。昨晚失眠，今天早上又全是课，本来打算中午休息一会儿，偏偏来了个韩佐，还和他进行了那么耗人的一场对决。

现在，他只想睡一觉，在她身边，安心地睡一觉。

阮好揉了一下耳廓，滕翊的呼吸似乎还停留在上面，痒痒的。

早上离开得很早，可还是被他逮到了。

她苦笑，在他面前，她感觉自己就像是孙行者，上天入地、经山涉水地折腾，到最后仍然翻不出他的手掌心。

　　课本就放在桌上，可阮好根本没有心思去听老师在讲什么。她也趴了下去，静静地看着身边的人，目光如描画，一遍遍勾勒着他的眉眼、他英挺的鼻梁和他纤薄的唇。

　　沉沦。

　　都说一而再，再而三，三而止。

　　可她止不住地沉沦。

　　滕翊是真的睡着了，不过趴着的姿势显然并不能让他睡安稳，他不时动弹一下，看得阮好都不舒服极了。

　　她想了想，把自己带的书都拿出来，叠到一起，推过去想给他垫一下，哪知手刚一伸，恰好赶上他翻身，她的手瞬间就被他的脑袋枕住了。

02

　　滕翊的脸颊热乎乎的，贴在阮好的手背上。

　　阮好一动不敢动。十分钟之后，她的手就麻了。她想把手抽出来，又怕吵醒滕翊，正不知道该怎么办的时候，讲台处的戴老师忽然往后走了过来。

　　"那位同学！昨晚做贼去了吗？"

　　阮好抬眸，看到戴老师的目光不偏不倚地落在滕翊身上。随着她的话音，教室里的所有人都往后看了过来。

　　完了。

　　阮好赶紧把自己的手抽出来，顺势推了滕翊一把。滕翊不明所以，等他睡眼惺忪地直起身，戴老师已经走到了他的身边。

　　前排的同学有人认出滕翊，开始窃窃私语，在这片窸窸窣窣的声音中，滕翊慢慢清醒过来。

　　"同学，问你话呢，昨晚做贼去了？"

　　"是啊，这都被老师知道了。"他笑。

　　戴老师没想到他接得这么溜，于是继续问："偷什么去了？"

　　"偷心。"

　　教室里一阵哄笑。

　　阮好的脸在笑声中变得通红。

昨晚，偷心。她不知不觉就对号入座了。

戴老师用手支着滕翊面前的桌子，盯着他看了几秒，忽然将他认出来了。

"咦？你不是那个……"戴老师对着自己的脸比画了一下，"校庆时那个面具，对不对？"

"谢谢老师还记得我。"

"你不是大三的学生吗？怎么跑我的课堂来了？"

"因为大家都说老师您的课上得特别好，所以我就来蹭课了。"

"那瞧你刚才睡得那么沉，看来是我让你失望了？"

滕翊不好意思地挠了下头："老师，我错了，您看我现在出去还来得及吗？"

"算了算了，来都来了，就坐着吧。"戴老师一挥手，转身折回讲台边，边走边说，"但这课也不能白蹭啊，等下课了和我合个影，我家那个小子特别喜欢你。"

众人一阵哄笑。

这么一闹，滕翊也没有了睡意，他安安分分地坐在位置上，接受着来自前排同学目光的洗礼。

阮妤一同跟着遭殃。她想装作不认识他，可最后一排偏又只有他们两个人，明眼人一看便知，滕翊是为她而来。

后半堂课对阮妤来说简直是人间炼狱，每一分每一秒都特别难挨。

下课铃声响起后，戴老师在讲台冲滕翊招手，示意他过去合影。

大家又笑了。

阮妤趁势赶紧收拾桌上的书本，等收拾好了东西，她正准备往外撤，滕翊忽然在课桌底下轻轻地握住了她的手。

"去天台等我。"他说。

03

滕翊说完，大步朝讲台走去。

班上的一些女生借着戴老师的势头，也大胆地留下来求合影，滕翊一上前，很快就被人包围了。

阮妤没有逗留，她快速从门口出去，拐进了楼道。

天台上一个人都没有，只有大片大片的阳光铺在地上。

阮好想起自己第一次遇到滕翊，就是在这里。

《红鲤鱼、绿鲤鱼与驴》，当时念的好像是这首绕口令，真快，一转眼竟然已经两个多月了。谁能想到，匆匆的一个照面，两人竟然还会有那么多的交集，她甚至……喜欢上了他。

阮好倚在栏杆上，看着下课的学生们说说笑笑地从教学楼拥出来，心情复杂。她原以为躲过昨晚就等于躲过了一场浩劫，可现在看来，劫难似乎刚刚开始，接下来要怎么办？摊牌？承认？还是继续逃避？

无论哪种选择，结果都是一样的……

身后传来脚步声，阮好转头，看到滕翊正朝她小跑过来。

阳光灿烂耀眼，他也灿烂耀眼。

"你们班的女生真热情。"他笑着站定在阮好面前，神采奕奕。

"没想到你还会为这样的热情开心。"阮好没好气地说。

"什么？"

"我的意思是，像你这样受欢迎的人，应该早就习惯了被女生追逐才对，至于这么开心吗？"

滕翊觉察到阮好语气中的酸味，眉梢一扬。

"我当然不是在为这个开心。"

"那你在为什么开心？"

"你。"这回答简短而响亮。

阮好一怔，两人默默地对视了几秒之后，阮好先低下了头。

"你找我到底什么事？"她扯开话题。

"早上为什么悄悄离开？"

"就是为了来问这个吗？"

"还有。"

"还有什么？"

"为什么不让我对你好？"

天台的风胡乱地吹，吹散了阳光的温度。

阮好紧了紧身上的外套，特别无奈地叹了一口气："滕翊，你听过渔夫捕鱼的故事吗？"

他摇头："你说。"

"有一个渔夫，他的渔网很小，他带着这张网出海捕鱼，整整一天，一条鱼也没有捕到。"她开始说故事，声音很轻，"邻居对渔夫说，你织的网太小了，所以捕不到鱼，下次把网织得大一些再出海吧。渔夫听了邻居的话，就认真地在家织网。一周之后，他终于把网织得和邻居的网一样大了。渔夫带着他的大网出海捕鱼，这一天，他捕到了很多的鱼。渔夫很高兴，他想，原来捕鱼的关键是渔网。于是渔夫不再出海，他每天在家织网，又过了一周，他把原来的网扩大了好几倍。巨网织好之后，渔夫就带着巨网去捕鱼，他花了好大的工夫才把巨网撒入大海，他以为他一定会捕到满满一船的鱼，可当他收网时，网太沉了，沉得掀翻了渔夫的小船，他差点因此丧命。渔夫终于明白，贪得无厌是不会有好结果的。"

04

　　阮妤说到最后，声音有些低落。
　　"在你面前，我就像是那个渔夫。我一点一点把自己的网织大，以为这样就能承载你更多的好，可其实，你的好不是我能拥有的，我贪心得越多，结局可能越惨。"她的眼眶发热，她该及时止损了，要在自己尚有一丝生机的时候逃出这个深渊。
　　滕翊眯了下眼，茫然地看着她。
　　"阮妤，我一直觉得自己智商还可以，怎么在你面前好像不太够用。"他扬手替她抹了一下眼泪，"你先别哭，我还是没懂，我为什么不能对你好？"
　　"你不是有女朋友吗！"
　　滕翊恍然大悟："哦……原来我有女朋友。"
　　他还真是头一次听说这个消息。
　　"请问是谁给我安排的女朋友？你吗？"他凑到阮妤面前，与她视线齐平，一本正经地请教。
　　阮妤怔住了，好一会儿，才吸了吸鼻子回神："你什么意思？"
　　"这话该我问你，你什么意思？"
　　"你没有女朋友？"阮妤风中凌乱。
　　"我有女朋友还需要苦恼该怎么追你？"
　　"你要追我？"她更凌乱了。

"是啊,我要追你。"他的语气像盛满一整个秋的温柔,"所以答应我吗,小鱼儿?"

阮好不知所措。这情节发展的与她所想的完全背道而驰。

滕翊喜欢她?什么时候的事儿啊?

滕翊看出她的疑惑,忍不住扶了下额,他以为他已经表现得够明显了。

从把她留在弟弟身边开始,到告诉她自己不堪的身世,再到带她去看比赛,他所做的一切就是为了让她了解他,了解他的家庭,了解他爱的街舞,从而走进他的世界。

红鹰街舞大赛时,当他遭受不公,被黑幕,被质疑,他之所以那么生气,那么难过,是因为他怕自己热爱的街舞会在最初就给她留下那种不堪的印象。

他真正在乎的,一直都是她!

"我……我需要理一理。"

"不用再理了。"滕翊伸手,将阮好拥进怀里,"小鱼儿,我才是那个渔夫,是我在贪心地织网,想把网织得够大够宽阔,让你一辈子都游不出去。"

阮好靠在他的怀里,听着他的心跳声有力地在自己耳边回荡,整个世界忽然明亮了起来,原来一切都是自己杞人忧天,她担心的一切都不存在。

两人相拥了片刻,滕翊松开了她。

"想好了吗?"

"什么?"

"补上我女朋友的'空位'。"

阮好抿唇笑起来。

"看来是答应了。"

"你又知道?"

"因为你现在又可以打一个成语。"

"什么?"

"喜上眉梢。"

"讨厌。"

滕翊重新把她抱回怀里:"你不说拒绝,我就当你是答应了。"

她答应啊,她当然答应。

05

两人气氛正好，阮好的手机响了。

是简湘湘来电。

阮好看了一眼屏幕，对滕翊说："她们一定在等我，我得走了。"

滕翊伸手揉了一下她的头发："去吧，晚上见。"

她笑着挥手，一蹦三跳地下了楼，脚步雀跃得像是她背包上挂着的小兔子。连日阴阴雨雨的心情终于晴空万里，此时的喜悦根本藏不住。

简湘湘她们果然在等她。三人抱着肘站成一排，目光齐刷刷的，把她拦在楼道里。

"阮阮，你有没有什么要和我们说的？"简湘湘问。

"回去再说吧。"

"不行，现在就说。"

三人战线统一，态度坚决。

"你这两天也太反常了，昨晚匆匆跑出去之后夜不归宿，今早偷偷溜回来之后又一直心不在焉。当然，最最奇怪的是滕翊，他为什么会出现在我们的课堂上，还坐在你的身边？肯定有猫腻……"

"没有猫腻，我们在一起了。"楼上传来滕翊的声音。

阮好和简湘湘她们都愣住了。紧接着，就看到滕翊两个台阶一步两个台阶一步地跑下来。他停在阮好身后，伸手圈住了阮好的肩膀。

阮好回眸去看他。她没想到，他会这么快就公布了和她在一起的事情。

滕翊搁在她肩膀上的手微微用了下力，好像是在安抚她。

"什……什么时候的事情啊？"简湘湘问。

"就在刚才，我表的白。"滕翊冲三人温和一笑，"她只是还没来得及告诉你们，别为难她啊。"

简湘湘她们彻底沦陷在滕翊的笑容里，三人连连摆手。

"不为难不为难，我们替你们高兴还来不及呢。"陈曼白说。

"对对对。"夏巧凤附和。

"那我女朋友以后有劳大家多照顾。"

"应该的，应该的。"

滕翊很快和三人打成一片，阮好在旁听着他周到而细致的言谈，心里一阵暖一阵甜的无限循环。她正愁该怎么和室友们交代，总觉得瞒着不好，说太快也不好，幸好他及时替她解决了这个难题。

"今天我还有事，改天请大家吃饭。"滕翊说。

"好好好。"三人不住地点头。

"那我走了。"滕翊又捏了一下阮好的肩膀，朝她投递了个眼神。

阮好点点头。

"拜拜。"简湘湘她们整齐地与滕翊挥手。

"拜拜。"他说完，大步朝着学校大门方向走去。

四人站在原地，看着他的高大挺拔的身躯在阳光下拉扯出一道长长的影子。

"怎么会有这么好看又温柔的人啊。"夏巧凤感慨，"他刚才一直在对我们笑。我终于相信了，原来小说里那种一笑倾人城的感觉是真实存在的。"

"啧啧，连我们巧凤都憋不住了，看来滕翊的魅力真是不容小觑。"简湘湘说着，冲另外两人挤挤眼。

陈曼白和夏巧凤秒懂了简湘湘的意思，三人快速扑上来。阮好一声轻呼，转身想逃，却被她们团团抱住了。

"快点和我们说说，搞定男神什么感觉？"简湘湘问。

"要在这里说吗？"这四面空阔，随时可能会有人上来或者下来。

"有什么关系，男神自己都承认了，你还怕被人听到吗？"陈曼白说着，故意扯着嗓子大喊道，"我们阮阮和滕翊交往啦！"

"曼曼！"阮好赶紧抬手捂住了陈曼白的嘴巴，"嘘，你们先给我保密行不行？"

"为什么？如果换成是我的话，这么让人骄傲的男朋友，我恨不能马上登录学校的八卦论坛公之于众，让全校女生都来羡慕我。"

"好主意！"

简湘湘兴奋得马上去掏手机，阮好赶紧给拦住了。

"你们别开我玩笑了。"她垂了垂眼，显出一丝甜蜜以外的不安，"我到现在都还没抓住现实感呢。"

正因为滕翊太好太优秀了，她很怕配不上他。闹腾着的三人捕捉到阮好的这丝情绪，瞬间都安静了下来。

"拜托，阮阮，你平时的自信去哪里了？"陈曼白紧搂住阮好的肩膀，使劲晃了晃她，"你可是状元，我们全年级第一的人才，论优秀，谁都比不上你。"

"就是，而且你长得也很好看啊。"夏巧凤捏了一下阮好的脸，"我觉得我们寝室你最好看。"

简湘湘和陈曼白同时扭头瞪着夏巧凤。

"巧凤，你会不会说话？最好看这几个字，当着大家的面用合适吗？我们寝室明明都是大美女，不分上下好不好？"

"就是就是，我们都是美貌与智慧并重、颜值与才华齐飞好不好？"

"我错了我错了。"夏巧凤连连讨饶。

阮好扑哧一声笑出来。

"不过说真的，我们阮阮本来底子就好，要是稍稍打扮一下，绝对不比校花差。"简湘湘说着，忽然反应过来，"咦？那、那个校花方菀和滕翊怎么回事？"

"这不要问你吗？"陈曼白揪住简湘湘的马尾，"你哪儿听说方菀是滕翊的女朋友的？"

"外面都这么传啊。"

"空穴来风，总该有些缘由吧？"

"具体是这样的，今年迎新的时候，有个小学妹给滕翊递情书，直接就被方菀拦下来了，小学妹问方菀是滕翊的女朋友吗，方菀没有否认，没否认就是默认啊。从那之后，方菀是滕翊女朋友这一消息就传开了。"

"还有这种操作？"

"嗯哼。"

"看来，阮阮以后要重点提防这个女人了，她摆明着就是对滕翊有意思啊。"陈曼白上下打量了一下阮好，"不行，回去姐就教你穿搭，教你化妆，以后别活得这么素净了，不然男朋友被抢了你都没地儿哭。"

阮好："……"

06

阮好被三人拖回寝室,陈曼白把她美妆博主的压箱底都搬了出来,瓶瓶罐罐,笔笔刷刷,堆了一桌。

"那个,曼曼……"阮好急急地抓住陈曼白的手,临阵又想脱逃,"要不还是算了吧,我会不习惯。"

"放心放心,我给你化很淡的妆,不会把你弄得像妖魔鬼怪的,你得相信我的手艺。"

陈曼白说着就动起手来,空气里很快飘起香甜的脂粉味,阮好的心也跟着憧憬起来。她以前不懂,为什么谈恋爱会想要打扮自己,但现在好像忽然明白了,那种想要为一个人各方面都变得更好的决心。

不知是陈曼白的手有魔力,还是化妆品有魔力,等化完妆,阮好再面对镜中的自己时,顿时有了一种脱胎换骨的感觉。

"是不是美呆了?"陈曼白问。

简湘湘和夏巧凤凑过来检验成果。

"哇,真是美呆了。"

阮好的五官本来就很秀气,给人一种温和的美感,陈曼白稍加修饰,她的温和瞬间就变成了精致,而且这精致很低调,一点不张扬,整个妆面干净又自然。

"好了好了,你今晚就这样去约会,保证迷得滕翊挪不开眼。"

阮好不好意思地红了脸,心里也暗暗期待能快些和他见面。

好不容易等到傍晚,她刚到西游基地,就看到滕翊的车呼啸着离开,也不知道要去哪儿,车速还挺快。

彩虹正好下楼来,看到阮好,热情地和她打招呼:"状元小姐姐,今天挺早的啊。"

"嗯,没事就早点过来了。"她指指门外,"他去哪儿啊?"

"谁?"

这一问,把阮好问得咯噔了一下。

"就……你老大。"她的脸莫名又红了。忽然变成男女朋友,连提到他都不自然了。

"哦,老大啊,他去机场接个人。"

阮妤点点头,心里暗自嘀咕,今天不会一面都见不到吧,那这妆可就浪费了。

07

阮妤上楼时,滕颢已经在办公室了。他一个人垂着头托着腮,一副心事重重的样子,听到阮妤推门进屋的声音头也没抬。

"来啦。"他的声音十分低落。

"怎么了?"阮妤关心道。

滕颢摇头。

"到底怎么了?"阮妤一看他就知道肯定有事。

"我妈要回来了。"

"啊?你妈要回来了?"她下意识地提高了声调。

原来,滕翊是去机场接沈冰。

滕颢抬眸扫她一眼:"你这么激动干吗?又不是你妈。"

阮妤心虚地缓了缓情绪。是啊,的确不是她妈,但那是她男朋友的妈啊。

"你在担心什么?担心她不让你跳街舞吗?"阮妤问。

"差不多吧,感觉不会那么轻易同意。"

"你也写保证书呗。"

"这招我哥都用过了,她肯定不会吃这套了。"滕颢长长地叹了口气,"我的街舞梦啊,不会要被扼杀吧?"

"只要你能拿出实现梦想的决心,谁也不会成为你追梦路上的绊脚石。"

"我要怎么证明啊?"

阮妤把习题册递给他:"先好好学习吧,你有底气了,才能和她谈条件。"

滕颢抓了抓头,拿起笔,开始乖乖做题。

阮妤在旁检查着他的作业本。

其实相比较最初,滕颢真的已经进步很多了,只要他能保持住这个成绩,沈冰应该也不会太过阻扰他。

给滕颢讲了半小时题之后,滕颢喊眼睛酸,说要休息五分钟,阮妤同意了,正好她也想上洗手间。

阮妤走出办公室,刚一关门,就看到走廊另一头过来个熟悉的身影。

"韩佐?"

韩佐也看到了她,同样一脸惊讶。

"嗨。"他和她打招呼,"你怎么在这里?"

"我在这里兼职。"阮妤指指办公室,"家教。"

"这里还有小孩子吗?"

"高中生。"

"哦。"

"你呢?"

"我刚在这里找到组织。"他笑着。

"跳街舞?"

"嗯。"

"挺好的。"

"是啊,挺好。"

两人面对面站在过道里,相顾无言,气氛慢慢凝固,尴尬随之而来。

"那,你忙吧。"阮妤想从他身边过去,忽然被伸手拦下。

"阮妤。"

"嗯?"

"之前是我有些冲动莽撞,只是想和你做个朋友。"

"我明白。"

"那以后我们都自然些,就像朋友一样,之前的事情就忘了吧。"

阮妤知道,韩佐会这么说也是为了给双方一个台阶下,毕竟未来的日子他们在这里抬头不见低头见。

"好。"

韩佐如释重负地笑起来,这一笑又将他变回了初见时那个阳光的大男孩。阮妤也轻松了不少。

好感,终究和喜欢不一样,也幸好不一样。

两人正说着话,方菀从洗手间里出来,看到他们,意味深长地一笑,快速地走过。阮妤不想惹人误会,连忙和韩佐告别。

08

临近九点，滕翊回来了。

他从机场接到沈冰之后，先把她送回了家，安顿好了母亲，他就回了基地。与往日直奔练习室不同，他今天上楼之后径直去了走廊尽头的办公室。

办公室的门虚掩着，滕颢正低头做题，阮好坐在他身边，也低头唰唰地写着什么，两人都很专注。

滕翊在门口静静地看了一会儿，抬手敲了一下门。

听到敲门声，屋里的两个人同时抬起头来，都是隐隐期待的表情。

"怎么？在等我？"滕翊进门，话好像是对滕颢说的，目光却笔直地落在阮好的身上。

阮好对上他的视线，眨眨眼。

"是啊，我一直在等你。怎么样？你和妈说了吗？"滕颢紧张兮兮的。

"没。"这次目光转向了滕颢。

"为什么不说啊？"

"晚点，今天她很累了。"

滕颢撇撇嘴，虽然着急，但也心疼母亲长途跋涉。

滕翊走到滕颢的身侧，伸手揉了揉弟弟的后脑勺，另一只手却不动神色地落在阮好的身上。

阮好感觉到他掌心的温度透过她的衬衫，传至她的后背，心头一个激灵，紧接着浑身都软了。

"万一妈不同意怎么办啊？"滕颢没察觉到两人的小动作，还沉浸在自己的担忧里。

"又想放弃了？"滕翊和滕颢说着话，手却一路向下，借着身体的掩护，悄悄握住了阮好的手。

"不是，这次我说什么都不会放弃了。"

滕翊轻轻挠了一下阮好的掌心，阮好张开了五指，和他十指紧扣。

"嗯，乖。"他的声音低沉。

这句乖，也不知道是在夸谁。

阮好一动不敢动，这隐秘的甜快要吞没她了。

"今天的辅导快结束了吧？"滕翊忽然一本正经地看着阮好，向她发问。

明明他们的手还紧握在一起,却是公事公办的语气。

"嗯。快了,等他做完题,我再看一下,没问题的话就结束了。"

"等结束了一起去吃宵夜。"

阮妤微怔,怎么当着滕颢的面就约上了?

"和大家。"他又补了一句。

故意的吧,说话大喘气,让她的神经无端地绷了一下。

"今天是什么日子吗?"阮妤问。

"来了个新人,大家一起表示一下欢迎。"

"韩佐吗?"

"见过了?"滕翊眉角一蹙。

"嗯,刚才在外面的走廊上碰到了。"

"怎么样?"他饶有深意。

"什么怎么样?"阮妤不解。

"没什么。"其实他想问的是,怎么样?有没有后悔不让人追你?但想想这样问未免太过露骨太过直白,他可不是那种会轻易被醋意控制的人。

"我能一起去吗?"滕颢昂头看着滕翊,"明天是周末,我今天晚点睡也没有关系。"

"行。"

"耶!"滕颢开心。

"我先出去,不打扰你们。"

滕翊松开了阮妤的手,转身之前,暗暗朝阮妤投递一个 wink。这一下,又痞又皮,一如当初校庆。

她忽然意识到,原来,心动从那时已经开始了。

09

阮妤看着滕翊出去,嘴角一直上扬着。

滕颢瞥了她一眼,满腹疑问:"你开心什么?吃个夜宵至于吗?"

"没。"

"喊。"

家教结束,正好九点。

阮好和滕颢一起下楼，其他人也陆陆续续地从练习室里出来集合。韩佐和彩虹他们有说有笑，看起来融入得不错。

"好了，我们走吧。"滕翊指指对面，"老地方，串吧。"

"又撸串啊。"方菀一边跟着往外走，一边捂着额头扭扭捏捏，"每天跟你们撸串，我都满脸痘啦，下次去吃点清淡的吧！"

"你想吃什么啊？"萧卿看着她，"你想让一群高消耗的大老爷们和你去吃草啊。"

众人一阵笑声。

"讨厌死了。"方菀抬手去捶萧卿的肩膀。

萧卿一下躲到滕翊后头，方菀追过来，两人隔着滕翊笑笑闹闹，好几次方菀都借着要去打萧卿的势头蹭到滕翊身上。

阮好尽量克制自己不去看这一幕，但余光扫到，还是忍不住醋意横生，就像是自己的领土被人侵犯了似的。

"好了。"滕翊制止了两人，"过马路，别闹了。"

"你就知道欺负我。"方菀白了萧卿一眼，最后看向滕翊，"还是滕翊最好。"

滕翊没说话，但旁人都在起哄。

红灯。

阮好只顾听着他们嬉闹，没顾上看信号灯，闷头闷脑地往前走。

"喂！"滕翊一把将她扯住了。因为动作太急，一点都不温柔。

阮好回神，看到眼前车流穿梭，也吓了一跳。

"当心。"他在她身后叮嘱。

阮好正堵得慌，根本不想理他，她挣开了滕翊的手，往另一侧挪了几步，却不小心踩到了韩佐的脚。

"啊，对不起。"她连忙道歉。

"没事，不疼。"韩佐好脾气地笑着。

这段小插曲悄悄过去，阮好的心里却还膈应着。

一行人进了串吧。

串吧环境不错，虽然大厅里很热闹，但这热闹很干净，至多也就是谈笑声和酒杯碰撞的声音，并没有吞云吐雾的客人。

滕翊提前打电话预订了一张大桌,正好所有人都能坐下。

落座的时候,方菀照例霸占了滕翊一侧的位置,然后引导滕颢在滕翊另一边坐下。滕翊没什么反应,阮好也懒得去争抢,她在滕颢身边坐下,韩佐坐在了她的另一边。

服务员拿上菜单。

彩虹拉着韩佐一起点单,其他人都嘻嘻哈哈地聊着天。阮好低头看着手机,但余光一直注意着方菀。

方菀给滕翊倒水,递纸巾,提醒他注意桌上的污渍……真是见缝插针地撩。

10

烤串、饮料和啤酒很快上桌。

大家为了照顾新人,话题全在韩佐身上,从他几岁跳舞,跳的什么舞种,参加过什么比赛……比查户口还要全。

韩佐被各种问题包围着,根本无暇顾及烤串。阮好眼见第二盘烤翅又要被抢光,连忙替韩佐留了一个。

这个单纯善意的举动,恰好被萧卿那八卦的眼睛捕捉到了。

"状元小姐姐,你可别看我们新来的小哥哥帅就去招惹人家啊。"萧卿这一喊,所有人的注意力都被转移了。

"我没有。"阮好着急。她和韩佐好不容易把关系理清楚,可别把两人又弄尴尬了。

"那你今天怎么打扮得这么好看?"

顺着萧卿的话茬,大家都朝阮好看了过来。灯光下,她的脸泛着一层浅浅的柔光,平日里低调的美,此刻悄无声息地盛放着。

"我……"

"他们两个早就认识了吧。"方菀笑吟吟地开口,目光扫过阮好和韩佐,带着些许暧昧,"刚才我还看到他们聊得不亦乐乎呢。"

"哎哟,看来有情况啊。"萧卿来劲。

阮好被打趣得不知所措,她一转头,看到滕翊、滕颢两兄弟都在盯着她,顿时更无辜了。

"我和阮好只是普通朋友。"韩佐开口解释。

但这解释，被大家隐晦地理解为掩饰。

"等等，等等，我忽然觉得你很眼熟啊。"萧卿从椅子上跳起来，"韩佐，红鹰街舞大赛那个晚上，你是不是去红鹰体育馆了？"

"去了。"

"这就对了！你是那天和阮好互加微信的那个男生吧，噢哟，难怪了。"

"加个微信怎么了？"阮好瞪着萧卿，"这不是很正常吗？"

"正常吗？那我怎么没你的微信啊？"萧卿笑。

"我也没有。"一旁久未出声的滕翊忽然开口，话落，还趁势把自己的微信二维码打开，堂而皇之地递到阮好面前，"现在加上。"

大家都笑起来，丝毫没觉察到滕翊的醋意，只有阮好嗅到了酸味儿。她心里的疙瘩忽然解开了，就当一比一平吧。

"你没听萧卿说吗，加上就不正常了。"阮好故意当着众人说。

"那也加上。"滕翊坚持。

阮好磨磨蹭蹭地拿起手机，打开微信，扫了一下他的二维码。

随着嘀的一声，滕翊紧蹙的眉头才算松开。

"老大，等下把状元小姐姐拉到群里。"彩虹说，"大家都加一下，好歹朋友一场，连个联系方式都没有可说不过去。"

滕翊没有出声，只是低头划弄着屏幕。

阮好感觉到手里的手机震了一下，她解锁屏幕，看到滕翊的微信进来。

"快点吃，吃饱带你去看好玩的东西。"

11

阮好本来也不饿，两个烤翅一罐可乐就让她止不住地想打嗝。

"我吃饱了。"她回。

"跟上。"滕翊发完这条微信之后，站起来，朝大厅深处走去。

"老大你去哪儿啊？"彩虹问。

滕翊走远了，没听到。

萧卿伸手去揉彩虹的脑袋："一天天就知道惦记滕翊，他又不需要你管，赶紧去找个女朋友吧。"

彩虹嘻嘻笑着，说自己好惨都没有女孩子喜欢。大家七嘴八舌地给彩虹支起招来。

阮妤趁着没人注意，也起身离开桌前。

串吧后头有个小院，滕翊和串吧的老板站在小院里聊天，两人说说笑笑，看着交情很好的样子。滕翊注意到她出来了，和老板打了个招呼，朝她大步走来。

"吃这么点就饱了？"滕翊问。

"嗯。"

"怕胖？"

"没有，就是不饿。"阮妤往四周张望，"这里有什么好玩的东西？"

他没答，只是很自然地牵起了她的手。

"走。"

她跟着他穿过小院，进了串吧的走廊。

走廊很长，暗蓝的灯光闪闪烁烁，让人恍若走进了夜店酒吧。还未走到尽头，阮妤先看到了一面"鱼墙"。

说是"鱼墙"，其实就是装修的时候把生态鱼缸以内嵌的方式镶嵌进了墙体。蓝水，绿植，摇摇晃晃的鱼儿，这样远远一望，简直像是个小型的海洋世界。

"好漂亮啊。"阮妤走到鱼缸前，贴着玻璃往里望。

鱼缸底部铺着一层五颜六色的珊瑚石，假山造型奇异，水草生长旺盛，摇曳生波。一尾尾银白、浅粉的小鱼儿在眼前慢慢地游来游去，姿态从容。它们嘟着厚厚的嘴唇，时不时吮食着鱼缸壁或者水草上的青苔，时不时又彼此萌萌地吻到一起。

是接吻鱼，满鱼缸都是。

阮妤正盯着看，一尾粉色的小鱼游到了她面前，与另一尾粉色的小鱼用力地碰到一起，如同情人接吻一般，长时间没分开。

好玩是挺好玩的，可滕翊为什么要带她来看这个？

阮妤正想着，滕翊高大的身躯忽然覆过来。

"学会了吗，小鱼儿？"他在她耳边轻轻吹气。

阮妤的耳廓一痒，下意识地往边上逃了逃，却被滕翊一把抱住了腰。

"什……什么啊?"阮妤结巴。

滕翊朝着正在接吻的小鱼儿扬扬下巴。

"你说呢?"

阮妤的脸在暗蓝的灯光下发烫,腿都快软了,但还是嘴硬:"我根本不需要学。"

滕翊挑眉:"你会?"

他这个表情是什么意思?看不起她吗?

"我当然会!我——唔!"

阮妤唇上一软,话音随即被吞没了。她感觉到滕翊在她嘴唇上辗转,双眸瞪得浑圆。

蔚蓝的光晕扑面,鱼儿蹁跹,世界天旋地转,她死死地抓着滕翊的衣袖,完全失去了反应。

12

滕翊抱着阮妤,吻了半天也没有在吻真人的感觉,她像木头人一样,不懂闭眼不懂张嘴,简直就是带不动的"猪队友",就这样还敢说自己会?

"你确定不用再学一下?"

谁能想到,打脸来得如此之快。

"我……你怎么知道我不会?"

"你不是没谈过恋爱吗?"滕翊笑。

阮妤虽然四肢僵硬,但脑袋还是灵光的,她思绪飞转,很快想到,原来那日她和滕颢在房间里的对话他都听到了!

"你偷听我和滕颢说话?"

"注意你的措辞,那是我家,我光明正大。"

阮妤完全败下阵来。

"所以,我是初恋,刚才是初吻,对不对?"

阮妤假装没听到。

是啊,他是她的初恋,那是她的初吻。一想到她不是他的初恋,他和别人接过吻,她又开始吃醋了。

滕翊伸手捏她的脸颊:"好了,别看了,不用学得这么认真,我可以慢慢教你。"

阮妤推开他的手,目光还落在鱼缸里正在接吻的那对小鱼儿身上。

"你知道吗,很多养鱼人喜欢接吻鱼,觉得这种鱼是爱情长久的象征,但其实接吻鱼的热吻并不是在求爱,它们是在打斗,是在解决领土争端。"她说。

滕翊迟疑了一下:"状元,你能不能不这么煞风景,能不能有点情趣?"

阮妤轻哼了声:"不能在恋爱经验上胜过你,当然只能在知识层面上碾压你啦。"

"谁说我有恋爱经验了?"

阮妤的双眸亮了亮,张嘴欲确认什么,却再一次迎来他的吻。

滕翊双手固定着她的双肩,趁她双唇还未合上,舌尖直接攻入城池。两人都没有经验,刚才的浅吻还不足以暴露马脚,一切换深吻模式,舌头和牙齿直打架。

阮妤很快变得呼吸困难,像溺水的人,身体直往下软。滕翊搂着她,一点一点找到了感觉和技巧。

她好甜,唇齿间全是可乐的味道,引得他想一再深入……

"哥!"

随着这声叫唤,阮妤吓得一头扎进滕翊的怀里。滕翊还算淡定,他抱着阮妤,强忍着被无端打断的不满,回头去看滕颢。

滕颢不知什么时候出现在走廊里,撞破这一幕,他吓得也不轻。

"哥……你们……你们……"滕颢斟酌了很久的措辞,最后还是来了句,"你们什么时候勾搭在一起的?"

滕翊瞪了滕颢一眼,抬手轻拍了一下阮妤的后脑勺:"你是不是没有好好给他补语文?"

阮妤捂着脸,埋首在滕翊的胸膛,使劲摇头,示意他别和她说话。现在,她只想挖个洞钻下去。竟然被滕颢看到他们接吻,她树立的威严全毁了,以后还怎么压制他给他补课?

"你傻站着干什么?"滕翊冲滕颢使眼色。

"我就是来上个厕所。"

"那还不快去。"

"哦。"

滕颢赶紧溜之大吉。

13

阮妤在滕翊怀里抬起头来,双颊在蓝色的灯光下依然可见红晕。

"这就怂了?"滕翊坏笑。

阮妤说不出话来,刚才一直憋着气,现在还有些喘。

"我以后压不住他该怎么办?"

"以后你就是大嫂了,大嫂的话,他敢不听?"

阮妤想了想,好像有道理。

洗手间传来水声。

滕翊轻拍了一下阮妤的肩头,对她说:"你先出去。"

阮妤应了声,心有戚戚地离开了走廊。

滕颢从洗手间里出来,看到滕翊一个人站在鱼缸前,抱肘斜倚着墙,灯光时明时暗,鱼缸里的小鱼儿在他身侧游来游去,一时分不清人是在水里还是在眼前。

"过来。"滕翊开口。

滕颢快步走到他面前,先发制人:"跳舞的事你替我说服妈,我就替你保密。"

"呵,出息了,审时度势威胁人这套越来越溜了。"

之前让他去给阮妤道歉是这样,这次又是如此。

"哥,我也是被逼无奈嘛。"滕颢撒娇。

"别和我来这一套,你尽管去和妈说。"

"真的?"

"当然,我谈的又不是什么见不得人的恋爱,说都说不得了?"

"可她是我的家教老师。"

"那又怎么了?我们谈恋爱影响你学习了?"

好像没有,还进步了十几二十名。

"倒是你,那位镜瑶妹妹……"

"你怎么知道镜瑶?"滕颢的脸瞬间涨得通红,气势明显从施压者变成了被施压者。

"我是你哥,你什么我不知道?"

滕颢喜欢他们班的王镜瑶,偷偷给人写情书,偷偷给人准备生日礼物……这些事,滕翊都一清二楚,只不过之前睁一只眼闭一只眼,可这小子最近略微有些嚣张,他得杀杀他的气焰。

"我……"

"你什么?要我再说详细点?"

滕颢顿时偃旗息鼓,败下阵来:"哥,我错了,你原谅我。"

"那你得答应,以后不许再欺负她。"

"我什么时候欺负她了?"滕颢委屈,"她不欺负我就谢天谢地了好吗?"

滕翊笑起来。

"你别笑,本来就是。"

"那你也得受着。"

滕颢紧抿着唇,心底暗自嘀咕,没想到他哥竟然是有了媳妇忘了弟弟的那种人。

"好了。"滕翊伸手圈住滕颢的肩膀,"别装了,我知道你也挺喜欢她的。"

滕颢有些破功,但嘴上不愿承认:"我才不喜欢她呢。"

"是吗?"

滕颢不出声,几秒后,才勉强点了下头。

他其实是挺喜欢阮妤的,之前听说阮妤和别的男生一见钟情,互加微信,他还失落了一阵,总觉得自家的白菜要被猪拱了。

现在好了,肥水没流外人田,他就放心了。

14

阮妤回到桌前,桌上的人还在热火朝天地聊天开玩笑。

过了会儿,滕翊和滕颢两兄弟回来了。

阮妤不敢与滕颢有视线接触,总觉得别扭,可滕颢却频频看她,像打量陌生人似的。阮妤被他看得面红耳赤,伸手想去拿冰可乐解热,却被滕颢一把按住了可乐罐。

"你干吗?"阮妤绷不住去看他。

"你干吗?这是我喝过的。"滕颢说。

呃,拿错了。阮妤的脸更烫了,她找了找,自己刚才喝剩的可乐罐不知被谁撞到了地上,已经滚得老远了。

滕颢从桌上拿了一罐新的,替她拉开拉环,双手捧着罐身,恭恭敬敬地递过来,虽无声,却好像在说:"大嫂,您请用。"阮妤笑了,转眸看向滕翊,发现他也正看着他们两个笑。

"谢谢。"阮妤接过滕颢递给她的可乐。

尴尬就这么化解了。

一群人吃饱喝足,从串吧出来,滕翊想送阮妤回学校,阮妤没让。这么多人都顺路同行,单独送她又算什么?滕翊想了想,也是,就没坚持。

回到学校,阮妤先洗了个澡,等她从洗手间出来,发现手机里突然多了几十条消息,打开一看,原来是滕翊把她拉到了西游的群里。

最顶端的第一条消息是滕翊发的,他在群里艾特了所有人,写道:"介绍一下,我女朋友。"

消息一出,群起沸腾。

看大家乱开玩笑,滕翊忙又补一句:"刚追到的,别给我吓跑了。"

于是,不知谁起了个头,楼下一层层,清一色变成了"大嫂好"。

阮妤抱着手机,只知道傻笑。她在对话框里打下"大家好",想想觉得这三个字似乎有些摆谱。最后,她只回了一个捂脸害羞的动画表情。

看到女主角出来,群里更热闹了。萧卿和周曦和借着和阮妤比较熟,一唱一和不停地打趣着她。当然,大家最好奇的还是滕翊怎么和她表白的。

"送花了?"

"准备礼物了?"

"给惊喜了?"

男生八卦起来,简直比女生还恐怖。众人七嘴八舌的,阮妤看了几条眼就花了,消息还在不停地涌出来。

滕翊没出来回复,阮妤也不知道该怎么回复。

她想了想,其实滕翊的表白一点都不值得说道,鲜花、礼物和惊喜之类的都没有,他就把她带到了天台上,直截了当地问她愿不愿意填补他女朋友的空位……不浪漫,不浪漫极了。

偏偏,她还真同意了。这么算起来,真亏。

群里闹了一阵,滕翊一直没有出来。许是觉得没劲了,渐渐地,萧卿、周曦和他们也没有了动静。

阮妤点开了滕翊的对话框,和他发了个晚安,等了很久他也没回。

她疑惑,这么快就睡着了?

15

阮妤一夜都睡得很浅,醒来第一时间去摸手机,发现还是没有滕翊的消息。患得患失了片刻,她才下床去洗漱。

室友们也陆陆续续地起了床。

阮妤刚洗完脸出来,就听到寝室楼下传来一阵音乐声,紧接着有人高喊着她的名字。

"阮妤!阮妤!出来!"

"谁啊,一大早大呼小叫的。"简湘湘先推开了阳台的玻璃门,好奇地探出头去。阮妤放下手里的脸盆,也跟着望出去。

她们的宿舍在三楼,不高,阳台齐着楼下大树的树冠,并正对着女生寝室的大门。

大门口的水泥地上,此时正整整齐齐地站着五个男生。

为首的是滕翊。

其他四个正是校庆表演时的周曦和、萧卿、林杉和彩虹,一样的红衣,一样扑面而来的蓬勃朝气。

"哇喔!什么情况呀?"简湘湘大叫。

陈曼白和夏巧凤也跑出来围观,阮妤被挤在三人中间,思绪恍恍惚惚,目光却清明地和滕翊对上。

他温柔的面庞在晨光里带着笑,满眼都写着"我为你而来"的暖意。

"我有一个梦/像雨后彩虹/用所有泪水/换来笑容/还有一种爱/穿越了人海/拾起那颗迷失的尘埃/你的呼吸/越靠越近/将我抱紧……"

音乐被风带过来。

五个男生动作整齐利落,舞步潇洒,歌词过到那个"爱"字时,他们忽然变戏法似的一起从卫衣的大口袋里抽出一支玫瑰,然后又一起低头做闭目轻嗅状，温润的少年感里就那么猝不及防地掺进了一丝痞痞的优雅感。

窒息！暴击！

"啊！"楼上传来震天的尖叫声。

不知不觉，几幢女生寝室的女生们都闻讯跑出来围观了。各楼层的阳台上都趴满了人，场面好不壮观。

"滕翊！""滕翊！"

大家叫着滕翊的名字，他却只为阮好一个人而来。

"我拥抱着爱／当从梦中醒来／你执着地等待／却不曾离开／舍不得分开／在每一次醒来／不用再徘徊／你就是我最美的期待……"

玫瑰作为道具，完全融入了他们的舞蹈动作之中，一点不累赘，反而让整个舞蹈充满了甜蜜浪漫的气息。

最后，周曦和他们整齐地后退，留滕翊一人站在阳光和众人的视线里。

滕翊轻咬住玫瑰，双手倒立支撑，快速地原地旋转，动作帅气如翩翩而来的武林高手，带着满满的爱意和诚意。

"阮好，我喜欢你！"滕翊站定后高喊。

两人默默对视着，耳边的声音都静下去，世界被烂漫的光芒笼罩。

阮好的心在一瞬间化为柔情水，她望着滕翊，眼眶红润。

16

滕翊的表白声势浩大，结束的瞬间掌声雷动，不输于任何一场舞台表演。连宿管大妈和食堂阿姨都纷纷跑来见证这一幕，边看还边相互推搡，尘封的少女心好像全在这一瞬间萌动了。

阮好被簇拥着下楼。她还穿着睡衣，本来想换一换的，可实在是架不住室友们的兴奋劲儿，大家恨不能直接把她从三楼推到滕翊怀里。

走廊里，同班的女生们一窝蜂地拥了出来。

阮好的喜事瞬间成了大家的喜事。

楼下已经围了很多女生，不少人和她一样，穿着睡衣，披了个外套就下来凑热闹。周末的懒觉被打扰，但也没人觉得不快。

滕翊抱着一束鲜花站在门口，遥遥地望着阮好，他的身后，萧卿、周曦和他们勾肩搭背地站着，喜笑颜开。

朝阳正好,风也正好,男生们火红的身影和青春的笑脸,像是一幅会动的画,永远地印刻进了阮妤的生命,成了她最珍贵的记忆。

阮妤的心怦怦乱跳着。

她从未想过,为了生活低头狂奔的自己,有朝一日也能拥有这样的浪漫。

滕翊,是她贫瘠的生命里开出的最耀眼的花。

"喏,小鱼儿。"滕翊把手里的鲜花递给她,故作镇定的眼神里藏着一丝紧张。

阮妤接过来,还未低头,已闻见了花香。

"喜欢吗?"他问。

"喜欢。"当然喜欢。

"喜欢花还是喜欢我?"他压低了声音。

"喜欢送花的你,也喜欢你送的花。"她说。

滕翊伸手,把她抱进怀里。

"哇喔……"

在一阵尖叫声里,他吻了一下她的耳垂。

"第一次谈恋爱,不知道怎样才对,总觉得让全世界都知道你是我的才是最好。"

阮妤听他这么说,再也矜持不下去,扬手反抱住了滕翊。

"好了好了!大团圆结局,姐姐妹妹们都看到了吧,滕翊有主了!大家别再打他的主意了!"萧卿在身后叫,"以后要找男朋友的,可以考虑考虑我们哥儿几个了!"

一众女生都被萧卿逗笑了。

滕翊松开了阮妤,替她抹了抹眼角湿润。

"别哭,我可不是来惹你哭的。"

"嗯。谢谢。"

"说谢是不是太见外了?"

"那要说什么?"

"不用说什么,你笑就好。"

阮妤破涕为笑。

"我的天,这是什么神仙偶像剧啊!"简湘湘一边说一边冲过去,一掌扇在周曦和的后背上,"替别人表白挺用心的,也没见你给我这样的惊喜啊!"

周曦和揉着被扇疼的肩膀:"大姐,你追的我好不好?"

简湘湘眼神威胁:"想清楚,到底谁追谁?"

"好好好,我追你我追你。"周曦和打了个哈欠,舒展了几下双臂,"排了一晚上舞,不行了,困死了,得去补个觉了。"

"排了一晚上?"阮好看向滕翊,"你们昨晚通宵了?"

滕翊还没回答,一旁的萧卿先点了头。

"是啊,他拉着我们折腾了一晚上,你别又感动哭了。"

萧卿他们昨晚真实地体验了一把什么叫"嘴贱一时爽,陪练火葬场",他们不过是在群里八卦滕翊怎么表白的而已,谁能想到这哥们儿竟然是光凭相貌追到了女朋友,惊喜鲜花什么的都不存在。当然,滕翊也不是因为小气和没钱才不准备这些,他是压根不了解追女生的流程。当他看到群里的聊天记录,才悟到原来追女生可以搞得这么浪漫,顿时坐不住了。

别人有的,他的女朋友一定得有。

于是,他就把几个兄弟召集起来,拖到西游基地,买花选歌排舞闹了一个通宵。

周曦和的哈欠传染了身边的几个男生,大家都打起哈欠来。

大家为她这么花心思,还整晚没睡觉,阮好顿时内疚又心疼。

"你们快去睡觉吧。"阮好说着,小小地推了一下滕翊,"你也去睡。"

"好。"滕翊兴奋了一整晚,这会儿放松下来,的确困了。他转身对萧卿他们扬了下下巴:"走了。"

几个男生原地站定,忽然齐齐地弯腰朝阮好做了个谢幕的动作。

"大嫂再见!"他们异口同声道。

阮好笑着挥手,怀里的芬芳染红了她的脸。

17

滕翊表白的视频没两个小时就火遍了学校的各大论坛。他和方菀的绯闻不攻自破,同时,这个视频也把阮好推到了众人的视线里。

学霸、状元、广播站主持人……大家想要扒一扒阮好的黑料,却发现她优秀得让人望尘莫及。而且,她长得也很清丽,流出的素颜证件照足以秒杀一众暗恋者。

"原本以为这个女生配不上滕翊,没想到,她配滕翊绰绰有余。"

"大神跳舞表白学霸,贵圈真会玩。"

"吼,看完阮好的各科成绩,我便打消了对滕翊的非分之想,爱不起爱不起。"

"各位失恋的姐妹们,我也不知道该怎么安慰大家,就多喝热水吧。"

简湘湘捧着电脑躺在床上,翻了一早上的评论,时不时笑出一阵猪叫声,最后,她得出一个结论:

"阮阮,你要火了。"

阮好还没从这一波一波的冲击中缓过神来,沈冰的电话过来了。她一看屏幕上的名字,整个人顿时变得紧张起来。本来她对气场强大的沈冰就存着几分敬畏,现在身份的转变更让她多了几分心虚。

"谁的电话啊?"一旁的陈曼白问。

阮好朝陈曼白亮了亮屏幕,她把沈冰存成了"家教雇主"。

"家教雇主不就是滕翊的妈妈吗?我去,婆婆这么快就找上门来了?不会甩你一百万棒打鸳鸯吧?"

阮好拿着手机去了阳台上。

其实沈冰并不知道阮好和滕翊交往的事情,她找阮好只是为了请阮好去家里吃饭,答谢阮好让滕颢进步的事。

盛情难却,阮好不好扭捏,直接答应了。

"要去见婆婆了?要不要我给你化个妆?"陈曼白激动。

"算了。"阮好还是习惯素颜,而且她记得,上一次见到沈冰的时候,她很满意她素颜的样子。

女人对女人,化妆是道防线。

阮好坐公交去了华府,她到的时候,沈冰正在厨房忙活。

"来啦。"

阮好点点头,想叫她阿姨,一时没好意思开口,只说了声"你好"。

沈冰仿佛看出她的拘束,便道:"我应该和你母亲一般年纪,你若不介意,喊我阿姨好了。"

"阿姨。"

沈冰笑了笑。

"滕颢在二楼,我让他温书,不知道有没有听话,没准又在偷偷玩游戏,你上去看看他吧,我再炒几个菜就可以开饭了。"

"好。"

阮好刚应声,就听到沈冰的手机响了起来。

18

"Hello?"沈冰接起电话,那头不知说了什么,就听她又问了一句,"现在?"

阮好刚迈上一阶楼梯,犹豫了一下,又折了回去。

沈冰单手支着厨台,望着水池里清洗了一半的食材,沉吟良久,最终还是点头:"OK,那我马上过去,十五分钟。"她挂了电话,一回头,看到阮好站在厨房门口,"那个……"

"阿姨,如果你忙的话,我可以帮忙做菜。"阮好说。

沈冰万万没想到阮好会提出这样的建议,不由得重新打量起眼前这个小姑娘。她如初见,细细白白,干干净净,像她从前养过的小茉莉。

"这怎么行呢?你是我请来的客人,怎么能让客人做菜呢?"

"没关系。"

"不行不行。"

"阿姨,你不让客人做菜,是想让客人饿肚子吗?"

沈冰愣了一下,继而笑出了声。

"我开玩笑的。"阮好忙说。

"我当然知道你是开玩笑的。"沈冰冲她招招手,示意她进厨房,"既然你不同我客气,那我也不同你客气了。你能提出替我做菜,想必厨艺也不差,你看这些食材,都是我今早去买的,你自己搭配,按你想吃的做,或者按你能做的做。"

"好。"

"那我走了,两小时内回来。如果没回来,你们先吃。"

沈冰把身上的围裙解下来递给阮好,就转身出去了。

司机在等她,外头很快传来了汽车发动和离开的声音。

四周安静了下来。

阮妤穿起围裙,撸起袖子,开始清洗未洗完的食材。沈冰买了很多菜,看得出来,如果不是中途有事,她是真的很想好好款待客人的。

这份心意,足够让人感动。

食材清洗完毕,阮妤对自己要做什么菜有了底,切菜、搭配、烹煮,她一步一步,有条不紊。

家里渐渐飘起了勾人的香。

"今天太阳从西边出来了吗?"

阮妤正蹲着拿盘子,门口忽然传来了滕翊的声音。她起身,冲他笑。

滕翊一看是她,揉了揉眼,还以为是自己没有睡醒。

"我当是谁呢,原来是田螺姑娘上门了。"他捧着水杯走进厨房。

"就当是礼尚往来的惊喜。"

滕翊笑:"你怎么来了?"

阮妤把事情的始末说了一遍,从沈冰给她打电话到沈冰被电话叫走。

"请人吃饭却把人请进了自己家的厨房,是沈冰女士的风格。"滕翊总结。

"是我自己要求的,想让你尝尝我的手艺,就当还你上次的泡面之恩。"

滕翊伸手从后面环抱住她:"还记得呢,状元就是记性好。"

阮妤被他的呼吸撩得脖颈发痒。

"别闹,在家里呢。"万一再被滕颢撞见,那她可真没脸见他了。

滕翊仿若未闻,他将她转回来,按着她的肩膀,低头压向她的唇。

早上就想这么做了,但早上人多,相熟的不相熟的都在身边,他得收着几分,而现在,在他的地盘,他无所顾忌。

滕翊刚起床,唇齿间是牙膏的清香。

未知的世界总有致命的吸引力。不断加深的亲密距离,悄悄孵化的,是体内更可怕的原力。

阮妤受不住了,她双手揪着滕翊后腰上的一寸衣物,一双眼睛润若水中捞出的琉璃。

"唔……"她推他,力道轻若挠痒,却已经是她此时最大的力道。

滕翊缓了缓,终于把呼吸还给她,但仍不愿松开。他抱着她,把头埋进她的长发里,任由那丝丝缕缕的香继续挑拨着他的神经。

过会儿,他又吻住她。

原来爱是这样,看见就想亲,亲了还想亲。

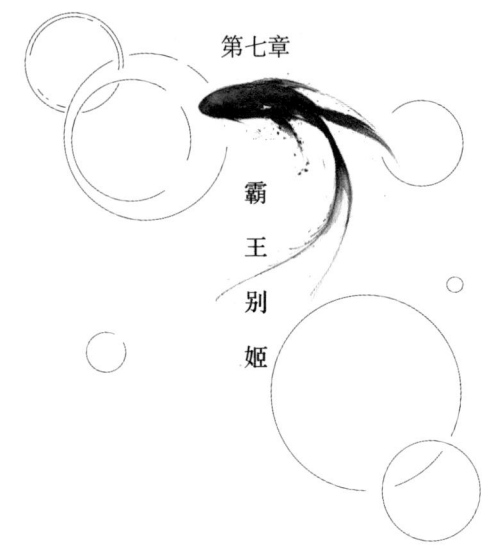

第七章 霸王别姬

01

滕翊跟着阮好在厨房,什么忙都没有帮上,还不停地干扰她,时不时抱一下又吻一下,像个恶作剧的小孩。阮好又要顾着锅,又要提防他,好几次差点把调味料弄错。

好在最后她顶着这个甜蜜的"压力",还是成功做出一桌佳肴。

沈冰如她自己所说,在两小时内赶回来,看到阮好的成果,她先是惊喜,继而赞不绝口。在沈冰的想象里,现在二十岁左右的孩子应该都和她的两个儿子差不多,平时要么食堂要么外卖要么下馆子,十指不沾阳春水,行点的能煮个泡面,不行的连怎么开火都不知道,像阮好这样的,简直稀有得像宝藏。

滕翊喊了滕颢下来吃饭,四人正好一桌。

滕颢不知道这些菜都是出自阮好之手,他尝几口便朝沈冰竖起了大拇指:"妈,你的手艺越来越好了。"

"我以前手艺不好吗?"

这是一道送命题,但滕颢浑然不觉。

"嗯,以前怕打击你,一直忍着没说。"滕颢夹了一筷土豆丝,"我记得之前你炒的土豆丝特别软,都不好吃。"说着,筷尖指向另一盘百合西芹,

"还有上次炒的芹菜，很苦，但今天这两个菜很好吃啊。妈，你厨艺进步的速度，就像我的学习成绩一样，扶摇直上。"

滕翊扶太阳穴，止不住地轻笑。阮妤想提醒滕颢，奈何嗓子都快咳破了，滕颢都没注意到。

"说吧，又是夸我，又是提成绩，你想求我什么？"沈冰瞪着小儿子。

滕颢嘿嘿笑着，歪了身子朝沈冰靠过去撒娇："妈，我想继续学街舞。"

"不行。"沈冰果断拒绝。

"为什么？"

"你说为什么？之前没让你学过吗？三天打鱼两天晒网，没个定性，浪费时间浪费精力，还耽误学习。"

"我这不是进步了吗？"

"进步一点就飘了？你能保证高考考个好成绩我就让你去学。"

"我能保证。"少年脱口而出。

那时的他还不懂，没有人的命运是笔直向前的，中途拐几个弯，或踩到碎石滑向他方，或被巨石绊倒就此止步，迂迂回回，才是命运真正的轨迹。这和努力与否无关。

而保证二字，成之侥幸，不成人生。

"你说得轻巧。"

滕颢着急，想求助哥哥，却见滕翊岿然不动，一副自求多福的表情。

"妈，那你要我做什么？你说，我一定能做到。"他恨不能立刻跪下来向苍天神明起誓以表决心。

"我什么都不需要你做，只要你现在好好学习，考上一个理想的大学。到时候，你想怎么跳，去哪儿跳，我都不拦你。你何必急于一时？"

"你不懂。"

"那你倒是让我懂啊。"

滕颢不出声，他的语文水平肉眼可见的差，不知道该如何表述他现阶段达到顶峰的澎湃热血和急不可耐。或许别人无法理解，但是对于他来说，梦想是需要一鼓作气的。

饭桌上的气氛突然凝住了。

滕翊看了许久的戏，终于在这一刻出声表态。可他一开口，先往滕颢心上扎了一刀。

"好了,这事以后再说,先吃饭,不要浪费了阮好的好手艺。"

阮好的手艺?滕颢看看阮好,又看看沈冰,恨不能让时间再倒退十分钟,让他把刚才说出去的话都吃回来。

"妈……"

"吃饭,你哥说得对,不要浪费阮好的好手艺。还有,跳舞这件事情我的态度就是这样,无论你之前的马屁拍没拍错,也改变不了我的立场。"

02

滕颢一顿饭吃得食不知味,回到房间补习也是心不在焉。阮好不知道该怎么安慰他,她理解滕颢,但也觉得沈冰的想法没错,无法站队,索性不站。

过了会儿,滕翊敲门进来。滕颢看到滕翊,黯淡的双眸顿时有了光彩。

"哥,你是不是来给我出主意的?"

"不是。"

滕颢撇嘴:"那你进来干吗?别打扰我学习。"

呵。滕翊的手摁到滕颢的肩膀上,重重捏了把,惹得少年大呼小叫。

"你有事吗?"阮好问。

滕翊不答,他看了一眼只有咫尺距离的阮好和滕颢,又看了一眼横在书桌后的大床,以前倒没觉得这样孤男寡女共处一室补课不妥,而现在,真是越看越膈应人。

"以后,去书房补课。"

"为什么?"被安排的两人异口同声。

"我说去就去。"

滕颢反应片刻,眸间闪过一丝狡黠。

"哥,你不会连我的醋都吃吧?"说着,瞧一眼阮好,"虽然状元小姐长得还行,但你放心,她不是我的菜。"

滕翊眉角一蹙,滕颢顿时怕了。

"好好好,去书房,立刻马上去书房。"

阮好简直服了。她趁着滕颢捧着作业本往外走时,悄悄斜了滕翊一眼。

他耸耸肩,眼神温柔中透着几许乖张。

"你好意思?"阮妤有些脸红。

"嗯。"他坦然应声。懒懒的,竟有些性感。

阮妤笑起来,情绪剥落,只剩下甜蜜。毕竟,他的小气、他的吃醋,都是因为她,这种感觉并不赖。

滕颢把作业本都摊在书桌上,等着阮妤进书房。

这是阮妤第一次进他们家的书房,还以为会是满屋子的藏书,却不曾想,比起藏书,书架上更多的是滕翊的奖杯和证书。

Breaking,Hip-hop。

十强,八强,季军,亚军,冠军。

水晶杯的通透里藏着他汗水的痕迹,镶金边的证书带着他低调的锋芒。

关于梦想,他时时都想让自己做到最好,如若不能做到最好,那就下次变得更好。

进步,有时比一蹴而就的成功更让人欣喜和深刻。

阮妤停在书架前,挪不开脚步。

"别看了。"滕颢叫道。

如若换了平时,他必定替兄长骄傲,但今天他刚被挫了锐志,没心情。于是,骄傲变成了没有凭据的自吹。

"要是我在我哥那个年纪就开始跳舞,没准能拿更多的奖杯。"

"那你为什么不呢?"

"我要学习。"

"你哥在那个年纪不用学习吗?"

滕颢失语了片刻。阮妤走到滕颢身边,扯了把椅子坐下。

"滕颢,自律的人才配拥有选择的自由。"

03

阮妤不知道滕颢是否懂她的意思,他聪明至极,但抹不去身上的小孩子心性,有时候好像成熟了,但多数时候带着不谙世事的天真。

沈冰最近因为一个融资难题暂时留在国内,滕颢被她管束着,不能去西游练舞,终日郁郁寡欢,学习也没什么动力。阮妤实在担心他,私下求助滕翊。

"你真的不帮他?"

"为什么帮他?"

"冷血。"

"怎么?心疼他了?"

"我心疼做什么?是你弟弟,又不是我弟弟。"

"早晚也是你弟弟。"

阮好不说话了,滕翊反倒正经起来。

"他从小没个定性,先晾他一阵,看他怎么办。"

"如果他放弃了呢?"

"那就说明他不适合跳街舞。"

滕翊是过来人,知道练舞的辛苦,滕颢已经放弃过一回,这次允许他重新练舞,滕翊也有诸多顾虑。母亲出手干预,若真能掐了滕颢的念头,那就说明他本性不改,不适合跳舞。而若他有心坚持,总有契机能被他抓到,改变母亲的心意。

就如当年,他亲手写了两页保证书。

滕翊的"契机论"之后没多久,滕颢的契机就真的出现了。

任云深出院了。

任天海为了表达对滕颢的感激之情,特地带着任云深上门道谢。

那一天晚上,所有人都在家,阮好正好在给滕颢讲题,讲到一半,滕翊过来敲门。

滕颢不满:"哥,你不会是来查岗的吧?你就这么不放心我们俩单独待在一起吗?"

"闭嘴,下楼,有人找。"

"谁啊?"

滕翊没答,冲滕颢使了个眼色,示意他快点,滕颢乖乖起身出去。

"谁来了?"

"带你去看。"他说着,牵起阮好的手,将她带到二楼走廊里。

楼下,任天海提着很多礼品盒子,正装领带,头发高高梳起,露出锃光瓦亮的额头。他的身后,任云深穿着藏青色的丝绒小洋裙,腰上系一个精致的蝴蝶结，裙摆刚过膝，露出笔直纤细的小腿。

少女肤白如新雪，黑发似长长的瀑布。一双琥珀色的眸，半是含春半是羞地望着从楼道里拐出来的滕颢。

"她好美啊。"阮好由衷感慨。

那种美，散发着大家闺秀的优雅。

"没有你美。"一旁的滕翊求生欲很强。

"喊。睁着眼睛说瞎话。"

他面向她，闭起眼睛，重复一遍："没有你美，真的。"

"闭上眼睛也是瞎话。"

"没听过情人眼里出西施？她再美，也不是我的西施，但你是。"

04

沈冰并不知道滕颢救人的事情，任天海和任云深的到访让她倍感意外，在听闻事情的始末之后，她更是惊讶。她从没有想过，自己眼中未长大的小孩在面对是非黑白的时候还挺有血性的。

任天海的感谢让沈冰觉得骄傲，这种骄傲就像是当年十六岁的滕翊得奖引来大批媒体记者争相采访她一样。

而更让沈冰想不到的是，滕颢的见义勇为还化解了她眼前的困境。

闲谈中，任天海得知沈冰的公司现在有一个新项目遇到了融资难题，他大手一挥，直接拍板出资相助。

山穷水尽的时候，忽然柳暗花明。沈冰简直怀疑自己在做梦。

客厅里，两个大人大谈生意经，两个孩子彼此无声地对视，这你看我一眼，我看你一眼，好像平平淡淡的，其实更像一首晦涩难懂的诗。

忽然，任云深把她的手机递了过来。

滕颢扫了一眼屏幕上的那行字。

"我可以加你微信吗？"少女用行楷，很秀气的字体，就像她亲笔写出来的一样。

滕颢点头。

她笑了，浅浅的梨涡，清甜灵秀，像雨后池塘的一汪静水，惹人驻足。

两人互加了微信，滕颢还以为她有什么话要说，但她什么都没有说，好像这样存下他的联系方式就已经足够。

送走任天海父女之后,沈冰一把抱住了滕颢:"儿子!你太给你妈争气了!"

滕颢被抱得喘不过气:"妈,我也没做什么。"

"不不不,你做好事了。儿子,想要什么告诉妈妈。年底送你去马尔代夫,还是塞班?你自己选。"

"我想跳舞。"滕颢说,"我什么都不要,我就想你答应让我练舞。"

"除了这个要求。"

"我就只有这个要求。"

沈冰有些心软了。

滕颢了解母亲,只要她一犹豫,就等于有希望,于是他乘胜追击。

"妈,只要你答应让我跳舞,先不说高考,就期末,我再进步五名,你看怎么样?"

"真的?"沈冰彻底动摇了。

"真的。"

"成交!"

"哇!妈你最好了!"

05

从那日之后,滕颢更刻苦地学习与练舞,失而复得的机会往往愈加珍贵。好像也是从那日之后,滕颢的身边多了一条形影不离的小尾巴,任云深。

任云深每天练完琴都要来家里找滕颢,起初她总是带着自己做的小甜品,说是来给大家尝一尝。后来渐渐相熟,上门不再需要理由,她便什么都不带了,只是每天准时出现,安静地看着他们补课,自己乖乖在旁练字。

有时休息,滕颢会在书房练舞,任云深第一次见滕颢跳 Breaking,就表现出了对街舞强烈的好奇和极大的兴趣。每当滕颢跳出高技巧的动作,她丝毫不掩饰眼中的崇拜。任云深的捧场对滕颢来说很受用,他最喜欢看她张着小嘴一脸惊讶的样子,也喜欢她用力鼓掌时的样子。每每那时,滕颢觉得自己就像个了不起的英雄。

年龄相仿、一动一静的两人很快成为好朋友。

因为天生缺陷所以对人总有戒心的任云深很信任滕颢，而大大咧咧孩子气十足的滕颢在面对任云深的时候，总是展现出一种超越年龄的保护欲，他很照顾她，这种照顾细心而温柔。

渐渐地，连带阮好也和任云深熟了起来。她们互加了微信，通过文字加深沟通和了解。

少女安静恬淡，虽不会说话，但一双眼睛随时洞悉世事。

有一日，她忽然问阮好："阮姐姐，你是不是和滕翊哥哥在一起？"

阮好惊讶，她可从未在任云深面前与滕翊有任何的亲昵动作。

"为什么这么问？"

"我看出来的。"少女纤细的手指在屏幕上快速地跳动着，"你们看着彼此的时候，空气里有爱心。"这行字后面，跟了一串粉色的爱心符号。

阮好被逗笑，继而大方承认了她和滕翊正在交往的事情。

任云深一脸羡慕："你们好般配。"

她打下"般配"二字的时候，目光若哀怨青烟，温温袅袅地锁住那个书桌前奋笔疾书的少年。少女心事，一览无余。

滕颢似有心电感应，抬起头来。

"看着我干吗？"他问。

愣头愣脑，一股精明之外的傻气。

任云深笑着摇摇头，若无其事地继续在手机上打字和阮好聊天。

一个月后，沈冰解决了国内的项目问题，再次出国。没了沈冰盯梢，滕颢自由得像出笼的鸟儿，他每天放学不再回家，而是直奔西游。

任云深为了和滕颢保持一致的步调，特意让任天海的助理给她在冬蕴路上找了一家琴行。任云深学琴多年，一般琴行资质平庸的老师根本无法指导她，但她无所谓，只是为了能在放学后和滕颢一起回家。

西游门口的那辆黑色劳斯莱斯，劳斯莱斯后座那位如诗如画的美丽少女，成了很多人心头的一道风景线。但她总是隐在车窗后，从不下车。

越神秘，越惹人好奇。

萧卿他们常常八卦，并以"滕颢的小仙女"称呼任云深，每每如此，滕颢总是否认。

"她是我的好朋友，只是顺路捎我一段，仅此而已。"

仅此而已。

这是少女的借口，而缺根筋的少年，真就这样信了。

06

"云深好像喜欢滕颢。"

阮妤和滕翊提起过一次这件事，倒不是她八卦嘴碎，她只是有些担心云深和滕颢。这种担心莫名其妙，但又特别深刻强烈。她觉得，眼下他们一个闷着一个蒙着是相安无事，往后但凡有一丁点变故，破了窗户纸，怕是两人都得受伤。

滕翊没有发表意见，他最近也有烦心事，根本无暇去注意这两个小屁孩的动向。

辽城元旦文艺汇演在即，主办政府要求辽城各大高校推送一个正能量节目，田成老师一心想让西游带着街舞文化去亮个相，但宣传办另一位老师蒋卫国说什么都不同意。

蒋卫国老师认为，中华文化和表演艺术博大精深，随便挑一样都上得了台面，学校不该崇洋媚外。况且，街舞文化在国外也属于地下文化，见不得光。

"蒋老师，你对街舞有偏见。"田成直言。

"我就对街舞有偏见怎么了？你看看校庆让他们闹的，简直哗众取宠。这种不端庄不正统的舞蹈，就不该从我们学校传出去。你要推送舞蹈节目，行啊，古典舞、现代舞、民族舞，我们什么主流舞蹈没有，干吗非要去踩雷？"

"蒋老师，街舞其实是一种很阳光很自由很积极向上的舞蹈。校庆时学生们的反应，也足以证明它有多受欢迎。"田成据理力争，"这种舞蹈无论什么年纪无论什么性别都可以学习参与，它很全民。虽然街舞在中国还没有实现很好的普及，但我相信，假以时日，它一定能被大众接受并且喜欢。如果我们学校做第一个吃螃蟹的人，走在潮流的前线，那不是很酷吗？"

"酷酷酷，别整天就知道以酷不酷来判别一件事情的价值。小田，我知道你和滕翊那小子感情好，你向着他无可厚非。但我以过来人的身份提醒你，枪打出头鸟，标新立异不一定有错，但中规中矩绝对没有错。这件事情就这样了，我会做好节目的筛选工作，你就别管了。"

蒋卫国老师一锤定音,彻底给西游和街舞判了死刑。

这番争执恰巧被周曦和听到,于是,蒋卫国老师的言论很快在西游街舞社各成员之间悄悄传开了。大家怕滕翊难过,想瞒着他,但最终纸包不住火,滕翊还是知道了。

滕翊是有些不舒服,但也没有想象中那么难过。

街舞确实诞生于地下,也确实一直游走在边缘。这些年,来自四面八方的流言,比蒋卫国老师更苛刻更难听的话,他都听过。

什么"廉价艺术、泡沫文化",什么"和肯德基麦当劳一样的垃圾",什么"耍猴表演",什么"草根、颓废、反派",等等。

看不惯街舞的人,有一万种看不惯的方式。

当然,热爱街舞的人,也有一万种热爱的方式。

他相信,那些沉默的坚守,在非议中牢固的信念,终有一天会破土而出,盛放出让世人惊艳的花朵。

07

滕翊希望能改变蒋卫国老师的看法,彩虹却不以为然。

"说我们是地下文化,对啊,我们就是Underground!Underground才是我们的个性所在啊。跳自己的街舞,让他不顺眼去呗。反正只是个文艺汇演,又不是什么专业比赛,我们去凑什么热闹。"

滕翊不出声,但所有人都看得出来,他想要参加这个文艺汇演,而且这个文艺汇演对于他来说,似乎并不仅仅只是个文艺汇演那么简单。

阮好也察觉到了,等练习室的人都散了,她凑到他面前。

"为什么非要参加?"她问。

"你猜呢,状元小姐。"灯光下,他笑意模糊。

"别来这一套了,上次的题我还没解呢,这次的题明显更难了,我肯定猜不到。"她挽住他的胳膊,"今天不想当状元小姐,想听你直接说答案。"

滕翊沉吟了片刻,似乎是在斟酌一个能让她听得懂的开头。

"街舞文化一直被看成地下文化,除了它起源于地下之外,还有一个很重要的原因,那就是街舞舞者本身自带的价值观。很多舞者都和彩虹一样,觉得地下是个性,Underground才是纯正的街舞,所以拒绝大众的舞台。

但……如果一直把街舞藏在地下,和闭关锁国、故步自封有什么区别?"

"你想趁着这个机会把街舞带到地上?"

"把街舞从地下带到地上,不是靠一两次表演就能促成的,这是一个需要长期努力的过程。完成地下到地上的转换,除了街舞本身的魅力和街舞人的努力之外,媒体的宣传也同样重要。我觉得,这次是个宣传街舞的绝佳机会。"

辽城的元旦文艺汇演汇集了辽城各大高校的学生、辽城的政府和大众媒体,如果能登上这样的舞台,并且表现出色,给观众留下好印象的话,未来在辽城发展街舞文化就会有更大的空间,也能得到更多的社会支持。

阮好听了滕翊的话才恍然大悟,原来他在乎的根本不是眼前的一点蝇头小利。他在下一盘很大的棋,布局和谋略之外,他还有更远的目标。

"滕翊,对于街舞,你的野心到底是什么啊?"阮好好奇。

滕翊笑起来,为她突如其来的严肃。

"说不上野心,只能说梦想。"

"那梦想是什么?"

"关于街舞,我自己能一直跳下去是梦想之一。另外,我更希望能打破世人的偏见,把世界街舞文化真正带入中国,让更多的孩子从小就能学习街舞,同时,也能让中国街舞舞者走向世界,告诉世界,并不只有外国人跳街舞很厉害,中国人跳街舞也同样带感。"

08

后来的几天,阮好脑海里总是闪过滕翊所说的话。她终于明白了他创办西游街舞培训公司的目的,原来所有一切都是为了给他那个终极梦想助力。

阮好自诩也算是一个有目标的人,但比起滕翊,她觉得自己差太远了。

她去广播站时,日日都要经过蒋卫国老师的办公室。好几次,阮好都想直接冲进去,和蒋卫国老师说一说她作为一个旁观者对于街舞的感受,以及她在滕翊身上看到的格局和情怀,可又怕太过鲁莽反而弄巧成拙。

这种畏手畏尾的冲动,到最后也没有实施,不过因为这份别有用心的关注,她发现了蒋卫国老师的一个爱好。

蒋卫国老师特别喜欢听京剧，而京剧之中尤爱梅兰芳的《霸王别姬》。

每日中午阮好路过时，总能听到那咿咿呀呀的曲调从一个老旧的录音机里传出来。起初她没有在意，渐渐地，她产生了一个大胆的想法。

既然萧卿、彩虹他们总是宣称街舞是一种只要有音乐就能动起来的舞蹈，那么，能不能配着京剧跳街舞？如果可以，以此为切入点，或许能打动蒋卫国老师，让他改变对街舞的看法。

阮好把这个想法传达给了滕翊。滕翊经她这么一点，茅塞顿开。

"状元小姐，你可真聪明！"他在她额角落下一个吻，"等这件事情解决了，给你奖励！"

阮好照例来不及问是什么奖励，他已经搬了电脑，一头钻进了练习室。那天晚上，阮好给滕颢补习完，滕翊都还没有出来。

第二天，滕翊依然闷在练习室里，晚上的时候，萧卿、周曦和他们都去了他那里，连方菀也来了。

阮好不知道他们在排什么舞蹈，只听到里面时不时传来一阵笑声。她正犹豫要不要进去看看，门忽然拉开了，方菀从里面走了出来。方菀瞥了她一眼，哼着小曲朝洗手间方向走去。

自从滕翊在群里公开和阮好的恋情之后，方菀再也没有在群里冒泡说过话，也再没有来过西游，她的沉默像是某种无声的抗议。而这次，滕翊的排舞彩虹不能参加，另需要一个女生舞伴，他特地在群里当着众人的面圈出方菀，询问她是否有加入的意愿。

方菀大概过了两个小时之后才故作姿态地回消息，她说："翊，你邀请我，我当然愿意啦。"

于是，有了这一刻的迎面相遇和她盛气凌人的眼神。

09

"阮好，你傻站着干什么呢？"萧卿在里面和她打招呼。

滕翊原本背对着她，听到萧卿喊她的名字，也转身朝她看过来。

"进来。"他出来牵她。

屋里屋外，像是两重天。

阮好穿着高领的毛衣，而练习室的几个男生全都穿着短袖T恤，就这样还一个个额头、鬓发都藏着汗意。

"你们这么热啊?"

"嗯,跳嗨了。"周曦和说着,又原地拉扯出几个滑步,左右摇摆起来。

"看来蒋老师那里是志在必得了。"

"当然,也不看看谁亲自出手。"周曦和一把搂住滕翊,带着几分崇拜,"这次可真不是盖的,我都没想过街舞还能这么玩。"

阮妤不由得好奇,到底是怎么玩?

滕翊似看出她的心思,他指了指镜子旁的一个软垫,说:"去坐着,等下让你检验。"

"检验?我这门外汉怎么有资格检验?"

"因为灵感来自你。"

阮妤乖乖坐到软垫上。

过了会儿,方菀从洗手间回来,她一进门看到阮妤,立马笑了一下,又像初见时那样亲和可人。

她要装,阮妤也不会不配合。于是,她也回了一个笑脸。

"再来一遍。"滕翊拍拍手,示意正在休息的队员们过来集合,"这遍结束就休息。"

几个男生听令,站好队列。方菀也在一旁候着。

练习室里几秒寂静,很快,传来了京胡、月琴、点鼓和牙板的奏鸣,随着京剧大师梅兰芳先生流丽清亮的唱腔,以滕翊为首的四个男生跳起了popping,尽管京剧的节奏很缓,但他们的卡点依然精准,动作依然流畅,只是在视觉上好似调慢了倍速,可这并不违和。

中途,方菀出场,和滕翊一起以街舞形式配合着演绎了一段虞姬自刎、霸王悲痛的场景。

随着女主角倒下离场,音乐从京剧《霸王别姬》切换到了流行歌曲《霸王别姬》,四人再次跳起了齐舞。这音乐是滕翊亲手剪的,中间他也重新编了曲,就是为了让过渡衔接更自然。末尾,他照例加入了Breaking元素。

虽然几个人在齐舞部分配合得还有些生疏,但是整个舞蹈的专业性非常强,再加上有京剧的锦上添花。只要他们再练习两天,一定可以让蒋卫国老师眼前一亮。

"哎呀不行不行！"音乐还未结束，方菀忽然叫了起来。

"怎么了？"男生们都停下来。

"我觉得刚才分别那段动作设计得不够醒目。"她说着，半靠到滕翊身上，"虞姬自刎之前，是不是应该凄楚一点？像这样？或者做个拥抱的假动作？"

方菀话落，张开双手朝滕翊抱过去。

滕翊正要退开，萧卿先从后面一把抓住了方菀的衣领。

"喂！小姐！人家女朋友在呢，你好歹矜持一点，动口别动手啊。非要动手的话，就朝我来啊！"

"什么哇？你滚开！"方菀推开萧卿，耸了耸肩看向阮好，"大嫂，你不会这么小气吧？我和这一屋子的人都是兄弟，打打闹闹惯了，如果你连这个醋都要吃的话，那我真是服了。"

10

方菀一句话，先喊了"大嫂"，又自称"兄弟"，再把她"小气""吃醋"的点全都封死，简直完美操作。

阮好头一次遇到情敌，还是这样厉害的情敌，顿时有些茫然。

说不介意？不，她明明是介意的，也不想顺着方菀助长她的气焰。说介意？人家表面功夫做得这么好，她又怎么可以输。

"我一般对外都是三不原则，不小气，不吃醋，不介意。"

"大嫂真大度。"萧卿赞道。

"是啊，很大度，但是真大度还是假大度，只有他知道。"阮好说着，斜睨了滕翊一眼。

"看来我今晚得在这跪遥控板了。"滕翊摊手。

众人都笑起来。

阮好这波接得不错，玩笑间既表明了自己的立场，也显出了正牌女友的大气。当然，这当中最重要的，是她有滕翊这张底牌，他愿意随时配合她。

几个男生都不太懂女生的小心思，以为笑一笑云烟就散了，其实不然，方菀内心极度不服阮好，而阮好也同样芥蒂方菀的存在，但是她又不想在滕翊面前表露这些情绪，免得让他觉得自己矫情。

眼不见为净。

自那之后,阮妤再也没去练习室看过他们的排练。可偏偏,方菀就喜欢在她面前作妖。

周五晚上,方菀把阮妤堵在了过道里。

"大嫂,这两天怎么都没有来看我们排练啊?"

一句大嫂,别人叫是善意的玩笑,听她叫来却是阴阳怪气的不屑。

"我是来这里兼职的,没时间天天看你们排练。"

"哦,也是,大嫂大忙人。"方菀捻了捻下巴,"今天翊生日,等下大家要去给他庆生,大嫂不会也没时间去吧?"

滕翊今天生日?

阮妤一愣,滕翊从来没有和她提过生日的事情,她根本不知道。

"怎么?你不知道?"

阮妤还没回答,方菀好像已经确认了答案,笑着丢下一句"真有趣"就离开了。阮妤呆呆地站在过道里,思绪杂乱无章。

滕颢久不见人,便过来找她。

"干吗呢?"他问。

阮妤把滕颢拉进办公室,轻声问:"今天是你哥生日吗?"

"对啊,群里都闹了一天了,你没看到吗?"

"群里?"阮妤连忙掏出手机,她白天都在学习,根本没看群里的消息。

果然,从早上开始,就一直有人在祝滕翊生日快乐。唯有她,一条祝福都没有。

"还以为你私发了呢,原来你压根不知道啊。"滕颢咂咂嘴,"状元小姐,你该不是个假的女朋友吧?"

阮妤本来就有点难受了,听滕颢这么一说,心里更不舒服。

现在怎么办?临时去哪儿准备礼物呢?

阮妤正想着,滕翊敲门进来了。

11

"哥。"

"嗯,你们两个今天早点结束,等下一起去 KTV。"滕翊说。

"好，我要带个朋友。"

"谁？"

"云深。"

"你带云深去KTV？"滕翊意外，大家都知道云深说话不方便，带她去唱歌，怎么想都是个欠考虑的决定。

"是的，她说她也想去，我就答应了。"

"行，去了那里你照顾好她。"

"嗯，我知道。"

滕翊的目光转向阮妤："状元小姐，怎么不说话？有问题？"

阮妤摇摇头。

"那就这样，你们抓紧时间。"他说完，转身离开。

阮妤心不在焉地给滕颢讲了几个例题，没一会儿，就听到外面在喊集合。滕颢坐不住了，赶紧收拾东西跑出去。

楼下来了很多人，除了平日里的那些熟面孔，还有很多阮妤根本不认识的人。让她意外的是，简湘湘也来了。

"阮阮！"简湘湘见到她，松开了挽着周曦和的胳膊，朝她冲过来。

"湘湘。"阮妤有气无力地和她打招呼。

"怎么了你？不舒服啊？"

"没。"

"那你怎么回事，今天你男朋友生日，你干吗丧着一张脸？"

阮妤还没回答，滕翊他们下来了。

照例先点人，人齐了大家一起出发。

阮妤坐滕翊的车，她有一肚子的话想和他说，可车上还有滕颢和任云深这两个电灯泡坐着，很多话也不方便说。

云深长这么大从来没有去过KTV，看得出来她很兴奋，时不时在屏幕上打下两行字递给滕颢看，把滕颢逗得直笑。

滕颢从初中开始就经常和同学们一起混迹在辽城的各大KTV里，面对云深这种小白兔，他一副过来人的老成模样。

"等下我给你唱我的拿手好歌。"滕颢说。

云深问他什么歌。

"张学友的,你肯定听过。"说着,直接就清唱了起来,"我和你吻别,在无人的街,让风痴笑我不能拒绝,我和你吻别,在狂乱的夜……"

滕颢的嗓音和滕翊有点像,动听而低沉,就像是午夜梦回时响起的那一道钟声,悠悠的,带着远方来的神秘。

云深还真没有听过这首歌,她从小学琴,家里为了给她制造环境,听得都是莫扎特、巴赫、贝多芬的曲子,很少听流行歌曲。她随着滕颢的歌声左右摇晃着脑袋,完全小迷妹的样子。

滕颢见状,唱得愈发投入。

少年装深情,画虎不成反类犬,可这半隐在黑夜里的一幕,却成了云深脑海里为数不多的鲜艳场景。

像黑白的世界里,一道彩虹的刺目。

像无垠的沙漠里,一叶绿草的色彩。

"原来你平时和同学去KTV唱的是这种风格的歌啊。"滕翊恍然。

"对啊,不然哥你以为我们去KTV唱的是什么?《两只老虎》《数鸭子》这种?"

大家都笑了起来。

12
KTV是滕翊订的,自助餐KTV,边吃边唱边玩的那种。

滕翊今天是主角,他一进包厢就被团团围住了,大家把他推到点歌台前,让他贡献今晚的第一首歌。

阮好早就听简湘湘说过,滕翊不止舞跳得好,歌也唱得好听。刚才来的路上,她已经被滕颢惊艳了一把,对于滕翊,她更加期待。

滕翊选了一首很陌生的英文歌,他穿着黑色的毛衣外套,斜倚在沙发扶手上,一手抄兜,一手握着话筒,那抹黑成了最温柔的底色,吸引着各色的灯光流连、嬉戏,继而逃离。

流利的英文,低沉的声线,果然是开口跪。

阮好坐在滕翊的斜对角,望着他近乎完美的侧影,至今仍难以相信,这个男生竟然属于自己。

唱到高潮,滕翊的目光从字幕挪向阮好,短短一眼,没有停留太久。

确认了她在认真听,他便唱得更认真了。那种想要在喜欢的人面前展现又羞于展现的样子,可爱又迷人。

所有人都沉浸在滕翙的歌声里。

任云深悄悄在手机屏幕上打下"帅气"两个字,递给阮好。

阮好笑了。

一曲结束,大家都鼓起了掌。

滕翙招呼大家放开了玩,然后把话筒递给身边的萧卿,朝阮好走过来。

"翙!"方菀忽然扑过去挽住了萧卿的胳膊,对着萧卿手里的话筒大喊,"还记得这首歌吗?"

音响里传来的是《海草舞》,一首洗脑神曲。

滕翙来不及接腔,周曦和彩虹他们已经纷纷起身,跟着音乐跳起舞来。这一举动看起来像是即兴的,但几个男生的动作出奇一致。

显然,这首歌有他们共同的舞蹈回忆。

"我们去年和V哥他们Battle的时候,跳的就是这首歌。"方菀又对着话筒喊了声,像是故意解释给谁听,又像是故意向谁炫耀。

话落,她拉着萧卿也跳了起来。

男生女生们一边极有节奏感地扭动身体,一边朝着滕翙靠近,滕翙被围在中间,彩虹他们去拉扯滕翙的胳膊,示意他一起跳。滕翙笑着抚了下额,无奈地加入这欢快的舞蹈,他一加入,队伍像是有了中心,顿时更完整了。

"像一棵海草海草海草海草 / 随波飘摇 / 海草海草海草海草 / 浪花里舞蹈……"

整个包厢里的人或坐或站,都跟着西游街舞社的几个人一齐跳起舞来。连任云深都在滕颢的推搡下,不见了往日安静淑女的模样,跟着大家一起扭动起身子。

气氛很热闹,大家都笑得格外开怀,只有阮好,看着方菀时不时往滕翙身上蹭一下,那有意无意的样子让她觉得不爽极了。

"阮阮,看到没有,比起'白莲花''绿茶'之流,女汉子才是最可怕的。"简湘湘不知什么时候坐到了阮好的身边。

"女汉子?"

简湘湘遮掩着朝方菀努了下嘴:"就是方菀那种,表现得大大咧咧,说话很直爽,打着和男生称兄道弟的幌子,勾搭这个勾搭那个。你知道吗,前两天我看到她挽着周曦和的胳膊在学校里走,我气疯了,去找周曦和吵架,你猜周曦和怎么说?"

阮好摇摇头。

简湘湘深呼吸,缓了缓再次涌上来的愤怒:"周曦和说他们是兄弟,他们不把方菀当女人,方菀也不把他们当男人。我呸!全是胡说!我最烦这种了,明知道男生有女朋友还和他们拉拉扯扯、卿卿我我,简直不要脸。当然,男生也有问题,反正他们又不吃亏,被揩油也自得其乐。"话落,简湘湘再次朝阮好努嘴,说,"你看看你看看!又贴上去了!"

阮好顺着简湘湘的视线望过去。方菀扭着腰肢,借着舞蹈动作的掩护,一手搭着滕翊的肩膀,一手搭着萧卿,旁人看着自然而然,但阮好看着像是扎了刺。

她垂头,抓起茶几上的糖剥了一颗塞进嘴里,想要以甜制酸,哪知盘子里的都是陈皮糖,本来就是酸的。

阮好正懊悔,想着要不要把糖吐掉,忽见滕翊脱开了方菀那"无意"的一搭,伴着音乐大步朝她走了过来。

"哦哦哦!"周围的人开始起哄。

隔着茶几,滕翊把自己的双手伸向阮好,示意阮好抓住他。

"大嫂!大嫂!大嫂!"彩虹他们叫着。

阮好被滕翊牵到了人群中央,比起浑身柔软的方菀,她四肢僵硬,根本不会跳舞,也做不出那些花样的动作。

"我……不会。"阮好垂头,平生第一次那么不自信。

"没关系,不用会。"滕翊与她十指紧扣,"跟着我。"

音乐还在继续,萧卿已经拿起了话筒,这是他点的歌,他一开口,声音就与原唱重叠在一起。

"我走过最陡的山路/看过最壮丽的日出/在午夜公路旁/对着夜空说我不服输/押上了性命做赌注/也曾和魔鬼跳过舞/早已看透了那些套路/留一点真就足够了……"

阮好像幼儿园的孩子一样左摇右晃。明明说好了是她跟着滕翊,到最后却成了滕翊跟着她。两人的手紧握在一起,她笨拙,他也笨拙,她可爱,他也可爱……一代街舞大神也跳成了幼儿园孩子的水准,偏偏还甘之如饴。

众人看着他们俩,时不时发出一阵爆笑。

慢慢地,阮好也放开了,彻底撒欢玩儿。方菀不知什么时候退了出去,好像在这场狂欢里,有她就没有阮好,有阮好就没有她。

再厉害的"女汉子",碰到坚定的男生也无计可施。

音乐越来越激烈,笑声越来越肆意。整个过程里,滕翊的目光自始至终都在阮好身上,不予旁人分毫,而阮好的眼里也只有他。

他们不用说话,舞蹈已经代替了所有的言语。

13

阮好忘了自己是怎么被滕翊从人群里拉出来的,她反应过来时,他们已经在包厢之外了。两人手牵手并肩站着,背抵着走廊的墙壁,听屋里欢闹的人群到处找滕翊。

"咦?老大去哪儿了?"

"就是啊,怎么一转眼就不见了?"

阮好看向滕翊,滕翊伸手对她比了个"嘘"的手势,两人悄悄相视一笑。

"陪我去兜风好不好?"滕翊附到她的耳边,"就我们两个。"

阮好点点头。

像是临时起意,又像是蓄谋已久的私奔。等坐进了滕翊的车里,阮好才意识到好像有什么不妥。

"今天是你生日,主角这样走掉不太好吧?"

"原来你知道今天是我生日?" 今天一整天,他的手机都快被生日祝福塞满了,唯独没有她的消息,他还以为她不知道呢。

"我白天没看手机,晚上听他们说起才知道。"

"没关系,也不是什么重要的事情。"

"生日当然重要。只是对不起,我来不及准备礼物了。"她挽住他的胳膊稍稍晃了一下,状似撒娇,"后补行不行?"

"不用。"

"不行。"

"真不用。"

他摆摆手，袖口往后一收，露出腕上的表，正好被她看到。阮妤推开他的胳膊，醋味又跑出来。

"别人的礼物愿意收，我的礼物却不愿意收，你什么意思？"

滕翊隐约嗅到不对劲，却不知道她在吃哪门子的醋。

"我收谁的什么礼物了？"

她的目光斜落在他的手表上。

"你说这个？"滕翊指着他的手表。

阮妤不出声，神态是默认。

滕翊笑起来："你连我妈的醋也要吃？"

"你妈？"

"嗯。"

这是滕翊考上大学之后，沈冰送给他的大学入学礼物，宝玑经典款的双时区手表。

"我还以为是……"

"以为是谁？"

"没谁。"

滕翊没有深究，他过生日从来不收别人的礼物，也从来没有切蛋糕许愿那种环节，一来他鸡蛋过敏，吃不了蛋糕，二来他嫌麻烦。以前朋友们还会意思一下，后来大家了解了他的习惯，就渐渐把蛋糕、礼物这两项都略过了。这两年，他的生日不过是朋友们多个由头让他请客而已，没有任何仪式感。

"什么都没有还算什么生日？我小时候最喜欢的就是过生日了，可以吹蜡烛许愿，还可以收礼物。"

"所以你打算送我什么礼物？"他问。

"呃……"阮妤卡壳了，"这个我还没想好。"

"不用想了。"他凑到她面前，"我自己直接要了。"

"什……"

她的话音被他吻进嘴里，连同舌尖那点陈皮的甜与涩一并被吞没。

也许是礼物给了便算他的，所以他吻得很从容，不疾不徐，慢慢地去品尝她的滋味。

车厢里，气温升腾。

秋夜的冷风趴在车窗上，静静地守护着这个关于爱情的小秘密。

14

滕翊带着阮妤在辽城跨江大桥上兜了一圈。

跨江大桥上灯火通明，桥面临江两侧各用了黄蓝两种颜色的 LED 灯，以此拉开了江桥之界，让大桥在黑夜里在辽江上宛如一座遗世独立的"光明屋"。

滕翊开了敞篷。阮妤扬着双手，风从她的指尖穿过，一盏盏路灯散着柔光，像是悬在近处的六角星，触手可及。

"喜欢这座桥吗？"滕翊问她。

"喜欢！感觉这座桥像是通向人间仙境的路。"

这样文绉绉的一句话，此时用来并不觉矫情，反而恰好修饰了眼前的美景，不多一分，不少一分。

滕翊点头："英雄所见略同。"

"你经常来这里兜风吗？"

"偶尔。"

"你怎么发现这里的？"

滕翊想了想。他与这座桥结缘还是前年春节，沈冰带着他和滕颢回老家探亲，原本以为自驾会省时间，哪知道还未上高速，先被一起追尾事故堵在了这座跨江大桥上。

长长的车队好似一条巨龙横在桥面上，一连两个小时，前边都不带挪一挪的。滕翊在车里坐得腰酸背痛，滕颢更是憋得直嚷嚷。沈冰提议让他们兄弟俩下车走走，他们就下了车。

大桥上，很多司机蹲在车边抽烟。

滕翊走到边上，以几个简单的街舞动作活动筋骨，滕颢屁颠屁颠地跟过来，依样画葫芦。起初没人在意他们两个，后来，不知哪里传来一个清脆的声音。

"哥哥，你们好酷啊，也教教我呗。"一个六七岁的小男生，从他们身后的一辆银白色小轿车里钻出脑袋。

"来啊。"滕颢热情地朝他招手。

小男生在家长的同意下,跑下车加入了他们。

滕翊身后多了两根小尾巴,他做什么动作,滕颢和小男生也做什么动作。小男生聪明,悟性也好,简单的舞蹈动作对他来说完全不在话下。滕翊稍稍提高难度,翻身倒立,想吓唬吓唬他,没想到他也能天不怕地不怕地跟着。

渐渐地,小尾巴从两条变成了三条,从三条变成了四条……几个小孩玩上了瘾似的,嘻嘻哈哈,堵车的等待也变得乐趣十足。

大概就是从那天开始,滕翊的脑海里忽然萌生了想要创办一个街舞培训公司的想法,其中最重要的一块,就是少儿街舞。

少儿街舞,对于爱动爱闹的孩子们来说就像是一场游戏,这场"游戏"既能促进孩子们的智力发展,增强身体素质,提高肢体的灵活性,也能使孩子们在动作和节奏的跟随中提高模仿能力,构筑审美感觉。

为这个想法,他整整准备了两年。

15

车子下了跨江大桥,那个璀璨的世界渐行渐远。

"堵车都能堵出这样的想法,你可真厉害。"阮好斜倚着副驾的车窗,"除了街舞,你是不是没有其他爱好了?"

滕翊认真地思索了片刻,说:"有。"

"什么?"

"你。"

阮好一怔。

"我?在你心里,我就只是个爱好吗?"她不满意。

"嗯。"

还嗯?她更不满意了。阮好紧抿着唇,试图给彼此找台阶:"给你个机会解释,解释得不好我就生气了。"

"心头爱,心头好。这个解释满不满意?"他的声音被风卷过来。

"咦,肉麻。"她嘴上嫌弃,脸上却是乐开了花。

滕翊也觉得自己挺肉麻的,不过,她开心就好。

"你真的是第一次谈恋爱吗?"

"嗯。"

"看来很有天赋啊。"无论是哄女孩子开心,还是说情话。

滕翊笑了,他以前也不知道自己可以这么肉麻,但面对她时,这些话自然而然地冒出来了。如果这算一种天赋的话,那么,爱她就是他的天赋。

车子驶进了高教园区。

这一路过来,滕翊的手机一直在震,短信、微信,白天没赶上祝福的人似乎都想趁着十二点钟声敲响之前刷一波存在感。

他人缘真好。

阮妤正想着,滕翊的手机里进来一个电话。

滕翊靠边停了车。

"我接个电话。"他说。

阮妤点点头,她靠着车窗,视线向外。

天冷之后,学生们都变得不爱出门了,学校附近的小摊也都跟着偃旗息鼓,整条长街冷冷清清的,只有零星几家大排档开着。

忽然,她看到了一个红薯摊。

红薯摊的店主是个三四十岁的女人,正捧着一个小蛋糕给她女儿过生日。不知女孩许了什么愿,她讲给母亲听,母女俩笑得抱成了一团。

橘色的路灯光将这一画面煨得暖意十足。

16

滕翊是看着阮妤下车的,但等他接完电话,再抬眸时她已经不知去向。他往外张望了一眼,正准备下车去找人,却见副驾驶的门忽然被拉开了。

阮妤一手托着个烤地瓜,一手挡着什么,跌跌撞撞地坐进来。

"快快快。"

随着她收手,滕翊看到地瓜上赫然插着一根生日蜡烛。

"快许愿吹蜡烛。"阮妤叫着,一脸真挚。

滕翊被她这出其不意的一招逗得笑出了声。

"状元小姐,佩服佩服!"

"快啊!"阮妤指了指燃了大半的蜡烛,"再不吹来不及了!"

"好好好。"滕翊配合着许愿、吹蜡烛,这早已生疏的仪式感,此时做来,让他觉得有趣极了。

"好了吗？愿望，三个。"她像监督作业的老师。

他点头。

"那行，吃地瓜吧。"她拔下蜡烛，将地瓜掰成两半，一半递给他，一半留给自己。

温热的焦香味弥漫了整个车厢。

滕翊接过她递来的半个地瓜，问："哪来的蜡烛？"

"借的。"

"借的？"他诧异。

清冷秋夜，她能去哪里借来一根生日蜡烛？

"我找到了与你同月同日生的孩子，向她借的。"阮好指了指不远处的地瓜摊，"就是那个小女孩。"

地瓜摊上，那对母女正你一勺我一勺地分享那个小蛋糕。

滕翊吃完半个地瓜后，推门下了车。

"哎，你去哪儿？"阮好问。

"你借了人家东西，当然得还。"

他说着，大步走向了地瓜摊的那对母女。母女刚吃完蛋糕，正收拾垃圾，见一头脏辫的滕翊走来，神色顿生了警觉。

滕翊说清来意，母女顿时笑了。他向小女孩伸出手，为这同月同日生的缘分，也为那一根弥补了几年空缺的生日蜡烛。

阮好坐在车里，静静地望着那个大男生，望着他的高大，也望着他的善良。

过了会儿，滕翊折回来，手里拎了满满一袋的烤地瓜。在他的身后，那对母女已经欢欢喜喜地准备收摊了。

"你都买了吗？"阮好问。

"嗯。"

"这么多吃得完吗？"

"他们吃不完也得吃。"

"他们？"

阮好话音刚落，手机里进来一条略显滞后的群消息。原来，滕翊早在群里打了招呼。

众人一片哀号。他们早就在 KTV 塞了满满一肚子的自助餐，现在竟然还要再吞下一个烤地瓜，这不是要命嘛。

不过，谁也不敢不从，谁让滕翊是寿星呢。

17

滕翊生日的隔天，他就去找了蒋卫国老师，希望蒋卫国老师能再给西游一个机会，看一看他们新排练的作品，可蒋卫国直接拒绝了他。

为此，两人争执了起来。争执过程中，蒋卫国始终揪着街舞文化是外来文化这一点，任滕翊如何说明，都油盐不进。

"蒋老师，我不知道您为什么这么看不上街舞，如果仅仅因为街舞是外来文化的话，那么恕我直言，您的格局未免也太小了，引进优秀的外国文化并不意味着对传统文化的侮辱，难道我们连这点民族自信都没有吗？"滕翊丢下这句话，转身离开了蒋卫国的办公室。

这场争执没有结果，没有胜负，两人都气得不轻。

阮好知道这件事情已经是下午了，她给滕翊发消息问他在哪儿，他回在天台。结束了广播站的播音之后，阮好匆匆赶去天台。

天台空阔，滕翊一个人躺在水泥墩子上，手搭着额头，挡去半脸阳光，看这样子，好像已经躺了很久了。阮好走过去，坐在他身旁。

滕翊听到声音，睁开眼睛，看到是她，他没出声，只是伸手将她往自己身边一拉，然后把后脑勺枕在了她的大腿上。

阮好抬手，轻轻地搓了搓他的脸颊，问道："没事吧？"

他摇头。

"要我陪你聊天吗？"

他又摇头，重新闭上了眼睛。

阮好明白了，便什么都不说了。

那些安慰的话，抱不平的话，想必他听了一早上耳朵早已起茧，现在，他只是需要有人陪着。

两人沉默地依偎。

秋日寂静，耳边只有窸窣的落叶声响，微风放大了她身上的清香，他的烦躁慢慢被压下去。约莫半小时后，他睁开了眼睛。

"让你不说话,你就真不说话?"他朝她浅浅地扬唇说道。

明明心情不好,还在对她笑。阮妤更心疼了。

"蒋老师那边,你打算怎么办?"

他长长地沉了一口气:"还能怎么办,只能继续厚着脸皮和他磨呗。"

"也不能闹得太僵。"阮妤说,"能打动他是最好的,硬碰硬对你们没好处。"

滕翊点头。

"吵得特别厉害吗?"校内八卦已经传得沸沸扬扬了,说是滕翊在蒋卫国办公室和他大打出手。

"没你听到的那么夸张。"他当时虽然很生气,但还算克制,话里话外都留了余地,没有到日后不好相见的地步。

"那就好。"她的手指把玩着他的脏辫,"我现在好像知道你为什么要把街舞社叫'西游'了。"

"为什么?"

"《西游记》里,师徒四人西天取经,经历了九九八十一难,你们几个人把国外的街舞文化带到国内的过程就像是取经,得经历很多很多的困难。"

滕翊扬手,从后按住阮妤的脖颈将她往下一带。阮妤被迫俯身,吻到了他的唇。

"唔!干吗!"她赶紧躲开。

滕翊笑着又去吻她的手背。

"小鱼儿,你可真是我的 soulmate。"

从没有一个人能真正猜到西游这个名字的含义,她是第一个。

18

滕翊虽然受挫,但并没有放弃。

他想,既然无法口头说服蒋卫国,那就采取实际行动。

三日后,他在田成的帮助下,摸准了蒋卫国下班的点,带着萧卿周曦和他们将蒋卫国堵在了宣传办,五人就地在宣传办的大厅表演了新排的街舞《霸王别姬》。

《霸王别姬》是蒋卫国最喜欢的京剧，前奏一响起，他便没有了脾气，甚至还有些感动于滕翊的用心。

滕翊来之前就交代了，要把宣传办的大厅当成近期最重要的舞台，几个男生和方菀都不敢怠慢，一个个跳得都很认真。

蒋卫国才看了个开头就被吸引住了。

滕翊完全刷新了他的认知，原来只要编排得当，京剧、流行乐和街舞，可以有如此巧妙而完美的融合。

表演结束，蒋卫国自然而然地鼓起了掌。他一鼓掌，滕翊他们都松了一口气，可滕翊面对蒋卫国还是有些尴尬，毕竟两人才吵过架。

幸好，田成及时冒了出来。

"蒋老师，我就和你说，滕翊一定会给你惊喜的吧。"田成一手挽住蒋卫国的胳膊，一手揽住滕翊的肩膀，将两人拉近。

"好是挺好，但我真的已经选好了表演节目了。"蒋卫国说。

"什么节目？"周曦和问。

"古筝。"

"得了吧，蒋老师，你每年都是古筝表演或者二胡表演，难道文艺汇演的领导和评委们不配看点新鲜玩意儿吗？"萧卿心直口快。

"萧卿！"滕翊斜了萧卿一眼。

萧卿乖乖闭了嘴。

"蒋老师，我们没恶意，之前顶撞你，我也很抱歉，但我还是希望你在看过我们的表演之后，能给我们和街舞一个机会。"滕翊诚恳至极，"街舞虽然起源于国外，但刚才你也看到了，只要我们融入传统，也可以跳出中国特色。"

蒋卫国似乎还有些犹豫。

田成大掌一挥："走走走，带蒋老师去你们基地看看。"

"基地？什么基地？"蒋卫国不知道滕翊校外的基地。

"去了就知道了。"

一行人浩浩荡荡地从学校向滕翊的街舞培训公司转移，蒋卫国和田成坐滕翊的车。这一路上，田成不断地给蒋卫国灌输街舞知识和街舞未来的发展前景，十足的说客姿态。滕翊在前头开车，越听越觉得耳熟，这些话都是他曾和田成说过的,田成稍加润色,转述得有模有样。

蒋卫国似懂非懂,但很明显,他对街舞的偏见正在慢慢被扭转。

等到了西游街舞培训公司,滕翊带着两位老师里里外外转了一圈,简单地陈述了一下公司现阶段的准备工作和未来的发展计划。

行到二楼,练习室里传来了阵阵音乐声。滕翊将虚掩的门推开,蒋卫国和田成一起往里看。

屋内,一个男生正跟着音乐练习街舞。深秋临冬的季节,街上早已有人穿起了羽绒衣,可眼前的男生只穿着一件T恤,背部还有明显的汗渗出来。

蒋卫国顿时有了肃然起敬的味道。

他没想到,他眼里不入流的街舞和几个叛逆的孩子,都在默默描绘蓝图,并且勤勉刻苦、全力以赴地在追梦。

19

"韩佐?"田成忽然认出了正在跳舞的男生。

男生听到声音,转过脸来。

"田大哥,蒋老师。"韩佐朝他们跑过来。

蒋卫国也认得他,这是蔡智的外甥,以前去蔡智家里烧烤的时候见过,也聊过天,很有想法、很有韧劲的一个小伙子。

"你小子这么快就跟着滕翊混了!"田成拍了拍韩佐的肩膀,"多亏了我是不是?"

"是是是,多谢田大哥。"韩佐笑着。

"你不是宏尚大学的学生吗?"蒋卫国问,"你怎么在这里?"

"蒋老师,跳舞连国界都不分,自然更不分大学了。"

"对对对,说得有道理!有道理!"蒋卫国不住地点头感慨。

"既然说到了宏尚大学,不如我们问问韩佐,你们宏尚元旦文艺汇演打算出什么节目啊?"田成见缝插针地刺探军情。

"不太了解。"韩佐耸耸肩,"听说好像是古筝。"

蒋卫国:"……"

滕翊带着他们继续往里走,隔壁的练习室里,彩虹也正大汗淋漓。他比韩佐更夸张,就穿了个背心,露着左边的大花臂,招招摇摇。

蒋卫国看到彩虹的文身,立马皱起了眉。

滕翊朝彩虹使了个眼色,彩虹赶紧穿上运动衫,拉链刺啦一声拉到顶,把花臂和脖子里的银链子遮得严严实实的。

蒋卫国盯着彩虹,刚想说什么,楼下传来了嘻嘻哈哈的声音。

是萧卿他们来了,他们打车来的,晚了几分钟。

"蒋老师,参观完了吗?"周曦和问。

"差不多了。"

"那和我们一起去撸串吧?"

"不不不,我得走了。"蒋卫国拒绝。

"一起吧,蒋老师。"滕翊指了指街道对面的串吧,"就在对面,不远。"

蒋卫国犹豫,让他和这群孩子坐在一起撸串,像什么样子?

"走吧,蒋老师。"同行的田成撺掇,"来都来了,当然要让滕老板破财请客啦。"

滕翊笑着点头:"蒋老师,别和我客气,你看田老师,他就从来不和我客气。"

"哈哈哈……"

萧卿他们一哄而上,把半推半就的蒋卫国拉到了对面的串吧。

串吧老板给了最大的桌子,蒋卫国和滕翊坐在一起,起初他还有些不自然,渐渐就放开了。

"蒋老师,喝点酒吧。"田成提议。

"不不不,我不喝。"撸串就算了,还喝酒,更不像样子!

"又装,你不是号称仰山的酒仙吗?"田成铁了心要把蒋卫国拉进他们的阵营,"快快快,给蒋老师上酒,蒋老师喜欢二锅头。"

滕翊马上安排。

蒋卫国本来就已经上了"贼船",沾了酒更是没了挣扎的余地。

滕翊给他一杯一杯地满上,他一杯一杯地下肚,脸很快就变红了,话也变得越来越多。

20

"你们这些小子,真是让我没想到。"蒋卫国的目光扫过桌上的男生们,然后问,"你们中间,谁跳舞的时间最长?"

几个男生相互看看,坐在蒋卫国对面的彩虹举起了手。

"我。"

蒋卫国有些意外,这些男生里,彩虹看着最不稳重,没想到他是"舞龄"最长的人。

"几年了?"

"满打满算十年了。"

蒋卫国惊讶:"你才几岁?就已经跳舞十年了?"

"我从小学习成绩差,家里没人管我,所以我几乎没怎么读书,很早就出来混了。"彩虹隔着衣衫摩挲着他左胳膊上的文身,"蒋老师,说句难听点的,如果不是遇到了当时的师父,跟着他学了街舞,我自己都不敢想象我现在会在哪里,会变成什么样的人,没准啊,我就是监狱里的一分子。"

社会这个染缸深不见底,对于一个没有家人管束,没有学识傍身,甚至还不太会明辨是非的少年来说,走上歧途太容易了。

幸而,他爱上了街舞。

"很多人可能觉得跳舞就是跳舞,爱好就是爱好,上升到人生信仰什么的太过矫情,但是对于我来说,街舞就是我的信仰,是我人生的支点,如果没有这个支点一直撑着我,我早就变成了一摊烂泥。"

蒋卫国看着彩虹,默默转动着手里的小酒杯。

"蒋老师可能觉得我有文身,看起来流里流气,不像是个好孩子,但其实我真的不坏。还有,虽然街舞一直被视为地下文化,但地下不一定就是坏。真的,蒋老师,认真跳街舞的人没有一个会变坏,你说大家每天练习提升自己都来不及,谁有时间去变坏是不是?"

蒋卫国点头。这些孩子本质上和他眼中那些弹古筝、拉二胡的孩子一样,只是大家喜欢的东西不一样而已。

"你有自己的师父,怎么还跟着滕翀呢?"蒋卫国好奇。

"我师父三年前车祸去世了。"彩虹的眼眶微微发红,"刚才你看到的那个文身,就是照着他的照片文的。还有我手指上的这串数字,是他的生日和忌日。我这人特别容易忘事,我得找个办法记住他。"

这是最笨的办法了,也是最有效的办法。

至于滕翊，彩虹认识他是在一个街舞友谊赛上。

虽然彩虹的舞龄比滕翊长，但彩虹在街舞圈没有滕翊活跃。那场比赛上，彩虹只是选手，而滕翊已经是特邀裁判了。

彩虹在上场前遇到了师父以前的故人，两人聊过天之后特别伤神，所以他状态不好，那场比赛发挥得不尽如人意。他记得，当时场上三个裁判，加上七个大众评审，一共十个人，十个人中有九个人都把票投给了他的对手，滕翊最后过来把自己手里的票给了他。

这一票并不会影响胜负，给谁都无所谓，但他选择给了彩虹，这让羞愧伤心的彩虹感受到了鼓励和尊重。

后来，他们又在其他比赛上遇到过几次，也以对手的身份同过台，对于街舞，除了当年的师父，彩虹没有真正服过谁，而现在，他最服就是滕翊。

滕翊是个集天赋和刻苦于一身的舞者，这样的天赋与刻苦让他的每一次舞台表演都精彩纷呈，可真正吸引彩虹的是滕翊天生的善良。当别的舞者还只是在嘴上高喊"Love&peace"时，滕翊已经把象征着街舞精神的"love&peace"刻进了骨子里。

彩虹记得滕翊和他说起未来公司发展计划时，总是会重复一句话：把热爱的事情做到极致，也把它产生的价值发挥到极致，让更多的舞者谈起街舞时能底气十足。

如果说当年的师父教会了他跳街舞，那么，滕翊教会了他如何做一个街舞人。

蒋卫国从串吧出来的时候已经醉醺醺的了，但他还是坚持把单买了，可即便这样，还是不能消除他因之前的偏见而产生的愧疚感。

刚才他与西游街舞社的几个孩子都挨个深入聊了一下，结果发现，大家走上这条路都特别不容易。

台上一分钟，台下十年功。

华丽与炫目的背后，全是不为人知的艰辛。

滕翊也喝了酒，他想找代驾把蒋卫国和田成送回去，田成拒绝了。

"不用不用，我打车送蒋老师回去，你们各自回吧。"

田成说着，随手招了一辆出租车，把蒋卫国扶上了车。

上了出租车之后，两人都靠在后座。

"蒋老师,你看,孩子们都挺努力的,我们作为师长,也不能太过抹杀他们的积极性,你说是不是?"

"对对对,不抹杀,绝不能抹杀,还得帮他们一把。"

田成情不自禁地扬唇笑了笑,自黑暗里掏出手机,点开滕翊的微信头像,发送两个字:

"成了。"

第八章 逆水流鱼

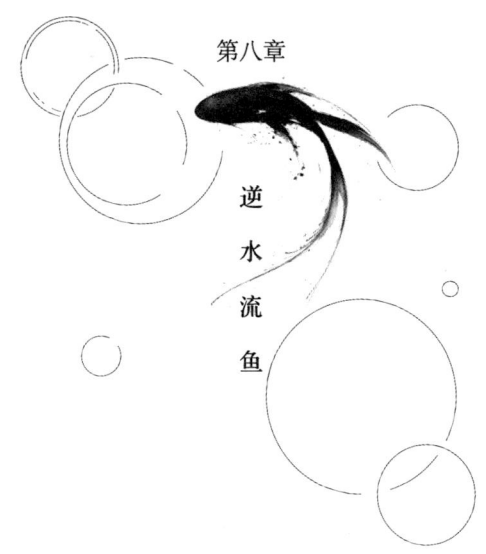

01

元旦文艺汇演的事情就这样定了下来,虽一波三折,但结局还算不错。蒋卫国老师不仅上报了他们街舞版的《霸王别姬》,还总结了观后感。

滕翊觉得蒋卫国老师的意见可取,于是在原来的基础上重新完善了他们的舞蹈。几个人又认认真真地练习了一段时间。

文艺汇演的时间是十二月的最后一天,汇演地点定在辽城文化中心的大礼堂里。那天晚上,阮妤她们全寝室出动,提前来到大礼堂,结果发现现场几乎已经坐满了。

四人找了很久才找到了连在一起的四个空位。坐定后,陈曼白发现了老熟人。

"快看左前方。"

阮妤她们齐刷刷地望过去,左前方是尤乐萱。

自从运动会之后,尤乐萱和阮妤她们寝室的梁子就彻底结下了,原以为几人要"老死不相往来"到毕业,可没想到在滕翊公开和阮妤的恋情后,尤乐萱彻底转变了对阮妤的态度,每回见面必定热情地打招呼,颇有几分溜须拍马之意,搞得阮妤都不知如何应对。

"听说没,尤乐萱最近有情况了。"简湘湘又开启了八卦模式。

"什么情况?交男朋友了?"陈曼白好奇。

简湘湘点头。

"西游的林杉。"

"林杉?"这真是让阮好意外的答案。

林杉是西游几个男生里最内敛话少的,彩虹他们都叫他"街舞机器人",这个绰号一语双关,一方面是肯定他在舞台上过硬的实力,另一方面则是嘲笑他日常生活像个机器人一样不解风情。

"物以类聚,人以群分,能和尤乐萱搞到一起,估计也不是什么好人。"陈曼白轻哼。

"我听说是尤乐萱主动去追人家的,她先通过别人认识了林杉的老乡,然后非缠着那老乡把林杉介绍给她……"

话还没说完,前排的尤乐萱像是感应到了什么,忽然转头,朝她们看了过来。

"哦!阮阮!"尤乐萱看到阮好特别激动,她赶紧拍了拍身边的几个女生,"快看快看,那就是滕翊的女朋友!我的同班同学!"

女生们齐刷刷地转向阮好,热情地朝她挥手,还有人掏出手机对着她拍照。阮好尴尬极了,一时连笑都忘了。

"我去,瞎拍什么啊!"陈曼白摘下了自己头上的鸭舌帽,一下扣到阮好头上,替她挡住脸,"我怎么就这么看不惯她那狗腿样呢。"

"算了,别管她们,看表演吧。"阮好说。

02

元旦文艺汇演在领导发言之后,正式拉开了帷幕。

汇演一共十五个节目,滕翊他们的节目排在第九个。

前八个节目平淡无奇。参赛学校推送节目的老师们显然都如前期的蒋卫国,一心只想完成上头领导要求的任务,本着中规中矩不出错的原则,从未想过在表演内容或者表演模式上有所创新。去年拉二胡的今年弹古筝,去年唱《最初的梦想》的今年唱《梦的怒放》,去年朗诵《海燕》的今年朗诵《黄河》……

观众席掌声阵阵,但这掌声多少有些敷衍,就像细雨飘入池塘,并未激起任何水花。观众观感一般，评委打分也很委婉，都以鼓励为主，八点五分已经算是高分。

第九个节目就是西游的《霸王别姬》，主持人才报了个幕，底下的观众就发出了欢呼。前排的领导们都诧异地回过头来，但又很快被舞台上响起的京剧前奏吸引了注意力。

幕布一拉，灯光一打，西游街舞社赫然亮相。

滕翊和方菀立在中央，身后三个少年一字排开。

五人的服装很是考究，他们都穿着特意订制的改良唐装。唐装做成棒球服式样，但保留了经典的立领和盘扣，中国风中和了嘻哈风，就像是他们的舞蹈一样。

周曦和、林杉、萧卿三人的唐装都是纯黑色的，方菀象征虞姬，她的唐装是亮黄色，衣摆刺着鱼鳞甲，别致耀眼。

滕翊的唐装也是黑色为底，设计时参照了京剧中霸王项羽的戏服，在衣摆处以平金刺绣上腾云飞舞的散龙图案，让他整个造型看起来格外的大气庄重又辉煌。

光一个亮相，台下已经掌声阵阵。

舞台上的男生女生并未在开场的掌声里迷失，他们发挥稳定，并渐入佳境，整个舞蹈在方菀和滕翊两人单独合作的瞬间达到一个小高潮。

男帅女靓，再加上飒爽流畅的舞蹈动作，简直天作之合。

"哇！他们好配啊！"前排有女生感慨。

这声音恰好落入了阮好的耳朵。她垂了下头，想不在意，偏偏又在意得不行，因为连她自己都觉得，台上的滕翊和方菀是那么般配。

京剧与流行歌曲切换流畅，街舞的多面性与包容性在这个表演里体现得淋漓尽致。滕翊最后的风车毫无意外地燃炸了礼堂。

创意在线，表演在线，技术在线，无一可挑。

雷动的掌声足以证明观众有多么认可这个表演。

"太好了，太好了！国粹与街舞的碰撞，让人惊艳万分！这才是真正的少年强啊！"主持人丝毫不掩饰自己的激动与偏爱，"下面请我们的评委老师打分。"

滕翊带着队友们静立在台上，看着台下的评委交头接耳，不知在商量什么。过了会儿,计分屏幕亮起,四位评委打出清一色的九点八分。

掌声再次如雷般响起。

大家都知道,这样的分数,不管剩下的节目怎么演,他们依旧是今天的第一。

台上的男生们相互击掌拥抱,方菀被围在中间开心得直蹦,最后她一把抱住了滕翙,久久不愿放开。

阮妤盯着台上拥抱的男女,不停地在心里默念,这是队友之间的鼓励,这是队友之间的友谊,这是正常的,不要吃醋,不要吃醋。

可醋罐子,还是翻了。

03

阮妤忽然觉得自己这一趟是不是来错了。

"阮阮。"陈曼白轻轻地覆了一下她的手背,"别在意,较真你就输了。"

阮妤点点头。

"我去后台看一下他。"她对陈曼白说。

阮妤起身,穿过通道,快速往后台走去。

主持人在台上继续报幕,下一组要出场的是庆大的民族舞,几个女生穿着水蓝色的长裙,一边瑟瑟发抖地候场,一边又热火朝天地谈论着滕翙。

"妈耶,比传闻还帅,那脏辫配着唐装,太带感了吧!"

"我们结束了去求合影!"

"好好好!"

后台休息室里,一阵一阵的笑闹声传出来,都是陌生的声音。

阮妤推开虚掩的木门。萧卿他们坐在窗口的一排椅子上玩游戏,只有他们三个,方菀和滕翙不在。林杉最先看到她,他抬胳膊肘捅了捅一旁的萧卿,萧卿顺着林杉的视线看过来。

"嘿,阮妤。你怎么来了?不是说不来吗?"

"我找滕翙,他人呢?"

"他……"萧卿正欲回答,又被另一边的周曦和拿胳膊肘捅了。

"他去洗手间了。"周曦和说。

阮妤不作声,看他们捅来捅去的样子,就知道一定有猫腻。

"对对对，他去洗手间了，你先过来坐着等他吧。"萧卿朝阮妤招手。

"不用了，我也没事，就是过来看看。"阮妤朝三人笑了笑，"你们今天跳得真好，我先走了。"

"哎……"萧卿还想留她，又被周曦和捅了一下。

阮妤装没看见，掉头就走。她是真想一走了之的，就这样当作没来过，可出了礼堂的门，偏遇到了那两个人。

是滕翊和方菀。他们并肩坐在门口的台阶上。

"难道想一直在你身边也是我的错吗？"方菀的声音带着细小的哭腔，"翊，我的心意你应该明白。我喜欢你，我真的很喜欢你，如果不是因为喜欢你，我根本不会加入西游街舞社。"

滕翊沉默。

方菀开始低声抽泣："这两年，陪你并肩作战的人一直都是我，无论台上还是台下，我们才是最般配的……"

"我有女朋友。"

一句话，粉碎了所有痴心妄想，也让另一颗焦灼不安的心重归平静。

阮妤掉头就走。滕翊的磊落与坚定让她没有了继续听下去的理由。

04

方菀吸了吸鼻子。

"我知道。"

"你知道就收敛一点。不止刚才那番话，还有方方面面。如果一个女生自爱，就会主动和有女朋友的男生保持距离，这是一种尊重，对别人，更是对你自己。"

滕翊原本并不想这样直白地去点破，对于女生，他有他的风度。可方菀总打着他们很熟的旗号，有意无意地在人前制造与他亲昵的画面。刚才她在台上抱着他，任他如何提醒都不松开的行为，已经触到了他的底线。

所以，才有了现在这番对峙与摊牌。

滕翊在台上没有直接推开她，是因为要在人前给她留面子，但此时，他若再顾及她的面子而不去提醒她的话，那就是害了她。

"你讨厌我吗？"方菀问。

"不。"

"那不就行了?"

在方菀看来,男女之间只要初期没有讨厌,之后一切都有可能。感情都是培养出来的,而论与滕翊的感情基础,她绝对胜于阮妤。毕竟,她和滕翊认识了那么长时间,他们一起排练,一起比赛,一起有过的回忆数不胜数。

她有自信。

"翊,我不相信你对我一点感觉都没有。"方菀挽住了滕翊的胳膊,轻轻地摇晃,"我可以等你。"

滕翊推开方菀:"等我什么?"

"等你分手。"

滕翊猛地站起来,他没想到方菀竟然当着他的面讲出这样的话。

"方菀,从你加入西游的那天开始,对我来说,你就和萧卿他们一样,是我的朋友,也是我的队友。如果你真的喜欢街舞,是为了街舞而留在西游,那欢迎你继续留下来;如果你留下来是为了我,那就别白费功夫,我们不可能。"

方菀昂着头,瞪着滕翊,浑身颤抖:"你想赶我走吗?"

"我不想浪费你的时间,也不想给我女朋友造成困扰。"

"她有什么好?"方菀激动起来,"她家有钱吗?她漂亮吗?她会跳舞吗?她能帮助你实现梦想吗?你现在只不过是被荷尔蒙支配了头脑,从长远来看,她配不上你。"

"方菀!"滕翊的声音彻底冷了下来,"我的女朋友轮不到你来评价。"

"你就是承认了,我所说的那些,她都不如我!"

"就算她不如你,但在我心里,她没有人可比。还有,我了解她,无论多么窘迫的境遇,她都不会像你一样在背后如此恶意地编派别人。这就是她和你最大的差别。"

方菀的眼泪不停地往下掉。滕翊的这些话就像是扇在她脸上的耳光,让她恼,也让她羞。

喜欢一个人,如果让自己的思维和品行都低到了尘埃里,就应该结束。畸形的喜欢就像肿瘤,会一点点恶化,夺走比生命更珍贵的东西。

"我刚才说的话,你再考虑一下。"滕翊克制着自己的怒气,作为阮好的男朋友,他应该马上掉头离开,可作为西游的负责人,他还需给彼此保留最后一丝体面,"如果你想跳舞,就心无旁骛地跳舞。如果你不想再留下,那就好聚好散。"

05

方菀最后还是选择了离开西游。

从滕翊让她考虑的那一秒,她就已经做了决定,她的自尊心让她无法接受滕翊的拒绝,而且她明白,所谓考虑,只是滕翊给她的台阶,他应该更希望她离开。

元旦文艺汇演,街舞《霸王别姬》毫无悬念地得了第一,滕翊把奖金悉数平分给了队友,连带方菀那份。方菀拿了钱之后就再也没有出现过。

西游街舞社的几个男生对方菀的离开除了有些惋惜,并不感到意外。他们太了解她了,作为团里的一点红,她在西游的目的只有两个:一是滕翊,二是享受被全社团的男生簇拥的虚荣感。阮好的出现彻底破坏了她的幻想,她的离开不过是早晚的问题。

对于方菀表白的事,滕翊只字未向阮好提起,好像这根本就是一件不值一提的事情。他不说,阮好自然也不会问,她知道,她是可以信任他的,方方面面,完完全全。

元旦文艺汇演喜获第一,蒋卫国老师特别高兴,趁着假期,他特地赶到西游基地,又请大家撸了一次串儿。

蒋卫国老师说,不仅是他,各大高校的老师还有辽城宣传办的领导们,都因为西游改编的街舞版《霸王别姬》而对街舞有了全新的认识,大家都希望将来能有更多的机会接触街舞,了解街舞。

这番话,让滕翊听得眼睛发酸。

街舞就像世人眼中放浪不羁的坏孩子,终于在他的努力下,这个孩子渐渐被看到了闪光点,渐渐被接受。

滕翊一高兴就喝多了。

蒋卫国老师离开后,大家都散了。阮好打车送滕翊回家,一路上,滕翊昏昏沉沉,搂着她死不撒手。

出租车到了华府小区,阮妤给滕颢打电话,让他下来帮忙搬人。
两人一起把滕翊架上了楼。
滕翊倒下的时候还抓着阮妤的手,嘴里不停地呢喃着"小鱼儿"。
滕颢见状,特别乖巧地说:"大嫂,我先去睡了,麻烦你照顾我哥。"
临走,还笑嘻嘻地带上了门。

06
阮妤趁着滕翊松手,给他盖了被子。
他躺着一动不动的,只有眉毛时而拧时而松。
"很难受吗?"阮妤一手支着床沿,一手去摸他的脸,"要不要喝水?"
滕翊睁开眼,瞳仁在灯光下闪着微光,他盯着她看了会儿,什么都没有说,忽然扬手把她拉进怀里。
中间隔了层被子,他的怀抱显得很柔软。
"别闹。"阮妤越推他,他抱得越紧。
"小鱼儿。"沾了酒精的声音哑得像撕碎了的录音带,有种不完整的美感。阮妤应了声。
"小鱼儿,你……你知道吗……"他的话音断了。
没头没尾的,但是,她知道。
"我知道。"
滕翊扬了下唇,侧过脸去吻她的长发。
"你知道什么?"
她在他怀里昂脸看他:"我知道这次得第一,比你赢任何一场比赛都高兴。"
尽管这只是个学校与学校的友谊赛,并不值得称道,也并不会在他的履历上留下什么有含金量的痕迹。
可是,这是一个转折。
滕翊脸上的笑容更深了,她是真懂他。
对,他磕磕巴巴想表达的就是这个意思。
这些年,他参加过很多的街舞比赛,也获得过很多第一,那些来自街舞圈专业的肯定他在乎,而扭转别人对街舞的偏见则是一种额外的欣喜。

他希望他热爱的东西被别人认可、尊重，甚至同样热爱。

阮好看着他，他闭着眼笑，笑着笑着，呼吸渐渐平顺，人就睡着了。

"滕翊？"阮好轻轻地唤了一声。

他没有回应。

她试图从他怀里挣脱出来，却发现他抱得比之前更紧，像是要赖不让她离开。她怕吵醒他，轻轻挣扎了几次无果之后，便躺在他怀里，静静地不再乱动。

夜很温柔。

房间里只有灯光和呼吸静静地流淌。

滕翊睡得很平和，眉眼间是万事顺意的安然满足。阮好扬手，用食指虚虚地勾勒着他的轮廓……最后她凑过去，悄悄地吻了吻他的唇。

07

第二天一早的早餐是滕颢冒着冷风骑自行车去街上打包的。他真是惨，好不容易等到假期能睡个懒觉，还要被哥哥各种使唤。

滕颢出门时是一个人，回来时自行车后座多了一个任云深。

任云深穿着浅栗色的牛角扣大衣，绑着两条麻花辫，一手抓着滕颢的外套，一手拎着一个大大的早餐袋，手指都被勒红了，却还是喜笑颜开的。

"让你去买个早餐，你倒好，使唤上云深了。"滕翊教训弟弟。

云深闻言，连连摆手。

"我才没有使唤她，是她非要跟着一起去。"滕颢说。

滕颢出门的时候，听到云深家里传出钢琴声，知道她已经起了，于是发短信问她有没有什么想吃的早餐，他给她带。

哪知消息一出去，楼上的琴声戛然而止，过了会儿，任云深就从屋里跑出来，直接坐到了他自行车的后座上。

她什么都没有说，但滕颢知道，她是要跟着一起去。

任云深特别爱跟着滕颢，连任天海都觉得奇怪。在任天海的印象里，任云深以前特别不爱出门，也许是不会说话的缘故，她惧怕上街，排斥人群。可自从认识了滕颢之后，她彻底变了，变得哪儿哪儿都想去，好像只要有滕颢在身边，龙潭虎穴都敢去闯一闯。

滕颢载着任云深出了小区。

这大小姐平时都是吃牛奶吐司，一见着外头热气腾腾、香气扑鼻的早餐，就根本迈不动腿。她贪心得什么都想要，滕颢也依着她什么都买了，所以这袋子才这么大、这么沉。

阮妤想帮云深一起提袋子，滕翌直接伸手接了过去。

滕颢从后头跟上来，经过阮妤身边的时候，意味深长地说了一句："大嫂昨晚辛苦了，等下多吃点。"

阮妤还没反应过来，一个毛栗已经落在了滕颢的后脑勺上。

"小孩子胡说什么！"滕翌瞪着弟弟。

阮妤看了一眼滕翌，与他视线对上，脸上顿时绯红一片。

他们昨晚明明什么都没有做啊，就是搂着睡了一晚而已嘛。

四人一起坐在餐厅吃早餐，阮妤和滕翌一边，云深和滕颢一边。

阮妤想吃粽子，但粽子上的线怎么都扯不开。滕翌见状，把粽子拎到自己面前，耐心地剥好放到阮妤的碗里。

任云深直勾勾地看着他俩，一脸的羡慕。

"你看什么？"滕颢不明所以，"你也想吃粽子吗？"

任云深来不及摇头，滕颢已经抓起了一个粽子，学着他哥的样子，三下五除二将粽叶撕下来，剥好了放到任云深的碗里。

"快吃，豆沙馅的，你不是喜欢甜的嘛。"

任云深低下头甜甜地笑着，完全是陷入爱情的模样。滕翌和阮妤都看着滕颢，滕颢一口一个小笼包，大大咧咧的，完全没有意识到……

08

元旦假期很快过去。

趁着元旦文艺汇演的热度，西游街舞培训公司也正式开业了。为了配合开业宣传，加深大家对街舞的了解，滕翌决定开展"让街舞回归街头"的活动。

活动地点定在辽城秀林广场的喷泉边，除了邀请街舞圈的朋友们一起来跳舞助阵，滕翌还特地邀请了阮妤担任主持人。

这是阮好第一次参与校外活动的主持，她很紧张，不过她并未在滕翊面前表现出来。她知道，新公司开业，滕翊比她更紧张，她不想给他造成额外的压力。

活动当天，陈曼白早早起来给阮好化好了妆，然后她们全寝室出动，一起去现场帮忙。

阮好到了现场才知道，滕翊的师父 Sam 也来了。

Sam 是个黑人，他穿着打扮带着一股浓浓的嘻哈风，脖子上挂着很粗的银链子，人高马大的，形象看着有些吓人，但咧嘴一笑，露出那口大白牙，又莫名有些可爱。

阮好听滕翊向 Sam 介绍自己，说是"girlfriend"，Sam 立即露出惊喜的表情，他热情地拥抱了阮好，并且赞她"pretty"。

Sam 不太会说中文，阮好平日苦练的英文正好派上用场，她和 Sam 和乐融融地聊了一会儿天，还在 Sam 与其他人沟通不畅时充当起了 Sam 的翻译。Sam 对阮好的印象特别好，他时不时朝滕翊竖一下大拇指，好像在问他从哪里找到这么优秀的女朋友。

DJ 到场后，活动正式开始了。

周六的秀林广场，来来往往的行人特别多，情侣、闺蜜、带孩子逛街的家长……各个年龄段应有尽有。

音乐一响，就已经吸引了部分行人驻足。

阮好在台上做了个简要的活动说明之后，滕翊和他的朋友们就开始轮番上阵，表演起各自的拿手绝活。

林杉和韩佐一起合作了机械舞；周曦和展示了 Locking；彩虹和一位街舞圈的朋友另辟蹊径，化起小丑妆，跳起了小丑舞。

小丑舞吸引了很多孩子，有胆子稍大些的男孩甚至直接跑过来拉着彩虹他们一起互动。

现场的音乐声中，渐渐夹杂了小朋友的欢笑声和大人的哄笑声。

阮好按照出场顺序，挨个对不同舞种的动作特点和学习技巧进行了解说。当然，为了不出错不误导，这些关于街舞知识的解说词都是请专业人员撰写审核的。

动感撩人的音乐，华丽炫酷的街舞，男生们自由追梦，青春飞扬。

这一个连一个的表演，平日里花钱都不一定能看到，而此刻全部免费呈现。越来越多的人停下来围观。外围的孩子看不到，干脆骑到了家长的脖子上。

趁着活动最火爆的时刻，简湘湘她们在现场派了一轮传单和印有西游广告的小礼品。遇到正好想学街舞的，直接就在报名处报了名；遇到犹豫不决尚有疑问的，现场也有咨询台可以进行咨询。

即使中午，活动也没有停止。

滕翊订的盒饭到了之后，大家轮流着吃了饭。

Sam连吃饭也不忘搞怪，他端着盒饭上台，跟着音乐一边吃饭一边跳舞，盒饭在他手里像被粘住了似的，稳稳当当，任他怎么动怎么晃，整个过程一滴汤水一粒米饭都没有掉下来，引来众人拍手叫好。

09

阮好吃完饭，和简湘湘一起去了趟洗手间。

从洗手间出来，她看到滕翊和一个女人正站在露天停车场那里说话。女人三十来岁的年纪，穿着长及脚踝的裸色大衣，头发盘成了高高的丸子头，一段白皙的脖子露在空气里，远看像只骄傲的天鹅。

"那谁啊？感觉好有气质。"简湘湘盯着那个女人。

阮好摇摇头，表示她没见过这个人。

女人不知在和滕翊说什么，她一边说，一边划弄着手机屏幕，时不时将屏幕亮给滕翊看，而滕翊全程一副礼貌疏离的表情。

过了会儿，滕翊回来了，看到阮好和简湘湘，他直接朝她们的方向走了过来。

"刚才那个谁啊？"阮好问。

"星探。"

"哇！"简湘湘莫名激动，"是要挖你去他们公司吗？"

滕翊淡淡地点头。从他的反应，就知道他一定没兴趣。

也是，他现在既要上学，又要创业，根本不可能分出多余的精力去做其他事。再加上红鹰街舞大赛之后，他对一些公司造星的手法特别反感，让他去做第二个毕成杰？没戏。

"哪家公司？"

"多果。"

"哇！就是捧红了侯铭的那个多果？"

"你有兴趣？"滕翊转动着手里的名片，递向简湘湘，"送你了。"

"我要来干吗，我又不会唱歌不会跳舞的。"话虽这么说，但简湘湘还是接过名片瞧了瞧。

名片上面写着刚才那个女人的名字，汪雨伶。

"走吧。"滕翊揽住阮妤的肩膀。

三人往回走，谁也没有把这插曲放在心上。

下午活动继续，场面还是很火爆，舞者们纵情肆意，他们根本不记得自己身上的宣传任务，他们更像是在借着音乐切磋，在享受舞蹈，享受欢聚。这种不拘束、轻松的氛围，恰恰更好地向观众传达了街舞的魅力。

活动压轴的是任云深和滕颢。

任云深从知道有这个宣传活动之初，就提出要贡献自己的力量。之后，她便拉上了滕颢，两人抱着手机，神神秘秘地商量了很久，像是在策划什么了不起的惊喜。

今天，这个惊喜终于揭开了面纱。

原来，云深打算现场为滕颢的舞蹈伴奏。

钢琴曲加街舞的大胆混搭，从字面来看已经让人眼前一亮，再加上俊男靓女的组合，养眼程度不言而喻。

为了这个表演，任云深特地命人从附近的琴行运来一架钢琴。

两人一亮相，喧闹的人群像是遇着化学反应，瞬间静了下来。

水声潺潺的喷泉旁，穿着白色毛衣裙的少女往黑色的钢琴前一坐，继而转头看向她身旁的少年，两人相视一笑。

琴音穿透了水声，开始慢慢流淌。

那是理查德·克莱德曼的《秋日私语》。

少女指尖的柔、少年脚下的刚，一点点交织在一起……那画面太美，看一眼都惹人心醉。

"Who is that？"Sam 指着滕颢，一脸惊讶，"Your little brother？"

滕翊微笑点头。

这可不就是他弟弟嘛。

"Amazing！"Sam 感慨。

在 Sam 的印象里，滕颢一直就是跟在滕翊身后的那个小屁孩，哭闹着要和哥哥一起学跳舞，又哭闹着说跳舞太苦。谁能想到，弹指间，小屁孩竟然长这么大了，不仅长大了，舞技还可以独当一面了。

滕翊嘴上不说，心里其实也在暗自感慨，这段时间滕颢的进步的确很大，今日的表演尤为出彩，也不知道是不是因为任云深在身旁的缘故，滕颢整个人的气场特别温柔。但这份温柔并没有削弱他 Breaking 的力量，而是软化了力量的锋芒，让技巧和舞步彻底与钢琴曲融为一体。

街舞圈的其他舞者也纷纷表达了对滕颢的赞扬。

男生们都在品评滕颢的舞技时，女生们的视线都落在任云深的身上。

暖阳下，任云深面庞白皙，双眸璨若明珠，微卷的长发贴着白色的毛衣，随风起落。原本有些害羞的她，一坐到钢琴前就变得从容而自信，像是会发光。

她的视线时而落在黑白琴键上，时而看向滕颢……

"那女孩也太美了吧？"陈曼白看着任云深，"我是个女的都想追她。"

"是啊，我也是我也是，感觉被掰弯了。"夏巧凤连声附和，"不仅美，看起来还一副大家名媛的样子，好有气质。"

"阮阮，她真的不会说话吗？"简湘湘小声地问。

阮好点了点头。

"可惜了，上帝真是爱开玩笑。"

阮好没有吱声。她觉得，云深是会说话的，至少这一刻，她和滕颢的交流毫无隔阂，她要说的话，她要表达的倾慕与爱恋，全在她的琴声里。

真希望滕颢能懂。

10

路人拍下了滕颢和云深合作表演的视频，这个洋溢着美好青春气息的视频在网上小火了一阵。

滕颢一下成了他们学校的名人，每天收女生的情书收到手软。当然，也有不少男生向他打听云深，或者求云深的联系方式，他一概都给挡了回去。

他的意思是，这是保护云深，可这层保护藏了多少私心，也就他自己知道。

"让街舞回归街头"的活动之后，想学街舞的人越来越多，西游基地每天人来人往。

阮好也跟着滕翊学起了街舞。

起初，她只是觉得韩佐班上的女生跳街舞的模样特别帅，于是偷偷问韩佐街舞难不难学，哪知这些话不知怎么就传到了滕翊的耳朵里。于是当天晚上，阮好就被滕翊捉进了练习室里。

"老板娘想学街舞？"

"老板娘"三个字惹得阮好面红耳赤："我就是问问。"

"为什么不问我？"滕翊的表情酸得很。

"你那么忙。"

基地正式开班之后，滕翊能待在基地的时间反而少了，他每天都在外奔波，工商局、税务局、银行、人才招聘市场……忙得脚不着地。毕竟，带领一个公司和带领一个社团是不一样的。

"嫌我忙了？"他搓着阮好的脸颊，"等忙过了这阵子就好了。"

"嗯，我知道。万事开头难，你忙你的，我不打扰你，我可以去韩佐班上蹭课。"

"不行，老板娘只能老板教，我会抽时间。"

滕翊说到做到，从那之后，他每天都会抽时间教阮好跳舞。

阮好一直以为自己头脑发达，四肢简单，没想到她的肢体协调能力挺不错的，跳舞也有天分。只是滕翊这老师不太靠谱，他总是教着教着就开始动手动脚，被抱被亲被扑倒成了课上的必修。

尽管这老师"师德"有问题，但他自有厉害之处，阮好在他的指导下，很快就能跳出一首完整的《你的样子》（*Shape of you*）了。

《你的样子》是滕翊替她编的舞，动作都比较帅气。阮好平日里秀秀美美的一个人，跳起这样风格的舞蹈来，就像一个总是长裙飘飘的淑女忽然穿起了利落的西装，画风突变，却透着一种反差的惊艳。

刚学会那几天，阮好每天要拉着滕翊和她一起跳好几遍。一开始，她的动作没有那么娴熟，滕翊就在后头跟着她的节奏，每每音乐响起，她便一脸严肃地看着镜子里的自己，他则一脸宠溺地看着她……像家长，像骑士,也像王子。

渐渐地,阮好熟悉了音乐和动作,不再需要他的迁就,两人也能像久经沙场的拍档一样,跳出默契,跳出美感。

每次跳完舞,阮好都要对着镜子傻笑很久。

"你傻笑什么?"滕翊问她。

"我感觉自己能去天桥卖艺了。"阮好说。

"不是想做主持人吗?怎么改志向了?"

"我的意思是,万一以后做不成主持人,至少还能去卖艺,就是那种……"她用手指描绘出一个碗的形状,"放个碗收钱,完全不用担心会饿死的那种。"

"你想靠一支舞走遍天下?"

"对啊。毕竟师出高门。"

滕翊笑着将她搂进怀里。

"我怎么舍得让你去卖艺?"他吻着她的发梢,言语温柔,"毕业之后,你只管去做你想做的事情,再不济,就回来做我的老板娘。"

11

辽城的冬天,越来越冷。

临近期末,滕颢要准备考试,暂时停止了练习,他的补习地点又从西游调回了家里。阮好每天下课直接去华府,这样一来,她与滕翊见面的机会就少了。

滕颢察觉到自己成了横在哥哥和嫂子之间的银河,内心挺过意不去的。阮好倒不在意,她现在和滕翊感情稳定,并不需要每天腻腻歪歪,她觉得即使是恋人之间,也该给彼此留点空间,去做自己该做的事情。

滕颢转移阵地之后,云深要见他就方便了很多,她再也不需要每天绕个大弯跑去冬蕴路的琴行弹琴了。可舒服日子没持续几天,一个不速之客忽然登门,彻底打破了云深和滕颢之间的平静。

这个不速之客就是滕颢一直喜欢的女生——王镜瑶。

王镜瑶很美,但是,她的美和云深的美是两种截然不同的风格。云深美得温和优雅,而她则美得攻击力十足。

可怕的是，这份攻击力并不浮于皮囊。

初来乍到的王镜瑶明摆着是冲云深而来，她见缝插针地炫耀滕颢有多喜欢自己，表示他们两个才真正般配，这些话让云深大受打击。

自从遇到王镜瑶之后，任云深再也没有来家里找过滕颢。滕颢给她发消息她也不回复，维系两人之间的那根线像是被扯断了，尽管他们就住隔壁，可若一方有心不见，见面难如登天。

对于任云深突如其来的冷淡，滕颢失落又百思不得其解。

期末考的一周前，任云深终于主动联系了滕颢。

那天晚上，阮好刚到滕家，就见滕颢兴冲冲地从楼上跑下来，他一边跑一边穿外套，看到阮好也没停下来，等跑到门廊处，才就着换鞋的工夫向她交代了句："云深约我出去，我先去见她，你等我一下啊。"

话落，人已经打开门，欢欢喜喜地跑出去了。

阮好原本以为这会是滕颢和云深破冰的一约，可没想到这原来是个离别之约。

大约过了一个小时，滕颢回来了，垂头丧气的样子与出门时判若两人。而最让阮好担心的，是他微微泛红的眼眶。

"怎么了？"阮好问他。

滕颢什么都没有说，直接上楼。阮好连忙跟上去，可滕颢没有给她再开口的机会，他躲进房间，反锁了门。

"滕颢！滕颢？"

无论阮好怎么敲门，里面都没有回应。她正着急，想着要不要联系滕翊，外套兜里的手机忽然震了震。

是云深的消息。

阮好扫了一眼屏幕，大段的文字里头，她最先看到"告别"两个字，她的心一沉，赶紧解锁点进去。

"阮姐姐，很抱歉用这样的方式和你告别。我今晚的飞机去香港，本来想当面和你说一声的，可你也知道我的情况，就算当面见了，最后还是得用手机打字……当然，最重要的，是我怕自己会哭，我哭的样子不好看，不想让你看见第二次，希望在你印象里，我永远都是那副笑逐颜开的样子。真的很高兴能在辽城认识你，你很善良，总是处处为我着想，就像我的亲姐姐一样,我特别喜欢你。我希望你和翊哥哥能有个好结果,他也是个特别好的人,你们一定会幸福的。我们有机会再见。云深。"

后头是一长串挥手和哭泣的小表情。

阮妤怔在那里,久久回不了神。

云深要走了!

难怪滕颢这样伤心!

阮妤的心也一下没有了着落。

这样一走,也不知道再见是什么时候?

12

任云深是在飞机上给阮妤发的短信,发完短信,她直接关机,戴起耳机和眼罩,像一尾鱼躲进深海,彻底沉入自己的世界。

耳机里是张学友的《吻别》,单曲循环,一遍又一遍。

天王深情的演唱,听得她泪水润湿了眼罩。她的脑海里,一遍又一遍地回闪过和滕颢在一起的那些画面。

曾经,他是她的救命恩人,在她心里,他足以媲美紫霞仙子那位驾着七彩祥云而来的盖世英雄。

心动,从她扑进他怀里四目相对的那一刻就已经开始了。

是他带她逃出牢笼,那个牢笼不只是继母反锁的那扇房门,更是她圈地独守的那点自卑和懦弱。

去热闹的KTV唱歌,骑脚踏车穿过喧闹的街头,挑选热气腾腾的早餐……这些对普通人来说触手可及的平凡俗世和人间烟火,对于她来说,却都是第一次。

她喜欢自己在他身边时的样子,有期待有欢笑,鲜活得像是真正拥有了生命。

父亲任天海多次提出希望她去香港,她一拖再拖。她知道,一旦去了香港,自己又要变回水晶座椅上的芭比娃娃,穿什么吃什么做什么都被安排得明明白白,她不想过那样的生活。当然,最关键的是她舍不得他。

尽管她很清楚,自己不可能和滕颢走到最后,可她还是贪心地想留在他的身边,看他抓耳挠腮地写作业,看他酣畅淋漓地跳舞,多一天是一天。

这点卑微的念想，在王镜瑶出现之后，被摧毁得一干二净。

王镜瑶明艳而张扬，她开口就如百灵鸟，声音清脆透亮，言辞间又透着八面玲珑的聪敏。不像她，永远安静而沉默，像这人间的异类，无法表达，无法诉说。

滕颢如此阳光的人，就该和这样的女孩在一起。他们可以谈天说地，也可以畅想未来。

那日见过王镜瑶之后，任云深就陷入了无法摆脱的自我厌弃，她恨自己的残缺，也恨自己发出的任何声音，她觉得与王镜瑶相比，自己就像个小丑。

当自卑变成更深重的自卑，那就是该离开的时候了。

任云深明白，她不能再继续留下来了，她得救救自己。

父亲任天海听说她愿意去香港时非常高兴，很快将一切安排妥当。可临走，任云深又舍不得。虽然这段日子她不回滕颢信息，也不主动联系他，可是她每天早上都会立在窗口，偷偷看着他去上学，晚上又偷偷等他回来。

她不敢想象，以后连这点小心翼翼的希冀都会成为奢侈……

一小时前，滕颢朝她飞奔而来。

他说："云深云深，你总算愿意见我了！我还以为你以后都不会理我了呢！吓死小爷了！"

任云深把手机里早就编辑好的一行字递给他看："陪我走走好吗？"

"好啊，你想去哪里都行！"

她想去的地方其实很多很多，可是来不及了，她要赶飞机。所以，他们两个人只是在小区外的街上走了一圈。

冬夜，寒风，街上连片落叶都没有，整个城市光秃秃的。

少年依然话多聒噪，少女依然安静沉默。

滕颢像是要把这几天发生的事情全都和她说一遍，以弥补他们之间的空白。而云深像是要把余生的耐心都给他，她想把他的话都珍藏，待到日后一个人时慢慢回味，哪怕只是琐事，只要是他说的，她都喜欢。

两人走了大约半小时，又绕回原点。

任云深打字告诉他："我要去香港了，暂时不会回来。"

滕颢盯着她的手机屏幕，蒙了。

任云深趁势踮起脚尖迅速在他唇上落下一个吻。

终于，她和他吻别，在无人的街。

滕颢一下涨红了脸，云深却泪流满面。她钻进车里，任由司机带她离去。

滕颢呆立在原地，她越哭越大声，后视镜里，他转身回眸的那一瞬，使她的心被撕扯到破碎。

一个吻，或许对他没意义，却带走了她整个青春。

"滕颢，我知道自己配不上你，但我还是想让你知道，我喜欢过你。当然，现在还喜欢。或许，以后会一直喜欢。若忘不掉，我会怪你，也怪自己。怪我太年少，怪你太惊艳。我不想和你说再见，如果不能在一起，我希望我们永远不要再相见。云深。"

13

任云深走后，滕颢消沉了很长一段时间，原本开朗爱笑的人忽然就安静寡言起来。每次经过任家时，他都要站上几分钟，盯着那扇紧闭的大门，不知在想什么。

期末考试，他的成绩一塌糊涂，之前允诺进步的那五名彻底没戏不说，就连前二十名的位置都没有守住。

这样的结果虽然不是阮好造成的，但是她也很内疚。

好在期末不是高考，他们还有机会调整状态。

春节临近，沈冰因为太忙不能回国，滕翊、滕颢两兄弟将出国陪她过新年。阮好本打算留在辽城打工赚钱的，毕竟春期间很多岗位都是三倍工资，这样的机会实在难得。滕翊舍不得她过年还要奔波，他说如果她不回家，他也不去国外了，就留在辽城陪她。

阮好正左右为难，身在老家的爷爷一反常态地打电话过来，说希望她今年回去一起过年。爷爷开口，阮好当然同意，她当天就订好了回家的车票。

阮好的老家在三门峡，家里只剩下爷爷阮和平。

阮和平是个裁缝，在镇上开个小店，专门给人缝缝补补，做做衣裳。阮好是爷爷一手拉扯大的，但祖孙俩并没有很亲近，因为爷爷对她特别严厉，尤其是父亲和奶奶相继去世、母亲不告而别之后，爷爷几乎没有再对她笑过。

阮好是有些怕他的。

小时候，她若调皮贪玩、睡懒觉，或者不好好写作业，爷爷就会用木尺抽她的手掌，一下又一下，从不心软。

可以说，她的好习惯、好成绩都是爷爷抽出来的。

回家的那天，滕翊开车送阮好去火车站。临走时，他抱着她反复交代"路上小心""别理陌生人""到了发信息"这几句话，好像是个送孩子远行的家长。

阮好附到他的耳边轻轻说："你知道吗？我爷爷都没有你唠叨。"

然后，她就被强吻了。车站人来人往，他却吻得毫无顾忌。

阮好是红着脸又红着眼上的车。

火车轰隆向北，她一觉睡到了三门峡。出了三门峡车站，阮好又转了两路公交才到她的家。

她没有告诉爷爷她今天回来。

临近春节，小镇上家家户户都挂着红灯笼，贴着红对联，一派祥和喜气。

阮好穿过巷子，走到自己家门口。看到家门口冷冷清清的，除了爷爷那张"修补价格表"外，什么都没有挂，什么都没有贴，她的心里忽然涌起一阵酸涩。

如果她不回来，他就打算这样过春节了吗？

"爷爷。"阮好推门进屋。

屋里，阮和平正坐在缝纫机前，低头补一条裤子。缝纫机是老式的那种，黑色的机身，上头的烫金花纹早就已经糊了，机子发力全靠脚踩。

阮和平听到声音，推了推鼻梁上的老花镜，抬起头来。

"爷爷，我回来了。"阮好走向他。

阮和平看到是阮好回来了，眼底闪过一丝惊喜，但又很快掩住。

"回来也不知道提前交代一声？"他站起来，"上了两年大学了，做事怎么还这么不严谨？"

阮好知道他又要批评说教，闷闷地低着头，一言不发。

阮和平说了她几句，见她不回嘴，语气慢慢变软了："饿不饿？吃饭了没有？"

"不饿。"其实是有些饿的，火车上的五个多小时，除了几块饼干，她几乎没吃过什么东西。可是她怕说出来，又要挨训。

"那我就不管你了,我先出门一趟,你赶紧去把被子枕头拿出来晒一晒。"阮和平顾不得缝纫机上的裤子,从抽屉里抓了零钱包,快步穿过小院走了出去。

阮好放了行李箱,进屋把房间里的被子抱出来,铺开了晾在院里的竹竿上。

阳光特别暖,这样晒两个小时便足够了。

阮好处理好了被子枕头,又擦了擦房间里的灰尘,这样一来二去,身上仅剩的能量也消耗完了,她觉得自己的胃彻底空了。

肚子发出咕噜咕噜的声音,幸亏爷爷出门了,不然就该穿帮了。

阮好决定去厨房找点吃的,可当她走进厨房掀开桌子上的餐罩时,瞬间傻了眼。餐罩下面只有一盆黑乎乎的咸菜,看着已经吃了好多天的样子。

这老头……过的什么日子啊。

阮好按了下发胀的太阳穴,转身去开冰箱门。冰箱里什么都没有,甚至连电都没有通,一股闲置已久的味道扑出来,撞得她眼眶发红。

她知道爷爷省吃俭用,是想把钱都攒下来给她读书,可是她没有想到,他已经省到这个地步。

眼泪猛地掉下来,收也收不住。

14

阮和平一个小时之后才回来,他手里提了好几个袋子,山药和芹菜在袋口冒着头,看来他刚刚匆匆出门是去菜市场买菜了。

"你坐在这里干什么?"

见阮好坐在风口,他没好气地数落了几句,把她赶到屋里,才转身进了厨房。

厨房很快飘来了肉香。

晚餐特别丰盛,有鱼有虾有肉,还有几个阮和平的拿手好菜,像是提前过春节的感觉。那盘咸菜不知被他藏到哪里去了。

餐桌上,祖孙俩谁也没有说话,只顾闷头吃菜。他们一般不聊天,阮和平很少会问她学校里的事情,阮好也不会主动提。

沉默,是他们相处的方式。

吃完饭，阮妤想洗碗，阮和平没让，明着是嫌她碍手碍脚，但阮妤知道，他只是怕她沾到油腻。

老头从不会好好说话，幸而阮妤都懂。

回房之后，阮妤和滕翊聊了一会儿天，就洗澡睡下了。

这一觉睡得特别踏实，是真真切切回家的感觉。

后面几天，阮妤哪儿也没去，每天就待在家里陪着阮和平。裁缝店几乎没什么生意，偶有几个年长的邻居破了裤子或者大衣内衬裂了口子过来补一补。年轻人早已没有什么"缝缝补补又三年"的观念了，就算是新衣服，穿上一年不流行了，也会被丢弃。

民间的裁缝手艺一点点被淘汰在时代的洪流里。

阮和平踩缝纫机时，阮妤就坐在边上看看书背背单词，两人依然很少聊天，不过沉默里透着一丝难得的温馨。

邻居们知道阮妤回来了，都跑来看她，毕竟她是三门峡出去的状元。当年高考结束之后，她在镇上市里都小小地火过一阵。

大家除了关心她的学习，还很关心她在学校有没有找对象。

阮妤不想撒谎，只能点头承认，其实她说完就后悔了，但意外的是，阮和平竟然没有发表什么意见，就连邻居们都走后他也没有说什么。阮妤觉得奇怪，要是换了平时，阮和平一定会教育她要以学习为主，不要分心谈恋爱的。

在家的日子一天天过得飞快，很快就到了除夕。

除夕夜，爷爷阮和平给阮妤一个压岁红包，红包里面是一张五万的存单。这是阮和平所有的积蓄。

"爷爷，你这是干什么？"阮妤不知所措，她总觉得这次回来，爷爷整个人怪怪的，"你不舒服吗？"

"胡说什么？大过年的咒我是不是？"阮和平瞪眼。

阮妤赶紧摇头："当然不是，我只要你健康，其他什么都不要。"

"别说这些有的没的，赶紧把存单收好，密码是你的生日，以后有什么要花钱的地方就去取，这点钱应该够你读完大学了。还有，也别寄钱回来了，哪儿有学生不好好在学校学习，天天跑出去打工，还给家里寄钱的。"

"我没打工，那是我的奖学金。"

"你唬谁?真当我老糊涂了是不是?什么奖学金交了学费还能剩那么多。"阮和平一语戳穿她的谎言。

阮妤不吱声了,手里的纸片仿佛千斤重。

"还有……"阮和平顿了顿,"你那个什么男朋友,找时间让他过来一趟,我得看看,替你把把关。"

"爷爷!不用这样吧?"

"怎么不用?你一个乳臭未干的小丫头,能有什么看人的眼光?"阮和平一脸严肃。

阮妤哭笑不得。

吃完晚饭,阮妤把爷爷阮和平的这些话转述给了滕翊,滕翊那头并没有回复。她想起来,他今晚的飞机飞国外。

随着外头噼里啪啦的鞭炮声响起,手机也疯狂地震动起来。

阮妤瞧了一眼,收到的信息多数都是班上同学转发的新年祝福,她没有挨个回,只是在寝室群里发了句新年快乐,然后就睡觉了。

大年初一,阮妤醒得特别早。

她一起床,就发现家里来了客人。

是滕翊。

15

滕翊穿着黑色的羽绒服,支着行李箱站在院子里,正东张西望,好像并不确定这是他要找的地方。

阮妤定定地看着他,除了惊喜他的突然出现,更让她惊讶的是滕翊的头发。他标志性的脏辫不见了,新理的发型是个板寸,短而阳刚,让他看起来更精神了。

果然,寸头是检验帅哥的第一标准。

阮妤正发愣,滕翊看到了她,冲她扬起嘴角。

阳光下,这个帅气的男生熟悉又陌生。

"你怎么来了?"阮妤跑出屋子。

照理说,他现在应该在国外才对。

"你不是说爷爷想见我?"

滕翊是在机场收到阮妤的信息的，那时他正准备托运行李，看到她的信息后，不知怎的，他忽然生了一股马上出现在她面前的冲动。

他知道，这是个见家长的绝好机会，错过这个村，便没了这个店。

他没多想，立马退了手上的票，又买了最近一班去三门峡的机票，这波操作惹得滕颢直骂他是疯子。

连夜舟车劳顿，终于赶在天亮时站在了她的面前，滕翊尽管快累吐了，但是看到她惊喜的表情，一切都值了。

"那你妈……"

"我和她通过电话了，她知道。"

"她知道？知道我们在一起了？"

滕翊点头。

沈冰其实早就知道了，她是过来人，又是滕翊的母亲，对滕翊了解得很。虽然滕翊为人和善，但也从不会用那样温柔宠溺的眼神看一个不相干的女孩子。她好奇一打听，滕颢那嘴不把门，什么都说了。

"那你妈……"

"她很喜欢你。"

"真的？"

"真的。"

阮妤松了口气。

滕翊朝她张开双臂："现在可以欢迎一下我了？"

阮妤笑着扑进他的怀里，双臂穿过他的羽绒衣，蹭着他里面的毛衣。

他身上好暖。

分开的这段时间并不算长，但她真的很想他，这种想念是聊天和视频无法缓解的，冰冷的屏幕就是冰冷的屏幕，只有温暖的相拥才能让人感受到真实。

"你的头发是怎么回事？为什么剪掉了？"阮妤伸手去摸他的板寸。

板寸有些扎手，酥痒的触感从手心传遍全身。

滕翊笑而不答，只是反问她："顺眼吗？"

"好看。"

"那就好。"

滕翊这头发是在机场外的一个路边摊上剪的,剪的时候没有太多的挣扎不舍,只是单纯觉得顶着脏辫来见家长不太好,毕竟老年人少有能接受那个发型的。他可不想第一次见面就给阮好的爷爷留下"小痞子""小混混"这样不佳的印象。

"你舍得?"

"为了你,没什么舍不得的。"

滕翊当初留脏辫也不过是一时兴起而已,很多人把他的脏辫当成他跳街舞的一个标志,但其实街舞人并不需要什么标志。特大号的衣服裤子、金链子银链子、文身、脏辫……这些都只是装扮,并不是框架,也不代表什么,就像他们穿白衬衫可以跳街舞,穿唐装也可以跳街舞。

街舞的灵魂是自由的、无拘无束的,有局限的一直都是人的目光。

"你怎么知道我家在这里?"

"你说过。"

"就算说过是在三门峡,你又怎么能精确到哪一家呢?"

"三门峡能有几个状元?"滕翊在出租车上随口一问,出租车司机就把他带到了阮好的家门口。

状元小姐,在三门峡的名气可不一般。

阮好恍然大悟。

"惊不惊喜?"滕翊问。

"惊喜。"

"开不开心?"

"开心。"

"真乖。"滕翊低头去亲吻她的脸颊。

他们正抱在一起缠绵难分时,外面传来了脚步声。阮好赶紧推开了滕翊。两人保持着几拳的距离,原地立定,像是幼儿园排队的宝宝。

16

外头进来的人正是爷爷阮和平。

阮和平一见滕翊,下意识地眯了眯眼,继而用审度的目光将滕翊打量了个遍。

小伙子又帅又周正，没毛病。

"爷爷，这是我男朋友，滕翊。"阮好说完，揪了一下滕翊的衣角，"这是我爷爷。"

"爷爷。"滕翊乖巧地出声。

阮和平点点头，问他："刚到？"

"是的。"

"进去坐吧。"阮和平说着，面无表情地进了屋。

阮好怕爷爷的严肃吓到滕翊，连忙凑到他的耳边轻声解释："我爷爷就是这样的性格，不是针对你。"

"我知道。"

"你知道？"

"你像你爷爷。"

"为什么这么说？"

"刚认识你那会儿，你就是这样。"

"怎样？"

滕翊耸了耸肩，没有回答，他径直跟着阮和平进了屋，徒留阮好在原地反思。

她那时到底是什么样？

嗯……应该是冷冰冰的，生人勿近吧。

是的，她一直是那样的人，是滕翊改变了她，让她变得温暖开朗起来。

阮和平对滕翊的到来虽然没有表现出什么热情，但是他很欣慰。昨天随口一提，这孩子就连夜奔波而来，这样足以见他对阮好的真心。

中午，阮和平做了一桌好菜。

餐桌上多了一个滕翊，气氛就完全不一样了。滕翊情商智商双高，他很懂得怎么制造话题，也很懂得怎么哄长辈开心，饶是阮和平这样不苟言笑的人也逃不过滕翊的套路，每隔几分钟就会被逗笑一次。

阮好都傻眼了，她几时见过爷爷这么开心？

饭后，阮好收拾了一个房间给滕翊补觉。滕翊这一路来已经疲乏不堪，几乎沾着枕头就睡着了。她听他起了轻鼾，便退出了房间。

阮和平在外头等着她。

祖孙俩对视了一眼,阮和平就朝院子走去,阮好赶紧跟上。

院子里阳光丰沛,因滕翊的出现而产生的短暂热闹过后,家里又恢复了沉寂。

阮和平给阮好搬了张小凳,示意她坐下。阮好知道,阮和平肯定是要问滕翊的事。果然,他一开口,字字句句都围绕着滕翊展开。

阮好也全都如实以告,包括滕翊的家庭背景和两人的交往过程。

这是印象里她和爷爷最深入的一次交谈了,爷爷难得说那么多话,虽然刚开始阮好有些不习惯甚至害羞,但她很喜欢这种感觉,是关心和被关心的感觉。

末了,爷爷阮和平发表对滕翊的看法,其实他不说阮好也看得出来,爷爷很喜欢滕翊。

"滕翊不错,虽然才见面还不是很了解他的为人,但从你的叙述和他的举手投足间能感觉到他良好的家教和修养,一个懂礼貌的人,再坏也坏不到哪里去,你和他在一起,我放心。"

阮好笑。

"只是你们年纪还小,人生才刚刚开始,以后会发生什么事情谁也说不准。我希望无论将来遇到什么挫折,你们都不要轻易放弃彼此,要记得最初相爱的决心。"

"知道了,爷爷。"

17

滕翊的到来让祖孙俩原本沉闷的新年鲜活了不少。

初二早上,阮好还未睁眼,就先被院子里的音乐声吵醒了。她起床一看,竟然是滕翊在院子里跳舞。

当然,这没什么稀奇的,稀奇的是爷爷阮和平戴着老花镜,正一脸捧场地看着他。

滕翊显然也把阮和平当成了重要的观众,他在自己的舞蹈里融入了很多高技巧的动作,"炫技"与"求表扬"之心昭然若揭。

阮好一边刷牙,一边坐在门槛上,加入了观看的队伍。

歌是英文歌,阮和平明明听不懂,兴致却丝毫没有被影响,他表现得特别专注。阮妤时不时看一眼爷爷，忽然觉得爷爷不严肃的时候还挺可爱的。

最后，滕翊以一个后空翻的动作结尾。

阮和平忍不住用力鼓起掌来："不错不错，我觉得有些招式和中国武术融会贯通啊。"

滕翊愣了一下。

阮和平捕捉到他的神情："怎么？我说得不对吗？"

滕翊连忙摆手："不是的，爷爷。只是听你这么说，我的脑海里忽然闪过了很多灵感，觉得下次编舞时可以用到。"

"是吗，那可真是太好了！"阮和平看完表演，心满意足地进了厨房。

阮妤洗了把脸之后，坐到滕翊的身边。

"怎么突然在这里跳舞？"她问。

"没看出来吗？"

"什么？"

"想让爷爷对未来孙女婿多一点好感啊。"

"喊。"

滕翊笑了起来。

其实是这样的，早上他和阮和平聊天的时候，阮和平问他平日里有没有什么兴趣爱好，滕翊就说自己喜欢街舞。

阮和平不知道什么是街舞，滕翊便自告奋勇，说现在就可以跳一段给他看……于是就有了阮妤看到的那一幕。

"今天带我出去转转？"滕翊说。

"好啊，你想看什么？风俗民情，名胜古迹，还是自然景观？"

"都可以，在这里，听你的。"滕翊是第一次来三门峡，他对这里并不熟悉。

"行，那我想想。"

阮妤花了半小时左右的时间规划路线，然后才出门。她带着滕翊去观赏了皮影戏，尝了灵宝大枣，逛了西坡遗址，还去湿地公园看了天鹅。他们像普通小情侣一样，牵手，拍照，走着走着就开始接吻……这种完全放松的状态让两人都觉得舒适。

一天行程满满，等到结束时，阮妤这个兼职导游已经累得快要趴下了。

公交车上,她一坐下就把头枕到了滕翊的肩膀上。
"累坏了?"
"有点。"
"帮你捏捏腿?"他说着,将手伸过去按住她的大腿,但阮妤怕痒,一下躲了回去,"你躲什么?"
"我怕痒。"
"这就怕了,以后怎么办?"
"什么以后?"
滕翊不出声,只是似笑非笑地看着她。阮妤忽然反应过来。
"喂……"她坐直了瞪他。
"嘘。"滕翊把她的脑袋扳回自己的肩膀上,"你睡会儿吧,到了我叫你。"
阮妤乖顺地不动了,不过她并没有闭眼,只是靠着他,双目放空。
公交车平稳向前,车上没什么人,除了站点播报的声音,一路都很安静。滕翊默默地坐着,感觉也有些困了。忽然,阮妤攥了攥他的衣袖。
"滕翊,快看,那里是黄河。"她的手指摁在车窗上,指着远方一个点,"三门峡大坝就在那儿。我明天带你来逛。"
"明天的行程都安排好了?"
"嗯。来了三门峡,总得带你看看三门峡大坝。"
他在她额角落下一个吻:"导游小姐真称职。"
隔天,两人再次早起出发,从镇上坐旅游专线到达三门峡大坝景区。
三门峡大坝被称为黄河第一坝,是国家水利风景区,比起天鹅湖湿地公园,这里相对冷门,所以游客较少。阮妤带着滕翊从上游逛到下游,不同的角度,不同的风景。上游看远山,下游看近水;上游看秀美风景,下游看雄伟大坝。
两人行到"一步跨两省"的界石前时,滕翊站定了。
"导游小姐,介绍一下呗。"他指着那块界石。
"三门峡大坝连接了河南和山西两省,两省以黄河主河道的中轴线为界划分。"阮妤踩在截流石前的水泥脚印上,"从这里跨到这里,就意味着从河南跨到了山西。"
滕翊点点头。正巧有游客过来拍照,于是阮妤便问他:"你要不要也拍个照？"

"好。"滕翊走到中轴线前，想了想，忽然摆出了迈克尔·杰克逊经典的太空步动作。

这人，真是走到哪儿都丢不开街舞。

"你这是什么意思？"

"把街舞从一个省跳到另一个省的意思。"他高声答着，洪亮的声音回荡在峡谷之间。

阮妤笑起来，冲他竖了竖大拇指。

两人走累了，就原地停下来休息。滕翊举着相机，趁阮妤不注意，悄悄偷拍她。

"干吗？"她突然发现，急忙掩住脸，"别拍。"

女生都不喜欢被偷拍，阮妤也一样，她可没有三百六十度无死角的自信。可事实上，滕翊镜头里的阮妤清丽而美好，特别上照。

"不错，自己看。"滕翊把相机递过去，翻出他拍的照片。

阮妤看了一眼，果然还行，至少不像她想象得那么丑。

滕翊拍完人，又去拍景。他一边取景，一边问："我听说，七月大坝放水时，场面特别壮观？"

"嗯。不过比起大坝放水，我看到过更壮观的景象。不，也不能说是壮观，应该说是……"她停顿了一下，斟酌着用词，"是震撼。"

"什么景象？"

"流鱼。"

滕翊摇头，他没有听过"流鱼"这个词。

"每年六七月，黄河流域进入主汛期，三门峡水库开闸放水，水速加快后泛起大量泥沙，水中鱼儿因为缺氧而浮出水面，就会形成流鱼奇观。"

阮妤第一次看到"流鱼"现象是高三那年，当时临近高考，她成绩反反复复，压力很大，几近崩溃。毕竟，对于她这样的寒门学子来说，高考几乎是眼前唯一触手可及的改变命运的机会，她害怕错过，所以战战兢兢，如履薄冰，感觉每一天都是世界末日。

有天放学回家的时候，她看到黄河沿岸站满了捕鱼人，她被好奇心驱使，停下来多看了一眼，然后，她就看到了一幅巨大的"流鱼图"。

她至今无法忘记当时的画面，黄河内鱼跃波闪，大大小小的鱼儿都在形如泥浆的浊水里扑腾，它们努力挣扎着求生，寻找微乎其微的生机。

　　阮好看着看着，突然特别感动，她觉得这些鱼儿就像坠入深渊看不到希望的自己，它们还在拼死向上，她也应该如此。

　　连日笼罩在她头上的阴云就这样散了，她豁然开朗，心底又充满了阳光。

　　"那时候，我懂了一个道理，无论是谁，就算被命运逼到了死角，就算被生活扼住了咽喉，只要还剩一丝挣扎的力气，就不要放弃。"

　　不要随波逐流。

　　要做逆水的流鱼，不死不休。

第九章 光外有光

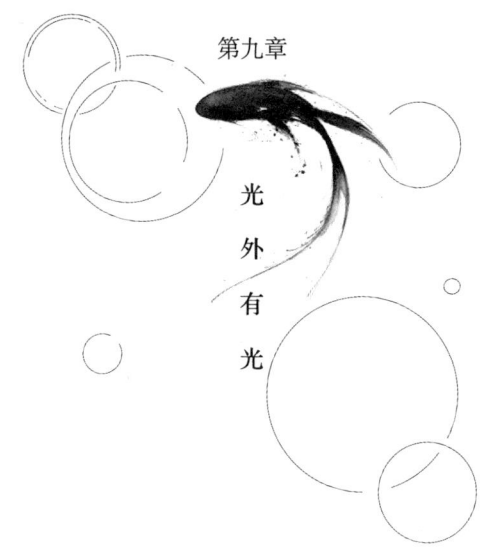

01

初八,阮好和滕翊离开三门峡。

阮和平送他们出门的时候一言不发,阮好感觉到了爷爷的不舍,却不知道该怎么安慰。最后,还是滕翊承诺放假就回来看他,爷爷才算松开了眉角。

他们回到辽城没多久,滕颢也回来了。

在国外放松了一段时间,少年终于又变回了活泼开朗的模样。青春就是这点好,无论多大的伤,都能不药而愈。

假期结束后,大家陆陆续续回归,除了韩佐。听说韩佐的母亲病了,而且病得挺严重,他为了陪伴母亲,请了很长时间的假。

西游继续开班,报名的人越来越多,还迎来了一个七岁的小成员——闫旭阳。

闫旭阳就是滕翊当年在高速路上遇到的那个小男孩。当年一别,他一直惦记着滕翊、惦记着学街舞,闫旭阳的父母为了满足儿子的愿望,特地将他送来西游。

这份情谊让滕翊感动,也让滕翊看到了更多的希望,他决定亲自带闫旭阳。

西游的一切慢慢上了正轨,滕翊累并快乐着。

阮好也一样。她顺利通过了全国普通话一级甲等的考试,还拿到了上一学年的国家奖学金和国家统一颁发的奖励证书,这些荣誉都将记录在她的学籍档案里。

拿到奖学金的那天,阮好请室友们一起去吃了火锅。

那是学校西门新开的火锅店,简湘湘去过一次,说是酱料味道特别好,性价比还高。在她的强烈安利下,大家达成了统一意见。

火锅店的人比想象得多,大厅没有余位,阮好便要了一个小包厢。

四人年后的第一次聚餐,气氛特别好,陈曼白提议喝点酒,也迅速全票通过。

服务员上了啤酒之后,大家边吃边聊,不知怎么的,就说起了滕翊去阮好家里过年的事情。

"睡了吗睡了吗?"简湘湘永远跑在八卦第一线。

"当然没有。"

"哎,这么好的机会你都不把握,真是太傻了!如果是我的话,滕翊送上门来,我一定当天晚上就把他吃干抹净。"

鸳鸯锅冒着热气,熏得阮好的脸特别红。她低着头,手里的筷子一下一下地戳着碗里的牛丸,有点不好意思。在家那几天,爷爷阮和平几乎时时都和他们在一起,别说睡一个屋了,他们连抱一抱亲一亲的机会都不常有。

"湘湘你够了!你以为阮阮是你啊!"夏巧凤替阮好解围。

"我怎么了?我哪里说错了吗?喜欢一个人当然是希望霸占他的全部啊。不然你们以为学校附近的那些便捷酒店生意为什么那么好?难不成那些小情侣真是开个房在里面盖棉被纯聊天啊!"

夏巧凤和阮好互看了一眼,讪讪不出声了。

陈曼白见状,笑得肚子疼:"哎哟我不行了!湘湘你继续啊,我先去上个洗手间!"她说着,站起来走出了包厢。

02

陈曼白出去没多久,外头的走廊里忽然传来了吵闹的声音。阮好她们正奇怪，就见服务员急急忙忙地跑了进来。

"不好了，你们朋友在外面和另一位顾客打起来了！"

屋里的三人闻言，立马站起来往外跑。

和陈曼白打起来的人是尤乐萱，两人此时都被火锅店的工作人员拉着。

"曼曼，怎么了？"阮好问。

"她偷听我打电话！"陈曼白还没回答，尤乐萱先喊了过来。

"谁偷听？你在公共场合打电话，我只是刚好路过听到而已。"

"你狡辩！"

"呸，明明是你自己心虚了，还反咬我一口。"

陈曼白真的只是刚好路过，她原本想去洗手间，哪知道刚拐进走廊，就听到了尤乐萱在打电话。

电话那头的人应该是个女生，尤乐萱正和她说起男友林杉。

"我和林杉在外面吃火锅呢。呵，我当然不是真的喜欢林杉了，这人木头一样，和他聊天你说十句他也不一定会回一句，要不是看中他混西游，我才懒得搭理他呢……对啊，我就是觉得有个会跳街舞的男朋友很拉风啊。你上次不是见过吗，我们班上那个滕翔的女朋友，她不就是仗着自己男朋友跳舞好，拽得二五八万一样，喊……"

陈曼白听尤乐萱说阮好，自然不肯。她没好气地"喂"了一声，吓得尤乐萱手机差点摔地上。尤乐萱挂了电话回头看到是陈曼白，顿时就火了。尤乐萱指责陈曼白偷听，陈曼白怒斥尤乐萱背后说人，两人谁也不让谁，这就打了起来。

这边正吵吵，大厅里和尤乐萱一起来的林杉也闻讯赶了过来。尤乐萱看到林杉，顿时心虚，她怕陈曼白把刚才听到的话都复述出来，于是她连忙拉住了林杉，想一走了之。

"喂！"陈曼白追上去，拉住了林杉的胳膊。

林杉愣在那里，他扫了一眼陈曼白的手，又扫了一眼陈曼白的脸。

"陈曼白你想干什么？"尤乐萱瞪眼。

陈曼白不理尤乐萱，她看着林杉，放缓了语调："喂，给我两分钟，我有话和你说。"

"说什么！我不许！"尤乐萱大叫。

"你有什么话就在这里说吧。"林杉淡淡地说。

陈曼白看了看在场那么多人，笑起来："你确定？"

"确定。"

"那我真说啦。"陈曼白指着尤乐萱，话都到了嘴边，还是决定给林杉留几分面子，她转而踮起了脚尖，凑到林杉耳边，用只有他们两个人听得到的声音说，"尤乐萱耍你呢，她说她根本不喜欢你，你趁早和她分手吧，要是继续和她在一起，你就成蠢猪了。"

话落，陈曼白急忙捂住肚子冲向洗手间，还一边跑一边喊："老娘都要急死了！还得管你们这些破事儿！"

林杉看着陈曼白的背影，沉默了一会儿。

尤乐萱急得眼都红了："她和你说了什么？"

林杉没有正面回答，只是说："走吧。"

03

一场莫名其妙的闹剧，又这样莫名其妙地散了。

几日后，听说林杉和尤乐萱分手了，尤乐萱主动对林杉承认，说自己从没有喜欢过他。陈曼白忽然有点过意不去，她觉得自己对林杉说的那番话太过残忍了。室友们都安慰陈曼白，她一点都不残忍，她是做了一件好事。

陈曼白做了一件好事，但并没有得到好结果。两天后，恶意抹黑她的帖子在学校论坛上漫天飞舞。

发帖人声情并茂地描述了陈曼白在网上做出卖色相的直播，获得高额打赏后用名牌包名牌化妆品炫富，还被土豪包养，夜不归宿。

帖子一出，立即引发了吃瓜学生们的热烈讨论。

墙倒众人推，破鼓万人捶。

坚强如陈曼白也绷不住了，她好几次在寝室崩溃大哭。

好在事情在发酵了一周之后有了转机。

造谣 ID 忽然在论坛上发布了道歉声明，说自己因为嫉妒恶意抹黑了陈曼白，说自己已知悔改，现在郑重道歉并删帖。

打脸来得太快，这样过山车一样的剧情让所有人始料未及。

陈曼白也蒙了。为什么会这样？谁在背后帮了她？

答案很快浮出了水面。

是林杉。

原来，这一切都是尤乐萱搞的鬼，她为了报复陈曼白，背地里悄悄发了帖，煽动舆论。林杉一猜就猜到了尤乐萱的心思，他用计让尤乐萱承认并录了音，才平息了风波。

尤乐萱事件之后，林杉和陈曼白渐渐相熟，两人成了很好的朋友。

林杉欣赏陈曼白活泼开朗、善良真诚，还很懂为他人着想，而陈曼白也懂林杉，她知道林杉看似木讷沉闷，实则大智若愚，当然，她最崇拜的还是在舞台上耀眼发光的林杉，"街舞机器人"并非浪得虚名。林杉跳起街舞时，那种强大的气场并不输滕翊。

男生的欣赏，四舍五入约等于喜欢。

女生的崇拜，四舍五入也约等于喜欢。

明眼人都能看得出来，林杉和陈曼白的关系已经到了"朋友以上，恋人未满"的程度，他们之间就差捅破一层窗户纸了。

情人节临近，简湘湘不止一次地在寝室里暗示陈曼白，想促成这对鸳鸯："曼曼，情人节和林杉哥约个会呗。"

陈曼白翻个大白眼："你是林杉吗？用你替他操心？"

"那我不是怕林杉哥哥害羞不好意思吗！"

"别管我，情人节你好好和你家周曦和去恩爱吧。"

简湘湘叹气："哎，别提那个人了。最近他回我信息不积极，我决定和他冷战一场，什么情人节，见鬼去吧！"

夏巧凤也叹气："单身狗更不用期待什么情人节了。"

话落，三人一齐看向阮妤。

"阮阮，我们寝室就剩你一根独苗苗了，你和滕翊情人节打算怎么过啊？"

阮妤小脸一红："我们还没商量过呢。"

"哎，最羡慕阮阮了，有滕翊这样体贴温柔情商高的男朋友。我猜，滕翊一定又会给阮阮准备惊喜。"

04

阮妤不知道滕翊有没有给她准备惊喜，不过她倒是给滕翊准备了情人节礼物。她拿到奖学金之后就给滕翊定制了一双专属于他的街舞鞋。

鞋子是板鞋式样，圆头高帮，黑色的鞋身白色的底，高帮上配有字母搭扣，上刻 TY 字样，是滕翊姓名拼音的缩写。

这是阮妤第一次给滕翊准备礼物，一切顺顺利利的。她原本以为这样就能在情人节那天给滕翊惊喜了，哪知道在情人节前一天，鞋子就被滕翊发现了。

二月十三日那天，阮妤收到快递，她一个人悄悄上楼躲进办公室拆盒，刚把鞋子拿出来，自己还没看仔细呢，滕翊就推门进来了。

阮妤扑身去挡，可这个动作简直欲盖弥彰。

"那是什么？"滕翊指着鞋盒，"男鞋？"

"啊，这不是给你的。"她此地无银三百两。

"不是给我的？"滕翊蹲下来，似笑非笑地捏住阮妤的下巴，"小鱼儿，这么说来，你是外面有'鱼'了吗？"

阮妤哑口无言，只能乖乖把定制的鞋子拿出来，递到滕翊面前："送你的。"

"送我的为什么要藏？"他明知故问。

"因为想给你情人节的惊喜。"她答得沮丧。

滕翊心里既觉得暖又觉得好笑："我很惊喜。"

阮妤看了他一眼："不信，你明明很平静。"

"小鱼儿，你太不懂男生了。"滕翊伸手抚着她的鬓发，"男生越是内心激动，往往表现得越平静。"

"为什么？"

"因为喜怒形于色太幼稚了，稳重才更吸引人。"他吻了吻她的额角，"你难道不是喜欢我的稳重？"

阮妤笑起来，没有承认也没有否认。

"你赶紧试试吧，看看合不合适，喜不喜欢。"

"喜欢。"

"你还没试呢。"

"你送的我都喜欢。"

"喊。"

滕翊试穿了一下，鞋子很舒服，完全没有新鞋磨脚的感觉。

他走了两步，转头问阮好："你觉得怎么样？"

"好看。"

这鞋休闲中带着嘻哈风，与滕翊的气场完全相合。

"我很喜欢，谢谢你，小鱼儿。"

05

当晚，滕翊就穿着阮好送的鞋在各个练习室里四处溜达，逢人就提醒他们看自己的新鞋，然后洋洋得意地说："这是我女朋友送的情人节礼物。"

惹得练习室里一众男生羡慕不已。

这还不算，他连西游的学员们也一个都不放过地炫耀了一番。直到有女学员提醒他，情侣间不能送鞋。

"为什么不能送鞋？"

"恋人间互相送鞋就表示越走越远，最后都会分手。"

呸。这是什么迷信说法，滕翊才不信这个邪。他笃定自己一辈子不会离开阮好，也一辈子不会让她离开。

他示意女学员别在基地提起这个话题，因为他知道女生容易相信这些神神鬼鬼的事情，如果让阮好听说，不免心里膈应。

女学员立马点头应允，表示自己不会再宣扬迷信。

隔日就是情人节。

阮好一起床就被宿管阿姨叫下去拿花。滕翊给她订了九十九朵玫瑰，玫瑰花里还夹着两张侯铭的演唱会门票。

侯铭是最近势头正劲的当红歌手，他不仅有偶像派的相貌，还有实力派的唱功和创作才华。他的歌曲，一经推出，顿时火遍大街小巷。

寝室另外三位姐妹知道滕翊要带阮好去看侯铭的演唱会，一个个都羡慕不已。

"侯铭哎侯铭哎,《少年去远方》的侯铭哎!天哪,听他的演唱会对我来说就是有生之年系列之一!阮阮,你也太幸福了!"夏巧凤捧着演唱会的门票,两眼放光。

侯铭的演唱会在隔壁J市的蓝天体育馆举行。

下午,滕翊开车带阮好前往J市。

蓝天体育馆的门口,侯铭的粉丝们早早便在等候。他们之中很多人都是组团来的,这些人统一穿着印有卡通小猴子图案的卫衣,手里拿着应援牌,一个个激动地与门口侯铭的人像立牌合影,仿佛那就是侯铭本人。

滕翊的出现让部分散粉心猿意马,差点就忘了此行的目的。

"好帅啊。"

"就是就是,没想到侯铭还有这么帅的粉丝,果然帅哥和帅哥是相互吸引的。"

"可惜呀,人家是和女朋友一起来的。"

"哎,帅哥都是名草有主的,漂亮女朋友是标配,简直不给我们凡人活路。"

阮好听着这些小声的私语,转头看向滕翊,他好像没有听到,一本正经地观察着体育场外围的构造。

注意到阮好的目光,他低下头来看她:"怎么了?"完全在状况之外的语气。

"没事。"

"要不要喝水?"他指了指身上的双肩包,"包里有水和零食,要什么和我说。"

阮好点点头。

到点进场。

滕翊买的票是VIP席,位置特别靠前。

周围的几对小情侣都在自拍,阮好也拿出手机,靠到了滕翊的身上。他原本正低头看手机,感觉到阮好的意图,他抬起头来,冲镜头温柔微笑。

"你最喜欢侯铭哪首歌啊?"阮好问。

"你喜欢哪首?"

"一起答啊,看看我们有没有默契。"

"好。"

"一二三,开始,《光外有光》。"

"……《光外有光》。"

两人异口同声地答,继而又一起笑了出来。

演唱会主持人很快出场,阮妤在看到主持人的那一秒彻底惊呆了,她没想到今天演唱会的主持人竟然是她的偶像林虹。

"是林虹……"阮妤捂住了嘴,她做梦都没有想过,自己能这么近距离地看到林虹。

她不再是夹在书里的那张照片,她是真真正正在呼吸、在和大家打招呼的林虹。

"奖励。"滕翊抬手揉了一下阮妤的头发,"演唱会是情人节礼物,见林虹是额外的奖励。"

他一直记得,元旦文艺汇演时她给他出谋划策,他说过要给她奖励的事。原本早应该付诸行动了,但他总是找不到合适的契机。

滕翊知道阮妤喜欢林虹,他想帮助她实现见偶像的愿望,但林虹长期在电视台工作,很少外出商演,这一次也是因为侯铭演唱会原本的主持人因故不能前来,林虹作为侯铭同公司的前辈来友情救场。

"你早就知道今天的主持人是林虹?"阮妤问。

滕翊点头。当然,否则他才不会带她来看侯铭的演唱会,毕竟阮妤多看别的异性一眼他都是要吃醋的,更何况是让她盯着一个那么帅的异性看整整两个小时的时间。

"你真好!"阮妤凑过去吻了一下滕翊的脸颊。

"先听演唱会,等结束了,我带你去要签名。"

"嗯。"阮妤看向台上的林虹。

林虹今天穿着一身黑色的西装,看起来是一贯的优雅知性。虽然这份优雅知性显得与这个热火朝天的演唱会没那么搭调,但是她开口便镇住了场子。与平日稳重的主持风格不同,今天的她在台上显得幽默又风趣,网络上流行的段子随手拈来,惹起体育场内一阵又一阵的笑声。

厉害的主持人应该就是这样吧,无论什么场合,无论观众是什么年龄段的人,都能轻松应对,毫不露怯。

林虹做完开场介绍之后,演唱会正式开始了。

《少年去远方》《阴晴有时》《尿》……一首首熟悉的歌在耳边回荡。侯铭安静地唱着,很少与粉丝互动,尽管如此,每每唱到高潮,还是会出现万人大合唱的盛景。

阮妤被气氛感染,也一首一首地跟着唱。

《光外有光》是压轴的曲目。

侯铭开唱前说这是他最喜欢的一首歌,他要把这首歌送给现场一位他最重要的人。

此言一出,粉丝哗然。

大家纷纷猜测着侯铭最重要的人是谁,这是要在情人节公布恋情的节奏吗?可侯铭并没有做详细的解释。

"我在人海跌撞,伤又添伤,路途迷茫,不及你对我说的那句光外有光……"侯铭抱着吉他坐在高脚凳上,一字一句地唱着,深情中隐约透着一丝悲情。

阮妤想,如果这是一场告白的话,那么,结果一定很伤。

演唱会结束,侯铭在台上鞠躬致意,粉丝们高喊着他的名字,久久不愿离去,场面一度很感人。

滕翊牵着阮妤最先离开,与他们同时起立的还有坐在最前排的一个女人。女人穿着白色的羽绒大衣,长发高高地盘在脑后,像优雅的白天鹅。

三人一起走到门口。

那女人认出了滕翊,主动过来与他们打招呼:"Hi!滕翊!"

阮妤看着她的笑脸,也认出她来。

是汪雨伶。

06

汪雨伶是侯铭的经纪人,她会在这里一点都不奇怪。

"你好。"滕翊礼貌地回应她的招呼。

"滕翊，我一直在等你的电话呢。"汪雨伶笑着，"没想到你真的不联系我，怪伤心的。"

"我说过我没有兴趣。"

"真的没有兴趣吗？"汪雨伶指了指舞台上被掌声和鲜花包围的侯铭，"你看看他，被万人崇拜，被万人景仰，年纪轻轻就拥有名利、金钱和地位，你难道一点都不羡慕吗？"

"我只想做自己喜欢的事情。"滕翊依然表现得十分坚定。

"我能让你做你喜欢的事情。你再看看侯铭，他刚才在台上唱的歌想必你也听到了，这些都是他自己创作、自己喜欢的风格，我有逼他唱什么他不喜欢的歌吗？没有！只要你愿意来多果，我保证绝对给你自由的空间，绝对不扼杀你的梦想，而且我能让你比侯铭更火。"

"我唱歌可没有侯铭好听。"

阮好听过滕翊唱歌，事实上，他唱歌未必比侯铭差。她知道这是滕翊的谦辞，也是他的推托方式。

"你唱歌不用多好听。"汪雨伶见招拆招，"现在圈里的唱跳歌手有哪个是真正唱功了得的？你只要跳舞帅就可以了，粉丝都携带'粉丝滤镜'，他们能把你的优点无限放大，也能对你的缺点视而不见。"

滕翊摇摇头："实在抱歉，我现在真的没有这个想法。"

"没关系，我可以等。你现在还是学生，学业为主我理解。"汪雨伶说着，饶有深意地看了阮好一眼，"还有，小年轻谈个恋爱玩一玩什么的，我也理解。"

"我不是玩，我认真的。"滕翊握紧了阮好的手，因为汪雨伶漫不经心的一句话而彻底失去了和她周旋的耐心，"抱歉，我们得走了。"

话落，滕翊就牵着阮好离开。

"滕翊！"汪雨伶在背后喊他，"这个机会多少人撞破头都抢不到，你不要后悔！"

滕翊头也没回。

阮好跟在滕翊身边，余光扫到汪雨伶不敢置信的神情。

是啊，这是多么令人不敢置信的事情。

汪雨伶在娱乐圈摸爬滚打的这些年从没有遇到过滕翊这样的人。一般像他这样年纪的男生，如果路上碰到星探挖掘，不管对方是不是骗子，也不管他们之前有没有逐梦娱乐圈的愿望，内心肯定有一部分欲望会被激发。这些男生拿到名片之后，多数会先犹豫，一旦了解了多果的造星实力之后，肯定会马上主动联系。到了公司，拿到合同也不会细看，直接大笔一挥就签下"卖身契"。真是鲜少有像滕翊这样既有实力，又能保持清醒头脑的人了。

滕翊是块璞玉。

只可惜，璞玉难搞得很。

07

阮妤跟着滕翊走出了体育馆，喧嚣一点点被抛诸脑后。

"你真的不后悔吗？"阮妤昂头看向滕翊，"我听说多果很厉害，汪雨伶也是行业里数一数二的经纪人。"

"不后悔。"

"为什么啊？"

"天上没有掉馅饼的事情，得到和付出，一定是成正比的。"

滕翊知道，画饼是经纪人的惯用手法，汪雨伶只是说得好听，一旦签了经纪公司，哪里还有什么绝对的自由，经纪公司签艺人是为了赚钱，又不是为了做慈善。再加上他对娱乐圈没有太大的兴趣，比起做明星，他更喜欢做舞者。至少，舞者的身体和灵魂都是自由的，而很多明星只是表面风光，实则早已失去了自我。

"你可真是清新脱俗。"

阮妤话音刚落，就见体育馆里有一群人走了出来，走在最中间的正是演唱会的主持人林虹。

"你看，林虹！"滕翊飞快地握住阮妤的手腕，"走，带你去要签名！"

说话间，他已经拉着阮妤跑了起来。

"能要到吗？"阮妤兴奋中带着一丝疑虑。

"试试！"

林虹他们正往停车场的方向走去，一行人个个健步如飞，转眼间就不见了踪影。

滕翊跑得很快,阮妤也不差,两人几乎是以百米冲刺的速度跑进了停车场,可即便如此,还是错过了最佳时机。

林虹已经上了保姆车。黑色的大众商务,正缓缓驶向停车场的出口。

"来不及了。"阮妤失望。

"不一定。"

滕翊之前来过这里,他知道停车场的出口还有个收费岗亭,在岗亭处,司机缴费至少要停下三十秒左右的时间。

"再试试!"

阮妤也想,可是她的鞋带不争气地散了。

滕翊见状,松开了阮妤的手。

"你在这里等我,我去追!"他说着,飞跑出去。

黑色大众商务已经过了拐角,滕翊必须比刚才的速度更快才有可能追到林虹的车。

阮妤气喘吁吁地望着滕翊的背影,他腿长,跑起来完全不输于运动会上的短跑冠军。黑色的背包在他后背来回晃动着,他边跑边从包里掏着什么,好像是有备而来。

很快,滕翊也过了拐角。

阮妤蹲下去系好了鞋带,然后继续往前跑。她刚过拐角,就见滕翊双手空空地回来了。

"没追到吗?"

滕翊面无表情地走到她面前,好像是默认了。

"没关系,追不到就算了。"她已经看了演唱会,也见了林虹,不能再贪心了。

"噔噔噔噔!"滕翊忽然从包里掏出了一张签名照,递到阮妤面前。

"拿到了!"阮妤惊喜。

照片上,林虹的名字赫然在目,她的签名和她的人一样端庄得体。

"看背面。"滕翊说。

阮妤翻到背面。照片的背面,林虹还写了一行字。

"阮妤,祝你梦想成真。"

阮妤顿时湿了眼眶。

原来,被偶像鼓励是这么令人感动的一件事情。

08

滕翊见她一副要哭不哭的模样,伸手摸了摸她的头。

"别这样,我可不是为了惹哭你才带你来的,我是想让你开心。"

"我很开心啊。"阮妤双手拿着林虹的照片,一副捧着怕摔含着怕化的小心模样,"没想到你能追上,更没想到林虹真的愿意签。"

很多明星最反感粉丝追车这种行为了,一般都不会理睬。

事实上,当滕翊在岗亭处追到林虹的车,他抬手敲玻璃时车里的人的确没打算理会。幸运的是,车窗边的林虹的助理是个女生,当她看清楚滕翊的脸时,没抵挡住"美色"的诱惑,下意识就打开了车窗。

人对好看的异性总会特别宽容。

滕翊抓住机会,立即向林虹表明来意,并把事先准备好的照片和签字笔一并递了过去。

林虹感动于眼前这个小男生对女朋友的一片心意,便按照他的要求签下了名字,并在背面留下了祝福语。

"以后你就把这张照片夹在书里吧。"滕翊抱着阮妤,用下巴摩挲着她的头发,"小鱼儿,我也希望你愿望成真。"

阮妤用力地点点头:"我一定会努力的。"

两人离开蓝天体育馆时已经很晚了,他们决定在J市留宿一晚,明天一早再回辽城。

滕翊开车在蓝天体育馆附近转了一圈,因为侯铭的演唱会撞上情人节,附近的酒店几乎家家客满,最后好不容易找到一家酒店,剩下两间双人房。

"开两间。"滕翊说。

"两间?"前台的工作人员扫了一眼滕翊身后的阮妤。

"是的。"

门口又进来一对小情侣。

"还有房间吗？"男生问。

"不好意思，先生，最后两间房刚被这位先生订走了。"前台工作人员指了指滕翊。

小情侣露出失望的表情，看样子他们也找了很久。

滕翊没什么反应，阮好忽然伸手扯住了滕翊的后衣摆。

"我们订一间吧。"她小声地在他耳边说。

滕翊愣了一下，他转头看着阮好，忽然露出一抹不怀好意的微笑："你确定？"

阮好红着脸，有点不好意思地推了推滕翊的后腰。滕翊一把将她的手握住，趁她反悔之前，对前台的工作人员说："一间，我们只要一间。"

另一对小情侣听罢，立即露出了欣喜的神色，男生向滕翊派烟致谢，滕翊摇摇手拒绝了。

房间在三楼，等办完了入住手续，滕翊牵着阮好去坐电梯。

阮好有些紧张，步伐僵硬。这不是他们第一次在一个房间里睡觉，可是，阮好知道，今天和上一次会有所不同。出了电梯，阮好更紧张了。

滕翊终于有所发现，他问："怎么了？"

"没事。"

他松开了紧握着她的手，像是最后一次给她选择："小鱼儿，如果你想单独住一个房间，我们可以换酒店。"

"没，我不想。"

"真的？"

"真的。"

滕翊笑了笑，刷卡进屋。

这一夜相安无事。

09

情人节之后，滕翊对阮好更加无微不至，两人关系愈加亲密。

阮好是有分寸的人，滕翊更是。他的自控能力非常好，而且他更多的精力都投入在街舞上。

两年一度的街舞世界杯快开始了。

街舞世界杯是国际著名的街舞赛事,每两年举办一届,主办方在韩国、日本、美国、新加坡、法国、德国和中国分设七个赛区,而今年的主办国是德国。在世界杯总决赛开始前,先在各国分赛区开展世界杯资格赛,资格赛冠军将成为国家代表队赴主办国参加世界杯总决赛,与其他国家代表队角逐世界冠军。从各国资格赛到世界杯决赛,整个赛程为期两个月。

世界杯是每个街舞人的终极梦想,因为在这个舞台上,参赛的舞者不仅代表个人,还代表着自己的国家。

如果获胜,那便是至高无上的荣誉。

两年前,西游街舞社刚成立的那会儿,滕翊就和队友们说好了,如果发展顺利,今年他们一定也要去拼一拼参加世界杯的资格。

现在,他们终于要跨出这一步了。

为了招贤纳士,世界杯国内资格赛报名的条件并没有设得很严苛,但凡十二周岁以上(十八周岁以下的参赛选手需家长陪同),拥有正式且合法公民身份的中国籍公民都可以参加。参赛者必须组成五人战队,队内成员擅长的舞种越齐全,对比赛越有利。

海选赛采取分数淘汰制,在全国参赛队伍中,根据队伍所得分数进行顺位排列,分数排名前十的队伍进入十强。

十进四采取单人表演制,每个战队派三名队员出来展示个人才艺,才艺内容可以是 Hip-hop、Popping、Locking、Breaking 中的任意舞种,由专业评委打分,三人得分累加,总分排名前四的队伍进入四强。若有总分打平的情况,由各队队长出场进行加赛,加赛采用擂台制,舞种自选,队长获胜队伍获得晋级资格。

四强决赛采取主题齐舞赛制,每个战队自定主题编舞,时间三到五分钟,评分标准是创意加技巧,当然,舞种必须在街舞舞种之内,否则裁判有权取消参赛者参赛资格。

海选定于三月初。

虽然还有半月时间,但西游的几个男生早已跃跃欲试,他们给自己的战队取名"西游战队",每天兴奋地掰着手指,等着比赛的开始。

滕翊作为队长，除了熟悉比赛规则、制定战略，还要监督几个队友的训练。毕竟这不是平时小打小闹的比赛，这场资格赛将汇聚全中国最顶尖的街舞高手，如果掉以轻心，很可能连海选这关都过不了。

相较于滕翊的谨慎，萧卿则显得自信很多。

"放心啦，队长大人，只要我们五人同心，没什么是拿不下的，这次我们一定能跳上国际舞台！"

五人同心，说起来容易，做起来却很难，因为他们之中早已有人悄悄起了异心。

那个人，就是周曦和。

10

最先发现周曦和不对劲的人是简湘湘。

简湘湘因为在周曦和身上闻到了女人的香水味，便怀疑他在外面有了别的女人，于是她悄悄跟踪了他。哪知这一跟，竟发现周曦和与汪雨伶整日混在一起。简湘湘顿时醋意横生，非要周曦和给她一个交代。

周曦和知道了简湘湘跟踪他，二话没解释，直接提了分手。

其实周曦和与汪雨伶真的不是简湘湘想象得那样，他之所以和汪雨伶接触得如此频繁，是因为他和多果签约了。周曦和以后就是多果的练习生了，或许将来他还有机会成为明星。当然，这一切都是有代价的，代价就是自由。从今往后，周曦和必须一切都听公司的安排，他不可以私自接商演活动，也不可以私自参加任何比赛。

街舞世界杯，成了他明星梦的牺牲品。

滕翊知道这件事，已经是一天后。

当时是晚上，滕翊刚结束训练下楼，就看到周曦和站在西游的门外。

"曦和。"滕翊推门，"你小子怎么回事？一整天不出现，不用训练了？"

周曦和朝他笑笑："翊，你有空吗？喝一杯吧？"

"好。"滕翊没多想，他指了指二楼方向，"等楼上那群下来，一起。"

"别了。"周曦和连忙摆手，"我想和你聊聊，就我们俩。"

滕翊哧了声："你小子搞什么，事先声明，我有女朋友，很直的。"

"放心,我也一样。"

两人相视一笑。

"我拿个外套。"

"好。"

滕翊进屋穿了外套,与周曦和走路去了街口的酒吧。到了酒吧后,周曦和扭扭捏捏不开口,滕翊催了好几次,他才说出来意。

"翊,抱歉,我不能和你们一起参加比赛了。"

滕翊的笑容凝在嘴角:"什么意思?"

周曦和没见过这么严肃的滕翊,他支吾了许久,才把和多果签约的事情避重就轻地说了个大概。

"汪雨伶找你了?"滕翊蹙眉。

"没有。"

"那么?"

"是我找的她。"周曦和坦白。

这事说起来,还是简湘湘的"功劳"。

简湘湘逛街的时候总喜欢让周曦和拎包,以此向路人炫耀男友对自己的疼爱。周曦和虽然并不热衷拎包这件事情,甚至有些排斥,但每次只要简湘湘开口,他也总会满足她的虚荣心。

周曦和就是在替简湘湘拎包的时候,发现了汪雨伶的名片。

原本他以为是假的,可名片的质感又让他生疑,骗子应该不会印这么高级的名片吧?周曦和趁着简湘湘不注意偷偷把名片藏了起来,回到寝室后,他抱着试一试的心态打了名片上的号码。

号码通了,但很快又被人按掉。汪雨伶没接他的电话。

周曦和以为没戏,可稍过了会儿,汪雨伶竟然主动把电话打了回来,可她开口喊的是滕翊的名字。

"滕翊?"

周曦和被她叫蒙了。

他没出声,汪雨伶便以为真是滕翊:"不好意思,我刚才在开会,开会的时候还提到你了呢,你说巧不巧?你终于打电话找我了,我可一直在等你啊。"

"不好意思,我不是滕翊。"周曦和怯生生地开口。

汪雨伶那边静了一下,语气瞬间变差了:"那你哪位?"

"我是滕翊的朋友,我叫周曦和。"

"找我什么事情?"汪雨伶的语气越来越不耐烦。

"我想问一下,贵公司现在有没有什么练习生项目适合在校大学生参加的?我……"

"抱歉,没有。"电话直接挂断了。

周曦和抱着手机,连苦笑都笑不出来。

这女人为什么对滕翊这么热情,对自己却这么冷淡,就因为他是倒贴?是啊,倒贴可真不值钱。

但他长得也不差啊,虽然 Breaking 没有滕翊跳得好,但是他也有自己擅长的舞种,如果和滕翊来一场 Locking 的对决,他未必会输。

凭什么他一定要活在滕翊的光环下?

这是两年来,周曦和第一次产生这样的想法,毕竟滕翊对他、对大家都好得没话说。可想法产生了就是产生了,不能当作没存在过。

夜里,他失眠了,越失眠越憋屈。

他想起毕成杰。

周曦和虽然不齿于毕成杰,可不能否认的是,他又打心底羡慕毕成杰,羡慕他有粉丝喝彩,羡慕他有未来可期。他也希望自己能有那样的星途,哪怕过程龌龊了些。

现在这个社会,人人都看结果,谁又在意过程?

原以为这件事情就这样不了了之了,可没想到情人节第二天,事情突然峰回路转。

汪雨伶再次主动联系了他。这次,她提出要见一见他。

周曦和当然一口同意。他换上了自认为最帅气的衣服和鞋子,还特地去理发店吹了个发型,才赶去汪雨伶的工作室,真是约会都没有这么用心。

汪雨伶见到周曦和,虽然没有见到滕翊时那般惊艳,但总体来说,她对周曦和的相貌和外在形象还挺满意的。

她让周曦和展示才艺,周曦和便跳了一段 Locking。

内行评街舞都看门道,外行只看动作是否花哨,汪雨伶不懂街舞,忽悠她很容易。周曦和成功打动了汪雨伶。

汪雨伶向周曦和大致说了一下未来的发展方向,并提到了签订合同后他需要履行的义务,周曦和没有犹豫,一概说好。

周曦和乖得让汪雨伶没有征服欲。但是她也想通了,像滕翊那样桀骜难驯的人,就算签下了,他也未必会听话。不听话的艺人就像是炸弹,掌握得好能炸敌人,掌握得不好则是炸自己,那样太危险了,她可不想赌上自己的锦绣前程。

事情的发展比周曦和想象得顺利,他很开心,但在开心之余,他也隐隐有些内疚,因为他不知道该怎么和西游的兄弟们交代。

11

"所以,你签了经纪公司,就不要兄弟们了?"滕翊原本和煦的脸上冷得如冰雪过境。

周曦和垂着头,想伸手去拿啤酒,扎啤杯很凉,他触到便连忙缩手,像是碰到了滕翊冷若冰霜的脸。

"说话。"

"我……我也不知道该说什么,总之,这是我的选择。"周曦和舔了下干涩的唇,"我知道这样无故退出很不负责任,但如果我错过了这个机会,我不知道自己什么时候才能有出头之日。翊,我不是你,我没有好的家世,也没有钱,我快毕业了,我该实实在在地规划一下我的未来,而不是四处去追寻虚无缥缈的梦……街舞世界杯,就算赢了又怎么样?这不过是街舞圈的打闹,我们自认为代表国家,但国家能给我们像运动员一样的待遇吗?"

滕翊撇了撇嘴。

原来,周曦和是这样想的。

原来,周曦和一直把他们的街舞梦看成是虚无缥缈的梦。

"翊……"

"为什么不自己和兄弟们说?"

周曦和沉默，他没有脸去面对那些朝夕相处的兄弟。昨天还在一起练舞的人，今天就要分道扬镳，还是以背叛者的身份，这多么尴尬。而且他也知道，萧卿、彩虹他们可不像滕翊这样好脾气。滕翊再生气也会克制，会给他留面子，而萧卿、彩虹他们生气了，才不管什么地方、什么场合，一定会直接破口大骂，不把他骂个狗血淋头不罢休。虽然已经做足了心理建设，但周曦和依然没有自信能受住那样的大骂，所以他选择避而不见。

"你没脸交代的事情，就让我替你交代？周曦和，你可真行。"

"抱歉，我也不奢望你们能理解。"周曦和悄悄握紧了拳，压抑着心头的难受，"就这样吧，我先走了，祝你们比赛顺利。"

说罢，周曦和逃似的跑出了酒吧。

滕翊望着面前肩并着肩的两个扎啤杯，长长地叹了一口气。

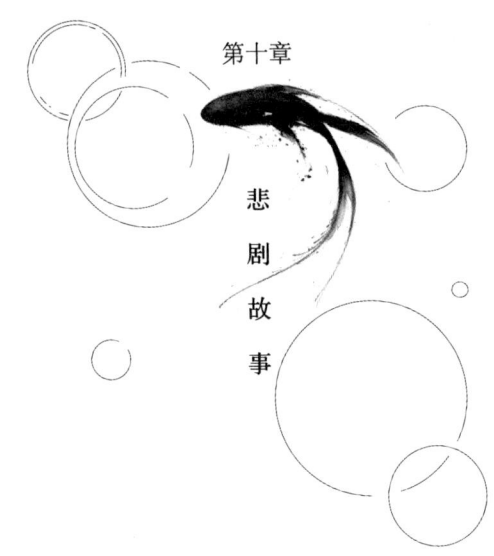

第十章 悲剧故事

01

国内的资格赛还未开始,西游就已经陷入了僵局,世界杯对于滕翊他们几个男生来说,仿佛彻底成了遥遥无望的念想。

队员们都很焦心,滕翊更是。

两天内,他联系了所有可能替补周曦和加入西游的舞者,可是大家都各有所忙,有的甚至已经另外组队报名资格赛,他们不仅无法成为队友,还会成为对手。

众人一筹莫展,对周曦和的怨念也就更深了。

就在这个时候,韩佐回来了。

这半个月,韩佐一直留在老家照顾他病重的母亲,他消瘦了很多,也沧桑了很多,就像经历了一场人间浩劫,瞬间老去。

"韩佐?"滕翊看到韩佐,惊喜不已。

韩佐一下飞机就拖着行李箱直奔西游,他风尘仆仆,满脸疲惫,但看到滕翊时,还是扬起了标志性的阳光笑容。

"我回来了。"

简单的四个字,让滕翊一颗动荡不安的心稳稳归于宁静。

终于,峰回路转。

滕翊上前一把抱住了韩佐，两个男生都瘦了，拥抱却更有力。

楼上的男生们听到韩佐的声音，一个个都跑了下来。

"哇！老韩！你终于回来了！"

"韩佐！老子想死你了！快给老子也抱抱！"

大家一窝蜂地拥上来，将韩佐围在中间一顿揉搓，彩虹还捧住韩佐的脸吧嗒亲了一下他的脸颊。

韩佐被搅得晕头转向。

"行了行了，快打住！"他一边嫌弃，一边又忍不住露出灿笑。

自打得知母亲生病，韩佐一度跌入黑暗深渊，这是他近半个月以来最开怀的一刻了。朋友们的热情融化了连日压在他心头的那座冰山，让他暂时忘记了烦恼。

回来真好。

"阿姨怎么样了？"滕翊问。

"前两天刚动了手术，还在观察期。"说起母亲，韩佐眼底的光又暗了下去。

"那你怎么回来了？"

"我妈让我回来的。"

手术前一晚，韩佐接到田成的电话。电话里，田成说起了周曦和的离开，还有西游现在的窘境。韩佐很担心滕翊他们，他想回来，可又放不下母亲。母亲一眼就看出了韩佐的左右为难。

"你去吧。"母亲对韩佐说，"我自己的身体我清楚，能扛得住。再说了，我有你爸陪着，不会有事的。那些孩子现在比我更需要你，你回去吧。"

韩佐没有马上答应。母亲越是这样，越是让他放不下。

次日手术，他战战兢兢地过了一天一夜，幸好，一切顺利。

母亲麻药醒来，再次提及了让他回辽城的事情："学校那里也差不多该回去销假了，别让你舅舅为难。还有街舞比赛，你不是一直想参加吗？这次是个好机会，妈妈不想耽误你。"

韩佐笑着点头，转身出门，躲进无人的角落狠狠地哭了一场。然后，他擦干眼泪赶回家，收拾了行李，订机票回辽城。

"阿姨太贴心了！她大概知道你再不回来，我们几个就要崩溃了！"彩虹说。

"既然这么需要我，怎么不给我打电话？"韩佐问。

"我们也想啊……"彩虹瞟了一眼滕翊，悄声说，"老大不让。"

"他也是怕打扰你和你母亲，所以不让我们把这件事情告诉你。"萧卿解释。

韩佐明白的，滕翊比谁都细致，比谁都周到。

"好了，你回来就好。"滕翊拍了拍韩佐的肩膀，"比赛的事情就仰仗你了。"

"别客气，先说好啊，我可是头一次参加比赛，还是这样世界级的比赛，到时候万一我露怯拖后腿，你们别打我啊！"韩佐笑道。

"怎么不打你？"萧卿一把揽住了韩佐，压着他的肩膀，半开玩笑半威胁，"你要真敢犯尿，打得你满地找牙信不信！"

"就是，有什么好怕的，哥们儿几个都罩着你，你放开胆子跳就行了！"彩虹道。

林杉点头。

滕翊伸出手，另外四个男生见状，都默契地伸手覆住他的手背。

赢，一起赢。

输，一起担。

"西游，加油！"

02

韩佐的回归让西游看到了生机，同时也证明了，这个世界有人薄情，也总有人重情。

世界杯国内资格赛海选的日子很快到来。

那日，阮好也跟着滕翊他们去了现场。

现场特别热闹，入目都是穿着嘻哈、打扮时尚的男男女女。脏辫、七彩斑斓的发色、文身、大金大银的链子、破破烂烂的牛仔、特大号的衣服……往来的每个人身上似乎都有那么一点两点与众不同的地方，可就是这样一群在常人眼里穿着"奇装异服"的"异类",他们来到这里只为一个信念,那就是代表中国决战世界,去赢!

"嘿!Bro!"

"嘿!翊!"

滕翊走到哪儿都有人上前来和他打招呼,阮妤跟着滕翊颇有一种跟着大王来巡山的感觉。大家和滕翊打完招呼,顺带会多看她一眼,然后朝她友好地微笑。

听萧卿说,阮妤现在在街舞圈也是很有名的,大家都对她充满了好奇,因为很多人觉得能让滕翊心甘情愿俯首称臣的,一定是个奇女子。

阮妤并不觉得自己有多奇,被看多了甚至觉得不好意思,悄悄往滕翊身后躲。滕翊看出她的心思,一把将她揽到身前。

"小鱼儿,你将来可是要做主持人的人,怎么这么容易害羞?"

"这不一样。"

"怎么不一样了?"

"现在在别人眼里,我不是阮妤,而是滕翊的女朋友……"

"那有什么差别?"

差别可大了。如果她是阮妤,她只要做自己。可如果她是滕翊的女朋友,她就得表现得更好,才不至于让这些人觉得滕翊怎么找了个这么普通的女朋友。

滕翊看出了阮妤的想法,他笑着低头吻了一下阮妤的额头:"你想太多了,小鱼儿。你根本不用在意别人的想法和目光,因为你是滕翊的女朋友。"

既然是滕翊的女朋友,那么,她只要在乎他一个人就可以了。

就像他只在乎她。

03

海选现场气氛火热。

号码排在后头的几支队伍直接在场外切磋了起来,引得围观的人围成一个圈,就像一个小赛场。

西游抽到了六十六号,中后的位置。

"六六大顺，好兆头啊。稳了！"彩虹说。

"我也觉得不错，我昨晚做梦梦到和大侄子一起放鞭炮，早上起来查了一下，网上说梦见放鞭炮会有好事发生。"萧卿也跟着迷信起来。

这些话没有任何科学依据，亦不可当真，但在比赛之前，开开玩笑说一说这些话算是一种自我暗示，也能稳定军心。

几个人正聊着天，会场入口忽然出现了熟悉的面孔。

是毕成杰。

毕成杰这次来参加比赛是和公司的其他练习生组团来的。虽然街舞世界杯在街舞圈之外热度并不算高，但毕竟是打了"为国争光"的旗号，红鹰觉得让旗下的艺人和练习生来参加这样的节目，对他们日后建立"人设"有好处。于是，毕成杰和他的师弟们就出现在了这里。

这几个人的衣服是借来的大牌当季新款，不能起皱不能弄脏，头发更是精心打理过的，来阵风都要先捂一下刘海，偶像包袱太重，与现场自由热烈的氛围格格不入。

"呵，这人是国防脸皮吗？"萧卿冷哼。

红鹰街舞大赛之后，毕成杰在街舞圈的名声算是糟透了，谁能想到他还有脸来参加街舞比赛。

周围有人认识毕成杰，但没有人和他打招呼，大家都避而远之。

毕成杰无所谓别人对他的态度，现在的他也算小半个明星了，根本不屑与这些寂寂无名的人为伍。

"哟，我当是谁呢，原来是毕成杰啊。"身后忽然响起一道清亮的男声。

众人随着毕成杰一起回头。

从会场里走出五个大男生，为首的男生穿着迷彩大夹克，头上反戴一顶鸭舌帽，狭长的眼里写满了率性和不羁。

毕成杰似乎认识这个男生，看到男生的瞬间，他原本高傲的神情一下收敛得干干净净。

男生朝毕成杰的方向走过去，毕成杰赶紧伸手相迎，但男生并没有握住他递过来的手。

"你也来参加比赛？"男生问。

毕成杰连连点头："是的。"

"公司开好后门了？这次是定了冠军还是亚军啊？"

男生话落，他身后的几个队友都笑了起来。

毕成杰有些窘，但又不敢发火，只能立着不作声。

男生撇了下嘴，仿佛失去了和毕成杰继续对话的兴趣，他越过毕成杰，直接朝滕翊走了过来。

所有人的目光都跟着男生，但他并不在意，仿佛他天生就是被注视的，早已习惯。

"嘿！滕翊！"男生站到滕翊面前，眸光肆意地打量着滕翊，"好久不见，你换发型了。"

"是啊。"滕翊展开一个笑脸，"春节见家长，总得规矩点。"

"家长？哦对，我听说你交了个学霸女朋友。"男生看向滕翊身边的阮好，主动朝阮好伸出手，"学霸小姐，幸会，我是罗晟。"

罗晟，亚洲舞王罗汉的儿子，新生代街舞大神。他和他的父亲在街舞圈都特别有名。

在场所有人都知道罗晟的身份，但阮好不知道，她看了滕翊一眼，见滕翊微点了下头，她才伸手握住了罗晟的手。

"你好，阮好。"

罗晟笑了笑，很快松开了阮好的手，继而把手伸向滕翊。

"难得碰到，这次一定要 Battle 一场。你可争点气，别在海选就被刷了，我们决赛见。"

"好！决赛见！"滕翊握住罗晟的手，紧紧地。

两人的胜负欲都很明显，但是他们看着彼此的眼神依然友好，那是一种惺惺相惜的尊重。

与滕翊打过招呼之后，罗晟他们一行人很快离开。

"他很有名吗？"阮好望着罗晟前呼后拥的背影，轻声问。

"嗯，他是罗汉的儿子。"滕翊说。

"罗汉？"

"亚洲舞王，我的偶像。"

"你见过他吗？"

滕翙摇摇头。罗汉这样的人物，可不是一般人轻易能见到的。

"这场比赛阵容很强哇，罗晟都来了，还有刚才他身后的那几个都是罗汉厂牌下的大神吧。这是什么神仙战队啊！全是高手！"彩虹挠着后脑勺，既紧张又兴奋。

"都是高手才带感。"滕翙说。

"就是，总比都是毕成杰之流好吧？这些人简直拉低比赛的档次。"

"有道理。"

"准备一下，快轮到我们了。"

04

国内资格赛高手如云。

西游在海选获得的总分并不算高，勉强挤进了前十。这样惨烈的战况下，毕成杰那一队自然连炮灰都算不上，早早出局。罗晟的 L 战队则以俯瞰之姿登顶，成了本次国内资格赛最强战队。

海选过后就是十进四。

战前，滕翙他们几个人每天都闷在练习室里，商量着出战对策。五人出三人进行单人比拼，这就好比田忌赛马，怎么出人选，跳哪个舞种，都有讲究，若踏错一步，很可能就是输。

萧卿和韩佐认为十强水平相差无几，比分一定会咬得很紧，最后总分出现平局的情况几乎可以预见，也就是说，队长肯定得出面进行加赛，所以滕翙应该保持体力，先不上场。

这样的分析很有道理，但滕翙不上场，Breaking 这一块他们就会失去优势。

五人之中，只有滕翙最擅长 Breaking，而 Breaking 又恰是所有舞种中技巧性最强、最容易甩开比分的。

"我上。"滕翙拍板。

"那万一……"

"有万一，我也能应付。"

滕翊的自信给队友们吃了一颗定心丸。

最后，十进四的个人比赛由滕翊、林杉和韩佐分别出战。

三人不负众望，滕翊在 Breaking 这一块拿了高分，林杉和韩佐的 Hip-hop 也发挥很稳。可在大神林立的比赛现场，他们的总分只到中游。

比赛结果正如大家预料的那样出现了平分，可是谁也没想到，这次总分持平的队伍竟有整整六队。

罗晟的 L 战队依然遥遥领先率先晋级，接着是黑城的宇宙战队和凤城的僚机战队分获二三名晋级，平城的苹果战队比分垫底直接淘汰，剩余包括西游在内的六队不分高下，须由队长争取仅有的一个晋级名额。

队长间的比赛以擂台赛的方式开展，各队队长抽签决定先后顺序，一号担当擂主，按抽签顺序与其他队长进行对决。如果挑战队长获胜，则更换新擂主，直到所有队长参赛结束，守住擂台者获胜。

也就是说，抽签顺序越靠后，对比赛越有利。

"六号六号六号……拜托六号。"彩虹双手合十，闭着眼睛默默祈祷，"不是六号，四、五号也行，千万别在前三啊。"

萧卿他们都不作声，但心底和彩虹一样祈祷着。

可祈祷并没有什么用，当滕翊亮出手里的号码牌时，彩虹他们绝望得几乎昏过去。

一号！

竟然是打头阵的一号！

"天哪，老大的手昨晚摸了什么不该摸的东西？运气这么差！"彩虹哀号着。

大家都不淡定了，但台上的滕翊没什么太大的情绪起伏，他只是摊手，晃了晃号码牌，自嘲一笑。

擂台赛无缝连接，根本没给几位队长留下做调整和休息的时间。

"完了，老大刚才已经上过一次了，也不知道体力行不行？"彩虹担心。

阮好正紧张，下意识就点头："行！他行！"

行，他一定行。

所有人都这么坚信着。

05

擂台战除了考验选手的街舞功底之外,还考验选手的体力和心理素质。滕翊原本在几个队长间呼声最高,现在抽到一号擂主,颇有反转的意味。毕竟,在近年来的街舞擂台战史上,从来没有一个擂主能守到最后。一人对抗五人,本就没有赢的可能,更何况这五人还不是泛泛之辈,而是各队综合能力最强的队长。

罗晟下场之后也进了观众席,他和他的队友站在第一排的位置,抱肘望着台上的滕翊,一副看好戏的模样。

滕翊开场很稳,舞步和神情坦然自若,不见一丝慌乱,但阮妤能看出来,他眼底憋着一股劲儿。这股劲儿的重心不是害怕,而是兴奋。

眼前的状况,任谁看都是危机,可于滕翊而言却未必。

阮妤记得滕翊说过:"人人都能做到的事情,做到有什么稀奇,只有做别人做不到的事情,才能创造属于自己的纪录。"

而现在,他就是在挑战自我,创造纪录。

二号队长,出局!

三号队长,出局!

四号队长,出局!

……

短短几分钟之内,三个队长接连淘汰出局。

滕翊力挽狂澜的姿态让观众席一片沸腾,而他百变多样的舞技也让在场的舞者们折腰。

Breaking、Locking、Popping,每一个舞种他都能跳出风格、跳出优势,"全能"这个词再次被他演绎得淋漓尽致。

裁判们啧啧称奇,既觉得后生可畏,又好奇这个男生的身体里还会释放出怎样的能量。

五号队长上场了。

相较于五号队长的一身闲适,滕翊已经双鬓晶亮,满身热汗。

五号队长也是个 Breaking 高手。他有不输滕翊的技巧,更重要的是,他有百分百充足的体力。但好在体力和技巧固然重要,心态也是决胜的关键。

龟兔赛跑，输赢似乎已经见分晓。

五号队长高傲自大，他觉得淘汰三人之后的滕翊体力已经连佝偻老人都不如，他根本无须费力就能轻易抢过擂主的位置。

对手的掉以轻心让滕翊抓住了机会，他绝地反击，在对方出现失误之后，以完美的风车守住了擂台。

最后了！

只剩下最后一战了！

台上的滕翊一把扯开外套的拉链，脱下外套往边上一扔。外套里头是一件黑色的T恤，T恤早已湿透，紧紧地贴在他的身上，让他身体显得更精壮有型。

观众席有女生开始尖叫。

滕翊松了松T恤，又摘下头上的棒球帽扔在一边。此时，身上的衣物都成了他的束缚，小小的重量都让他觉得吃力。

不知谁扔了一瓶矿泉水上台，滕翊捡起矿泉水，拧开瓶盖喝了两口之后，把瓶里剩下的水迎头往自己身上浇下……

阮好站在观众席，心早已揪成了一团。

台上那个男生连续的滑跪、翻转和倒立，在别人眼里是华丽，在她眼里却是骨头血肉与地面相撞的痛楚。

她特别特别心疼他。

06

滕翊好似进入了疯魔的状态，尽管体力已经透支，可人看着越来越亢奋，兴奋感到达到了极致。

最后一首曲子特别燃，有一种大杀四方的恢宏感，像为滕翊量身定制，每一个调子都很应景。

六号队长本来还觉得自己抽到六号很幸运，可这一刻，他突然觉得自己最惨。

如果赢了，观众也不会肯定他的实力，只会认为是前几位队长消耗了滕翊的体力；如果输了，观众更会唏嘘，前几位队长都把滕翊的体力消耗成这样了，怎么还输？

难，难啊。

六号队长杂念丛生，在专注度上就已经输给了滕翊，他没有跟上音乐，好几次踩错拍子。反观滕翊，抱着背水一战的决心，虽然动作已经没有最开始那么让人眼花缭乱了，但是他特别稳，节奏也一点没丢。

"滕翊！滕翊！"

台下很多人给滕翊加油鼓劲。

滕翊借着这个势头扛到了最后一刻，当裁判宣布六号队长淘汰，滕翊守擂成功时，他才彻底倒下。

"五杀"！

观众席爆发出前所未有的热烈掌声。

罗晟等人也都把双手高举过头顶，真心诚意地为滕翊鼓掌。

这一刻，值得载入街舞圈的史册，值得被所有舞者铭记。

旁人热血沸腾之时，创造了热血纪录的滕翊只是平躺在舞台上，双目圆睁，安静地喘息着。

会场内的灯光将他镀上了一层暖色，他像是电影里舍身屠龙的英雄，能量放空，随时会被光影带走的样子。

阮好遥遥地看着滕翊，忽然掩唇，瞬间落下了泪水。

感动、骄傲，甚至有些恐惧。复杂的情绪席卷了她，让她不能自控。

萧卿、韩佐他们则抱成了一团，脸上也是同样的热泪盈眶。

"赢了！赢了！赢了！"

"西游！赢了！"

过了好一会儿，滕翊才从地板上坐起来，他坐起来之后的第一件事情就是在观众席寻找阮好的身影。当他看到阮好掉眼泪时，立马起身跳下了舞台。

主持人正准备采访他，话筒刚递到他面前，就听他说了句："稍等一下，我女朋友好像在哭。"

这句话本来说得很轻，不想却通过话筒被放大。

滕翊的贴心和温柔与刚才舞台上霸气侧漏的形象判若两人。这样的反差使得在场的女性观众彻底被滕翊吸引了，再一次鼓起掌来。

　　阮妤其实已经在擦眼泪了，哪知道眼泪越擦越多。视线模模糊糊间，就看到滕翊拨开了人群，翻过前排观众席的椅子，朝她跑了过来……等她反应过来，整个人已经被滕翊抱住了。

　　"怎么了？"他还在喘气，胸膛十分滚烫。

　　"没怎么。"

　　"那为什么哭？"

　　他一问，阮妤好不容易快收住的眼泪又决堤了。

　　"我就是骄傲，你好厉害啊！"

　　"就这样？"

　　"嗯。"

　　滕翊忍不住笑起来，身上的疲惫一扫而空，他更用力地抱紧了她。

　　"傻瓜。"

　　一声呢喃，彻底安抚了阮妤的情绪。阮妤紧紧反抱住他，跟着他用力地呼吸，他身上的汗味让她感觉踏实。

　　"滕翊。"

　　"嗯。"

　　"我真的真的真的为你骄傲！"

　　"别着急，现在不过是四强。"他很清醒，不骄不躁，"等我真正赢了的时候，你再骄傲。"

　　滕翊说罢，松开了阮妤，一记"摸头杀"后，在主持人的召唤下，再次跳上舞台。

　　一切就像一场梦，可又那么真实地在眼前发生了。

　　多么不可思议的街舞精神。

　　多么不可思议的滕翊。

07

　　十进四的比赛之后，滕翊收获了一个外号——全能战神。

此战也直接奠定了滕翊在街舞圈的强者地位。不管世界杯国内资格赛的最终结果如何,他的能力已是有目共睹。

西游抓住了四强最后一个名额,接下来,就是决赛了。

决赛是齐舞制,而编舞是萧卿的强项。为了能放大队员们的优势,掩盖队员们各自的短板,真正把团队拧成一股绳,萧卿可谓绞尽脑汁。

从选歌到编舞,从编舞到排练,从排练到调整……没日没夜。

滕颢每天跟着凑热闹,有时补习补到一半就借口上厕所,偷偷跑去练习室看他们排舞,一看就是半天,防不胜防。

阮妤偶尔也会好奇他们排练的进度,但几个男生神神秘秘的,总想瞒着她,说这样决赛那日才会有惊喜和惊艳的感觉。

他们想保密,阮妤也不强求。

只是,她实在不放心这些人,他们每次一头扎进练习室就像走进了另一个世界,练舞成痴,有时连吃喝都顾不上,累极了原地倒下就能睡。

昨天晚上,阮妤下班的时候,练习室里安安静静的,一点声音都没有,她觉得奇怪,便悄悄推门探头进去看了一眼。

这一眼,把她惊得不轻。

练习室的地板上,几个男生躺得横七竖八,睡地板也就算了,偏还都穿着短袖,也不顾会不会着凉。

阮妤进门,找到他们脱在一旁的外套,小心翼翼地替他们一个个盖上。

滕翊睡得浅,稍微一点动静就把他吵醒了。他睁眼看到阮妤,朝她扬了下嘴角,坐起来。

"累的话再睡会儿吧。"阮妤小声地对他说。

滕翊摇摇头,他怕吵醒队友们,指指门外,示意去门外说话。阮妤跟上他,出门后,她又小心翼翼地带上了门。

没有音乐声,走廊里特别安静。

"两天没好好睡觉了,不累吗?"阮妤心疼地扬手摸了摸滕翊瘦削的脸。

"还行。"他嘴上说着还行,人却朝阮妤靠了过去。

阮妤承受不住他的重量,被他压在了墙上,他的气息牢牢将她包围。

气氛瞬间变得暧昧。

他把头埋在她的颈窝里,手已经探进阮好的衣摆,掐住了她的腰。

"滕翊……"

阮好撇开头笑。滕翊捏住了她的下巴把她的脸扳回来,用力地吻上去。

他先蹭走了她唇上的润唇膏,继而深入,把自己连日的想念渡给她,也把她的想念勾出来。

一吻结束,两人在走廊里席地而坐,他们背靠墙壁,十指相扣,彼此依偎。

"快决赛了,紧张吗?"阮好问。

"不紧张。尽人事,听天命。"

"努力的人会有好结果的。"

"比如状元小姐?"

"我没有你努力。"阮好把头枕在滕翊的肩膀上,"你是我见过的最努力的人。"

练习室里孤独的日日夜夜,铸就了他的一切,也将铸就他的荣耀。

所以,在阮好的心里,他一定会有好结果的。

08

资格赛从开始就一波三折,但好在每一次都能化险为夷。原以为接下来能一切顺利,但谁能想到老天爷并不是如此安排的。

决赛的前一天,林杉的手意外受伤了。

事情说来,还是和尤乐萱脱不了干系。

林杉与尤乐萱分手后,渐渐和陈曼白走近,两人一直保持着联系,但又仅限于朋友的关系。

情人节那天,陈曼白鼓起勇气先牵了林杉的手,算是彻底捅破了那层窗户纸。之后,两人就开始了正式的交往。

林杉内敛而沉默,陈曼白虽然活泼但也不是张扬的人,他们都觉得爱情是两个人的事情,不用特意向谁公布,所以两个人爱得很低调。校园里鲜少有人知道他们在一起的消息,尤乐萱更是不知道。

而就在决赛的前一天,尤乐萱忽然撞见了林杉和陈曼白手牵着手走在一起的画面。她做梦都没有想到,自己的前男友竟然和自己的死对头在一起了。

那一刻，尤乐萱怒火中烧，她觉得一切都是陈曼白的诡计，陈曼白是故意拆散她和林杉的。虽然尤乐萱也没有多喜欢林杉，但她还是感觉到了背叛和嫉妒。

"喂！狗男女！"尤乐萱忍不住冲过去挑衅，她完全忘了，自己还有录音把柄在林杉手上，之前的忌惮消失得一干二净。

陈曼白正和林杉说话，她根本没有意识到那句由远及近的"狗男女"是在喊他们，等她反应过来时，尤乐萱已经冲到了他们的面前。

"臭三八，你抢人男朋友不得好死！"尤乐萱一边破口大骂一边伸手朝陈曼白推过去，陈曼白躲闪不及，一个趔趄就被尤乐萱推到了马路中央。

马路上车来车往，眼看陈曼白要被迎面而来的小汽车撞到，林杉赶紧侧身一揽，两人一起倒在了水泥地上。

倒地的时候，为了不让陈曼白受伤，林杉半个身子垫在了她的身下，他的胳膊肘重重地支在地上，瞬间骨折。

林杉疼得闷哼不止，陈曼白吓蒙了，好一会儿才回神，赶紧打电话叫救护车。

尤乐萱见闯了祸，转身想逃，被几个目睹了全过程的路人给拦住了。

"报警！麻烦大家帮我报个警！她故意伤人！"陈曼白指着尤乐萱。

尤乐萱脸色煞白，她也吓坏了。

"我……我不是故意的！我只是……"

"闭嘴！尤乐萱。"陈曼白发了狠，"我男朋友要是有什么闪失，我一定连同上次的事情一起告死你！"

救护车呼啸而至，把受伤的林杉送到了医院。拍片检查过后，医生说了句："还好，只是骨折。"

可这句话对林杉来说，却如晴天霹雳。

他明天还有比赛，那是一场决定了西游能否跳出国门的比赛，那是队友们倾注了无数心血、日日夜夜期盼的比赛。

骨折？

他怎么可以骨折？

09

滕翊他们很快闻讯赶到医院。

林杉根本无颜面对兄弟们,他垂头坐在病床上,宛如罪人。这一刻,骨折的疼痛也比不上心底的愧疚。

"对不起,我拖后腿了。"从来不爱表露情绪的林杉红了眼眶,他哽咽着,"怎么办?比赛怎么办?我……真的对不起……"

萧卿、彩虹他们既失望又心疼,埋怨的话全都堵在嗓子眼,但一句都说不出来。

怎么能怪林杉?受伤不是他的本意,现在最疼最难受的人是他。

滕翊伸手,撸了一下林杉的后脑勺。

"算了,人没事就好,你别顾虑太多,好好养伤,比赛的事情我会想办法解决。"

众人都看向滕翊。滕翊吸了口气,走出病房。其他人一个个上前揉揉林杉的脑袋,然后都追着滕翊跑了出去。

"老大,现在怎么办?明天就比赛了!"彩虹着急得想爆粗口。

萧卿和韩佐都不出声,只是希望滕翊真的能有办法解决。

可,滕翊没有。

他现在脑海一片空白,根本什么都想不到,刚才在病房说的那些话,不过是为了安慰林杉而已。

"怎么办?怎么办啊!"彩虹双手捧着脑袋快哭了。

决赛的机会是滕翊那么拼命争来的,而他们准备了这么久,没日没夜地排练了这么久,现在要眼睁睁看着所有努力在最后一刻付诸东流,谁会甘心?

"让我静一静。"滕翊说。

彩虹还想说什么,被萧卿和韩佐左右架住,快步拉到了边上。

滕翊一个人去了医院的公园,沿着鹅卵石铺就的小路,来来回回地踱步。

现在的情况比周曦和忽然退出西游更让人觉得棘手,那时候他们至少还有时间,可现在连时间都没有了。

明天就是决赛。

一夜之间要找到一个人代替林杉,这个人还得熟悉他们准备好的舞曲、舞步,并迅速融入他们的团队,这根本就是不可能的事情。

正当滕翊一筹莫展的时候,他的手机响了。

来电的人是滕颢。

滕翊望着滕颢的名字在屏幕上一闪一闪地跳动,脑中那个越缠越紧的死结忽然打开了。

是啊,滕颢。

这小子每天晚上都要来看他们排练,有时大家协调节奏,他还会给参考意见。滕颢和西游的队员们一样熟悉决赛的舞曲和舞步,而且他现在的舞蹈功底绝对能代替林杉。

滕翊接起电话。

"哥,我听说林杉哥受伤了……"

"你现在在哪儿?"滕翊打断了滕颢的话,直截了当地问。

"我在家啊。"

"马上去西游。"

滕翊摁着手机,快速地往公园出口跑去,萧卿他们都在那里等着,看到滕翊跑出来,全都伸长了脖子。

"找到了!"滕翊兴奋地朝着队友们亮了一下手机屏幕上的名字,"找到能代替林杉的人了!滕颢!"

众人愣了几秒,继而全都露出了如释重负的笑容。

"对啊,我们怎么把我们的滕颢弟弟给忘了!"

"就是啊,还有那小子!"

四人相互击掌,又是一次绝地重生的感觉。

真是太刺激了!

10

滕翊一行人匆匆赶回西游。

滕颢早已乖乖在西游等着了,阮好正给他检查作业,看到他们回来,两人一起站了起来。

"哥！你们回来啦！"

"林杉怎么样？"阮妤问。

"手骨折。"滕翊回答道。

"手骨折？那怎么跳舞？明天的决赛还能参加吗？"

"林杉明天肯定是无法上场了，现在这种情况，只有一个办法能解决。"滕翊伸手按住弟弟的肩膀，"滕颢，明天你上，行吗？"

滕颢一脸茫然："我可以上吗？"

滕翊点头，来的路上他已经和主办方联系过了。主办方的意思是，原则上是不能换人的，但因为之前也没有明文规定，为了保持决赛的完整性，允许他们用替补队员上场，之后他们会再完善比赛规则。

"真的可以吗？"滕颢的神情倏然严肃。

街舞世界杯国内资格赛的决赛，这对初出茅庐，在街舞圈连根嫩芽都算不上的滕颢来说，简直就是梦寐以求的舞台。他从没有想过，自己能那么快上到这样一个台阶，这原本至少也是三五年之外的计划。

"行不行？就你一句话。"

"行！当然行啊！"滕颢高兴得原地比画了好几个握拳冲刺的动作，"啊！小爷要去参加街舞世界杯啦！小爷要去参加街舞世界杯啦！"

大家看到滕颢那么兴奋，也都笑了起来。

"你小子好运，捡了现成的便宜。"萧卿调侃道。

"萧卿哥，话也不能这么说，我若不捡这便宜，你们怎么办？辽城之内，还有谁比我更熟悉你们的音乐和编舞，这样一想，我简直就是你们的救世主好不好？"

"行行行，你是救世主，你现在说什么都行。"

"那萧卿哥，等下你给我安排个特别炫酷的单人动作呗。"

"好了，别废话了！"滕翊拍了一下滕颢的后背，"先进去排练！"

虽然滕颢熟悉音乐和编舞，但他毕竟不是林杉，两人擅长的舞种和跳舞时的习惯也不一样，有些细节还是要重新调整。

"好。"

几个男生都往练习室的方向走。

走廊里只剩下了阮好和滕翊。滕翊伸手把阮好拉到面前,吻了一下她的额头:"等下自己回去,路上小心,到了给我发短信。"

"好。"

"那我进去训练了。"

"嗯。"她也踮起脚尖吻了一下滕翊的额头,"加油,我明天去看你比赛。"

他笑着点头:"明天见。"

"明天见。"

滕翊转身跟上走在前头的萧卿他们,走了几步,又回头朝阮好挥挥手。

"滕翊!"阮好忍不住叫住他。

"嗯?"

"无论明天比赛的结果是什么,你在我心里永远最棒。"

滕翊停在原地,黑亮的眸子定定地望着她,忽然,他舔了下唇,重新走向阮好,揽住了她的后腰把她搂在怀里,深情地吻下去。

"哦哦哦……"

萧卿他们从门后探出头来起哄。

阮好红着脸在滕翊身上蹭了蹭,然后推开了他。

"快去训练吧。"

"嗯。"

11

几个男生在练习室里排练了大半夜,直到凌晨才小眯了一会儿。天亮之后,大家各自回住的地方冲了个澡,换好定做的队服,然后在学校门口集合,一起出发去会场。

虽然熬了通宵,几乎没有睡觉,但几个男生的精神状态都非常好,尤其是滕颢,整个人完全处于一种亢奋的状态。

阮好一见到滕翊就注意到了他脚上的鞋子。

今天,他穿的是她情人节送给他的那双鞋。

黑色的鞋和黑色的队服特别搭调,又自带一种不一样的气场,那是独一无二的属于滕翊的气场。这气场中深藏着他对送鞋人的爱,所以连带这双鞋都显得格外被珍视。

大家一起随车来到比赛会场。

林杉也来了,他右手打着石膏,在陈曼白的陪同下,早早就等在了会场门口。看到队友们下车,他赶紧迎了过去。

"林杉,不是让你在医院好好休息吗?"滕翊看了一眼林杉手上厚厚的石膏,不是很放心。

"哪儿待得住,昨晚挂心了一夜,一夜没合眼。我说他啊,人在病床上,心在练习室。这不,今天天一亮就说要来现场,护士本来不让的,他偏不听,带着我偷偷跑出来的,连点滴都没顾上打,只怕耽误时间赶不及比赛。"一旁的陈曼白没好气地数落。

林杉默默不出声,只是看着滕颢。

滕颢笑嘻嘻地上前:"林杉哥,你看,你的衣服我穿着正好。你放心,今天我一定会好好发挥的,绝不让你和哥哥们失望。"

林杉点头,他上前圈了一下滕颢的肩膀,在滕颢耳边沉声道了声谢,又说了一句"加油"。滕翊他们四人一起上前,将林杉和滕颢围在中间,安抚似的相互搂了一下。

场面莫名感人。

"来,一起加个油。"滕翊先伸出手。

西游的队员们一个个将手覆上滕翊的手背,阮妤和陈曼白也伸手覆了上去。

众人齐心,声音洪亮。

"西游,加油!"

会场内挤满了前来观战的观众,人人翘首以盼,猜测着今晚的冠军会花落谁家,到底是哪个战队会代表中国站上世界杯的舞台。

决赛很快开始。

第一组上场的是罗晟带领的L战队,之前一路轻松过关斩将,那种遇神杀神遇佛杀佛的气势,让L战队成了整场比赛夺冠呼声最高的战队。队长罗晟的人气更是堪比流量明星,他一出场,观众席就响彻了女生的尖叫。

"罗晟!罗晟!罗晟!"

台上的罗晟神色冷酷，金属质感的队服让他看起来就像个没有感情的机器人，而他和队友们今天要演绎的曲目正是《Robot》。

《Robot》是一首节奏特别分明的歌，若非实力和默契过硬，一般团队都不敢有这么大胆的选曲。

L战队这样的选择，充分体现了他们的团队自信，以及从一开始就想与其他战队拉开差距的野心。

果然，他们是有这样的资本的。

开场，整个团队以罗晟为中心，五个男生都展现出了强大的肢体控制能力。整齐的转手动作，华丽的锁住姿势，时而快时而慢的动作渐变，就像是魔术一样，看得人眼花缭乱。

这样的视觉体验，已经不是"震撼""惊艳"如此单薄的词可以形容的了。对于观众而言，舞台上迎面走来的不是跳着机械舞的舞者，他们就是一群真真正正的机器人。

掌声如潮，经久不息。欢呼声一浪高过一浪。

L战队珠玉在前，后面三队的压力都很大，特别是紧随其后的西游。

幸而西游在前几场的比赛中也给观众留下了深刻的印象，尤其是滕翊的"五杀"。

西游上场，观众也很买账。掌声和欢呼声经久不息，气氛愈加热烈。

这次，西游带来的齐舞曲目是《Pompeii》——庞贝。

五个男生集体肃立，黑衣沾染了舞台上缭乱的光影，像覆灭的庞贝古城迸发着新的希望。

滕翊带队，男生们默契感十足，舞种切换自然流畅，就连临时替补的滕颢都完美地融入了其中。

相较于L战队冰冷的选曲和冰冷的排舞，西游的表演显得更有温度，更加用心。技术上不输阵，情感上不输人，只要结尾处理得好，西游未必会比L战队差。

《Pompeii》的旋律进入高潮，西游的表演也进入高潮。

滕翊、滕颢兄弟俩配合默契的双风车让人叹为观止。

那一刻，西游在战局上已经出现了逆转，他们几乎就要赢了L战队，只可惜，意外紧随而至。

滕颢完成了飞速的支撑和旋转后，在头部定格的瞬间出现失误，少年后脑着地，身体因为惯性，像失控的陀螺，重重坠下舞台。

阮妤永远忘不了那一天那一刻。

滕翊惊慌失措的表情和无助的眼神，成了她二十多年人生中最惨淡的一幕。

之后的一切都是那么混乱。

哗然、尖叫、哭喊，成了这个悲剧故事的唯一旁白。

庞贝的末日，也成了滕翊和西游的末日……

后来的后来，阮妤只见过滕翊一次。在医院的走廊上，这个一直如春日暖阳般和煦的男生浑身冰冷，他抱着她，哭得撕心裂肺。

他说："对不起，阮妤，我们分手吧。"

那是他留给她的最后一句话。

穷途末路之时，他放她走。

未来，他将不再陪她，也不再让她陪。

阮妤听到分手的瞬间，除了撕心裂肺的痛，更多的，是理解。她强忍着眼泪，不想让他看到她的脆弱和心伤，不想自己成为压垮他的最后一根稻草。她知道，眼前的人，即使躯体依然高大如山，心灵却早已摇摇欲坠。

他也在忍。

长兄如父，这些年来，滕翊那么疼爱弟弟，如今弟弟在他面前出现这样的意外，他得有多内疚、多自责、多后悔？滕翊的人生，从此将背上沉重的十字架。他得守护弟弟，滕颢一日不醒，他就一日不可能再展颜而笑。未来如此没有定数，他不忍心拖累她，让她的灵魂也套上枷锁，跟着悲伤，跟着痛苦，跟着四处奔波，永无宁日。

她都懂。

而阮妤，也不再期待能得到他的爱和庇护，她只希望他能好好的，被原谅，也自我原谅，被救赎，也自我救赎。

她只是希望这样，这样就已经足够。

国内的资格赛惊心动魄地落下了帷幕，最后，L战队夺冠，罗晟将带领他的队友征战世界杯。

没有人因为赢而开心,也没有人因为输而失落。

所有选手和观众,都心系那个在舞台上华丽坠落的少年,为他忧虑,也为他唏嘘。

滕颢一直没醒,沈冰为了儿子,放下生意,带着他四处求医。

三个月后,滕家举家出国。

阮妤知道消息时,滕翊搭乘的飞机已经降落在洛杉矶。

童话的结局能戛然于纸上,现实的生活却步履不停。

她知道,"我爱你"永远不可能是一段爱情的结局,生离的痛和死别的苦,才是。

一瞬觉悟,一夕老去。

她和她的温柔少年,从此隔了锥心的回忆、颠倒的时差和悠长的岁月。相逢,遥遥无期。